언택트 시대 **엄마도 언니도 오빠도** 고소득 **가능한 TM비책**

어서 와,
보험 TM은
처음이지?

김미진 지음

도서출판 **더 로드**
The Road Books

보험을 모르고 입사해서
텔레마케터의 노하우를 전하는
작가가 되기까지

2019년 12월 중국에서 코로나바이러스 감염증이 시작되고 2020년 1월 우리나라에 첫 확진자가 나온 것을 시작으로 2020년 12월 현재 확진자가 하루 1천여 명을 웃도는 등 3차 유행이 빠르게 확산하고 있다. 마스크 착용은 필수이고 어딜 가나 체온을 측정한다. 편의점, 은행, 약국 등을 방문해 보면 투명 칸막이가 설치돼 있다. 코로나19로 생긴 변화다. 산업 트렌드에도 많은 변화가 있다. 우리는 고객과 마주하지 않고 서비스와 상품 등을 판매하는 언택트 시대의 길목에 서 있다. 이러한 변화 속에서 TM 업무에 관심이 많이 쏠리고 있다. TM의 종류는 참 다양하다. 보험, 병원, 은행, 통신사, 카드, 대출, 복권, 주식, 부동산, 대리운전, 홈쇼핑, 음식 주문 상

담 등 많기도 많다. 그중에서도 보험 TM에 관한 이야기를 다루고자
한다.

'나도 고객이랑 할 말 좀 많았으면 좋겠다.'
이 짧은 글 안에는 수많은 뜻이 있다. 조리 있게 상품을 설명하
고 시기적절하게 반론하면서 계약을 끌어내고 싶다는 뜻일 것이다.
혹자는 '이런 게 고민거리야?'라고 할 정도로 탁월한 세일즈 능력을
겸비한 사람도 있을 것이다. 그런 사람들이라면 이 책을 그냥 덮어
도 괜찮다. 평소에는 누구보다 말을 잘하고 내 얘기에 지인들이 배
꼽을 잡고 웃는데 왜 눈앞에 보이지도 않는 고객과 통화할 때면 '얼
음'이 되어 말문이 막히는 걸까?

'코로나 팬데믹 이후 대면 영업으로 고객을 만나기가 점점 더 어
려워지는데 TM 영업은 괜찮지 않을까?'라고 생각하며 대면 영업에
서 TM 영업으로 전향하려는 움직임도 보인다. 이 책을 집어 든 독
자라면 아마도 TM 영업을 하면서 실적이 저조하거나 TM 경험이
전무한 사람들이 대부분일 것이다. 영업하려고 하면 가슴이 터질
것처럼 떨리는 영업 사원, 고객과 어떤 말을 해야 할지 모르는 영업
사원, 추가 세일즈를 어떻게 끌어내야 하는지 감이 없는 영업 사원
이라면 도움이 될 것이다. 전화로 상품을 판다고 해서 꼭 말을 휘황
찬란하게 잘할 필요가 없다는 사실도 알게 될 것이다. 나는 몇 년간

의 보험 TM 영업을 하면서 알게 됐다. 언변이 뛰어나고 말을 많이 한다고 해서 실적이 뛰어난 것이 아님을. 영업에 긴 시간을 투자한다고 해서 고스란히 실적으로 이어지지 않음을 말이다.

가까운 지인에게 이런 말을 했다.

"보험 텔레마케터의 노하우에 관한 책을 써서 사람들에게 도움을 주고 싶어. 방법만 알면 쉽게 갈 길인데, 그 방법을 몰라서 빙빙 돌아가지 않았으면 좋겠어."

방법만 알면 게임 끝이다. 앞으로 우리가 만날 고객은 많고 계약할 기회도 많다. 단, 절대 조급해 하지 말자. 이 책을 읽고 뚝딱 한 달 만에 일등으로 우뚝 선다면 기적에 가까운 일이다. 모든 일은 단계가 있다. 상품을 공부하고, 설계하는 방법을 터득해야 한다. 그다음이 고객과의 상담이다. 상담하려면 각 상품에 대한 지식도 있어야 한다. '책을 읽었는데 왜 나는 안 되지.' 안달하지 말자. 포기하지 말고 책에 나와 있는 나의 노하우와 각자의 노하우를 접목한다면 누구나 지금보다 나은 실적으로 성공담을 말 할 수 있을 것이라고 자부한다. '지금 잘하고 있다. 오늘 실적은 없어도 최선을 다한 당신을 칭찬한다.'는 위로만 하는 책이 아닌 현실적인 책을 쓰고 싶었다. 어떤 TM 영업에도 접목할 수 있는 책을 쓰고 싶었다. 영업하고 있다면 하루하루 시간 흐르는 대로 그대로 두지 말자. 영업함으로써 내가 이루고자 하는 목표를 적고, 보고, 계획을 세워 실천하기를 반복하면 반드시 목표를 이룰 수 있음을 잊지 말자. 가장 중요한 것이 있다. 영업은 서로서로 응원해 줄 때 상승효과가 있다. 실적이 없다고 무시하지 말고, 실적이 많다고 시기, 질투하지 말자. 매사에 감사하고 마음이 평온할 때 실적도 함께 오른다. 영업 조직에서 누구 한 명만 잘해서는 센터 유지가 어렵다. 우리는 함께 가는 것임을 잊지 말자. 이 책이 TM 영업을 업으로 하는 분들과 TM 영업으로 전향하려는 분들께 큰 도움이 되길 바란다.

차 례

들어가는 말 · 4

제1장 기회의 직업 보험 TM

나 연봉 1억 찍으러 왔어요 · 13
보험 TM, 그것이 알고 싶다 · 26
한 건 계약하려다 발목 잡힌다 · 39
알아야 팔 수 있다 · 48
콜센터에 적합한 성향은? · 58

제2장 영업에서 계약은 인격이다

최저 시급 8,590원 · 71
나에게 맞는 콜센터 찾기 · 83
날 따라 해 봐요, 이렇게 · 92
고객의 언어로 소통하라 · 107
나를 각인시켜라 · 115

제3장 다시 일어설 수 있었던 보험 TMR

나 자신을 믿는 긍정 마인드 · 127
피, 땀만 흘리면 기본급을 면치 못한다 · 138

아이와 함께한 7년 · 147

보험 시장은 위기인가, 기회인가 · 157

제4장 친근감 있는 스크립트 활용법

센스도 연습으로 길러진다 · 167

고객의 속마음에 답이 있다 · 181

품격 있는 세일즈 · 193

강압적인 판매는 고객을 떠나게 한다 · 209

첫 발, 두 발, 세 발, 백 발, 만 발 · 222

제5장 IMPOSSIBLE? I'M POSSIBLE!

열정의 온도가 소득을 결정한다 · 233

누가 뭐래도 keep going · 242

IMPOSSIBLE? I'M POSSIBLE! · 254

생각의 전환이 필요한 때 · 267

맺음말 · 275

부록 · 278

제 1 장

기회의 직업 보험 TM

1 / 나 연봉 1억 찍으러 왔어요

"인간의 가장 놀라운 특성은
마이너스를 플러스로 바꾸는 힘이다."
– 알프레드 아들러 –

아이들을 좋아하는 나는 대학에서 보육을 전공했다. 어린이집으로 실습을 나갔을 때는 아이들과 보내는 일과가 짧게만 느껴졌다. 그런데 전공을 업으로 삼지 못했던 결정적인 이유는 손재주가 없어 게시판을 꾸미는 것 자체가 스트레스였기 때문이다. 지금이야 보육사에서 완제품을 사서 붙여 놓기도 하지만, 20년 전만 해도 교사들이 직접 게시판을 꾸며야 했다. '아이들을 사랑한다고 선생님이 될 수 있는 게 아니구나.'를 어린이집에 실습을 나갔을 때 깨달았다. 그렇게 나는 전공을 살리지 못하고 첫 직장으로 N 스포츠 브랜드 내 협력업체 사무직으로 취직했다. N 스포츠의 과장님이 늘 밝게 웃는 모습을 좋게 보셨는지 N 스포츠 고객센터에서 일해 보는 게 어떻겠냐고 제의해 주셨다.

어렸을 때 나는 목소리가 작은 편이었다. 그래서였을까? 초등학교 1학년 때 엄마의 권유로 웅변 학원에 등록하게 됐다. 웅변 학원에 가면 스탠드 마이크가 세워져 있고 원장님이 이름을 부르면 지목된 당사자는 앞으로 나와 마이크 앞에 선다. 원장님이 원고를 선창하면 따라 하는 방식으로 수업은 진행된다. 목소리가 작았던 내게 매번 원장님은 "더 크게! 더 크게!" 하시며 목소리를 크게 하라고 매번 나무라셨다. 지금 기억에 그 당시 내 목소리는 만화에 나오는 가냘픈 여자 주인공처럼 여성스러운 가느다란 목소리였는데, 남자인 원장님을 따라 해야 한다고 생각했던 건지 목소리를 나지막하고 굵게 내기 시작했던 것 같다. 그렇게 초등학교 1학년 때부터 고등학교 졸업할 때까지 웅변대회가 있을 때면 늘 학급 대표로 단상 위에 섰었다. 대회에 나갈 때마다 주변에서 목소리 좋다는 말을 자주 들었다.

'고객센터에서 일하려면 목소리가 좋으면 되는 거 아닌가?'라는 단순한 생각을 했다. 어렸을 때부터 목소리 좋다는 말을 자주 들었고, 월급도 40만 원이나 오르고, 추가적인 복지도 좋아서 거절할 이유를 찾지 못했다. N 스포츠사에 입사하고 고객 상담을 하는데 매일 불만이 가득한 고객들만 전화했다. 불만 내용도 다양했다.

"제품을 산 지 며칠밖에 안 됐는데 단추가 떨어졌어요."

"한 번밖에 세탁을 안 했는데 재봉이 뜯어졌어요."

"5년 전에 산 티셔츠가 탈색됐어요."

"농구 하다 에어가 터졌어요."

하루에도 수십 통의 불평이 가득한 전화를 받으니 머리가 아팠다. 단추가 떨어졌으면 단추를 달면 되고, 재봉이 뜯어졌으면 꿰매면 되고, 5년 전에 산 티셔츠가 탈색됐으면 그만 버릴 때도 된 거 아닌가 싶었다. 나와 고객과의 생각의 차이가 너무 컸다. '내가 단추 떨어트린 거 아니잖아, 왜 나한테 화를 내?', '내가 재봉을 약하게 박은 것도 아니잖아~' 이런 생각이 들었지만 한편으로는 콜센터에서 근무해 보지 않겠냐는 과장님의 제안을 내가 선택해서 결정한 것이고 고객들의 불만은 일면식도 없는 나에 대한 불만이 아닌 제품에 대한 불만이었기 때문에 고객 입장을 헤아려 보려고 노력했다. '그래, 학생이 우리 브랜드 옷 사려고 몇 달 용돈 모았을 텐데 속상할 수 있지.', '농구 하다 에어가 터졌으면 화날 만하네.' 그렇게 마인드를 바꾸니 상담의 질이 달라졌다.

"고객님~ 농구 하다 에어가 터졌으니 많이 불편하셨겠어요~ 다치진 않으셨어요?"

"고객님~ 무상 A/S 기간이 끝났는데요, 선물 받으시고 최근에 사용하신 시계니까 우선 접수해 주세요~ 무상 A/S 기간은 끝났지만, 담당자분께 특별히 무상으로 진행될 수 있도록 말씀드려 놓을게요."

고객의 입장을 한 번 더 생각하며 상담했고 내가 해야 할 일을 한 것뿐인데 고마워하는 고객들이 매우 많았다. 고객의 입장에서 상담하고부터는 이상한 일이 벌어졌다. 퀵으로 꽃다발을 보내는 고객도 있었고, 예쁜 상자에 초콜릿과 사탕을 가득 담아 보내는 고객들도 있었다. 그런데 전화로 상담을 하다 보니 내 의도와 다르게 고객에게 전달되는 경우도 있고, 내 의중을 오인하고 화를 내는 고객도 있었다.

고 객 : 처음으로 애한테 비싼 운동복을 사서 입혔는데. 애 잘못이긴 하지만 옷이 찢어져서 화나는데 왜 웃어요? 나 비웃는 거예요?

나는 친절하게 상담하겠다고 살짝 미소를 머금고 상담한 것이 고객을 불쾌하게 한 것이다. 얼굴을 보지 않고 상담을 하다 보니 내 의도와는 다르게 오해가 생길 수 있다. 이럴 때는 비웃을 의도는 추호도 없었음을 명확히 밝히고 신속하게 고객이 제기한 내용에 응대하는 것이 중요하다.

이렇듯 전화로만 고객을 응대하는 업무란 쉽지 않은 일이다. 에너지 소모가 크고 스트레스도 많이 쌓인다. 스트레스가 쌓일 때면 커피 가루를 듬뿍 담아 따뜻하고 진한 아메리카노를 마시거나 초콜릿 같은 달콤한 간식을 먹으며 잠시 휴식을 취했다. 그렇게 잠시 휴식을 취하고 컨디션을 빠르게 회복한 후 다시 업무를 시작했다.

말하는 것 보다 듣는 게 에너지 소모가 훨씬 큰데, 예쁘고 좋은 소리도 아니고 성난 목소리와 불평의 소리를 계속 듣는 업무이다 보니 에너지가 축나는 것은 말하지 않아도 느낌으로 알 것이다. 이런 업무 환경에서 주변에서 긍정의 에너지를 주어도 회복의 속도가 느릴 수 있는데 어디를 가나 불평, 불만이 가득한 직원은 꼭 있다. 그런 직원이 옆에 있으면 나의 선택과 무관하게 불평의 소리를 들어야 한다는 것이 참으로 안타까운 일이다.

어느 날 옆자리에 앉은 동료가 불만 고객의 전화를 받고 난 뒤 "내가 이렇게 매일 클레임(claim) 전화를 받는데, 이 월급 받고 여기 있어야겠어?"라며 불만이 한가득이다. 고객과 통화가 길어질 때쯤이면 항상 무트(mute) 버튼을 누르고 구시렁구시렁 말이 많았다. 그날도 고객이 너무 화를 내서 진정을 시키려고 했는데 귀를 닫고 본인 말만 하는 고객이 싫었던 모양이다.

그날도 그 상담원은 무트 버튼을 누르고 짜증 섞인 목소리로 "아오~ 진상"이라고 했는데 눌렀다고 생각한 무트 버튼이 눌리지 않은 상태였다. 고객은 더 크게 화를 냈고 결국 고객들이 화났을 때 가장 많이 하는 말 '윗사람 바꿔!'의 단계에까지 이르렀다. 며칠 동안 고객이 말한 '윗사람이' 고객과 사죄의 내용이 담긴 통화를 몇 날 며칠을 하고 마무리한 건도 있었다. 고객의 불만을 들어주는 고객센터라고 하지만 예의 없는 고객을 만날 때면 차분하기도 어렵고 막무가내인 고객의 말을 계속 들을 이유도 없다. 상담사는 고객의 아래에 있는 사람이 아니라 고객과 동등한 위치에 있는 사람이고 고객을 도와주는 사람이다. 내 인권은 스스로 지키고 보호해야 한다. 고객의 불만에 이성적으로 응대하고 빠르게 전화 통화를 마무리하는 것이 중요하다. 고객이 말도 안 되는 상황으로 불평을 할 때 무조건 '고객은 갑인데…'라는 예전의 사고방식으로 머리를 조아릴 필요는 없다.

그렇게 2년 정도 시간을 보내고 좀 더 큰 회사인 R 브랜드로 이직을 했다. 이직한 회사에서는 '소비자보호센터'를 직접 방문해서 제품 불량 여부에 관한 자문을 구하기도 했다. R 브랜드는 N 브랜드 보다 고가의 상품이어서인지 통화량이 N 사보다 월등히 적어서 내 시간을 많이 확보할 수 있었고 내 미래에 대해서도 점차 깊게 관심을 두는 계기가 되었다.

전화 업무를 계속하다 보니 같은 전화 업무인데 연봉이 1억 이상인 곳이 있다는 정보를 접하게 되었다. 단지 영업이라는 것만 달랐다. '전화로 영업? 전화로 물건을 팔고, 연봉 1억? 그럼 이거 내가 한번 해 봐야겠다.'라는 생각이 들었다.

12년 전, 28살, 연봉 1억을 꿈꾸며 이직을 결심했다.

나는 빠르게 채용 사이트에 접속해서 '전화 영업'으로 키워드를 놓고 검색했다. 수많은 채용정보 리스트가 검색됐다. 그중에서도 평균 급여가 250만 원, 300만 원이라는 '보험 TM' 채용 공고가 내 관심을 끌었다. 그 당시 나에게 보험 설계사란 '아는 사람에게 보험 하나 가입해 달라고 사정해서 돈 버는 직업' 정도였다. 엄마 친구분이 대면 설계사셨다. 새 상품이 나올 때마다 엄마에게 좋은 보험이 나왔다며 보험을 가입 시켜 놓고, 또 얼마 뒤 더 좋은 상품이 나왔다며 기존 상품을 해지시키고 신상품에 재가입 시키기를 몇 차례 반복했던 기억이 있기 때문에 보험 설계사가 그리 좋은 이미지는 아니었다. 당장 일은 해야 했고, 고객을 대면하지 않고 보험을 판매하는 일이라고 하니 그게 마음에 들었다. 평균 급여('평균 이상은 하겠지.'라는 근거 없는 자신감도 있었다)도 내 관심을 끄는 데 한몫했다. '엄마 친구분처럼은 영업하지 말아야지.', '지인 계약은 하지 말아야지.'라는 마음으로 보험 설계사에 도전해 보기로 했다. 이력서를 넣고 기다렸는데 연락이 오지 않았다.

다시 구인 광고 사이트를 열었다. 이번엔 '광고 TM' 키워드로 검색을 했다. 많은 광고 중에 표면적으로 조건이 괜찮아 보이는 곳에 이력서를 넣고 기다렸다. 몇 시간이 지나자 서류 전형에 합격했으니 면접을 보러 오라는 연락을 받았다. 나는 보통 약속 장소에 미리 나가는 습관이 있다. 면접 당일도 한 시간 빨리 면접 장소 인근으로 이동해 카페에서 커피를 마시며 기다리고 있었는데 전화 한 통이 걸려왔다. 며칠 전 이력서를 넣었던 S 보험사였고 2시까지 면접을 오라는 전화였다. 2시간 후면 면접이란 얘기다.

"거기 250만 원 벌 수 있나요?"
"더 많이 벌 수 있으니 면접 보러 오세요."

무엇에 홀렸는지 나는 광고 회사에 면접 보기 어렵다는 연락을 하고 S 보험사로 면접을 보기 위해 출발했다. 도착하고 보니 족히 50~60명은 온 것 같았다. 많은 면접자를 보니 '여기 괜찮은 곳인가 보다.'라는 생각이 들 때쯤 면접 진행자가 들어와 잠시 회사 소개를 한 뒤 재직하고 있는 설계사들의 급여 명세서를 보여준다. 그 당시 최고 급여자는 1천만 원 이상 수령하고 있었고 재직 설계사들의 평균 급여도 높았다. 급여 명세서를 보니 이 회사에 꼭 입사하고 싶다는 생각이 들었다. 회사 소개가 끝나고 3명씩 짝을 이뤄 면접관 두 분이 있는 면접실로 들어갔고 한 분의 면접관이 피면접자 한명 한명에게 질문을 하기 시작했다.

A 피면접자에게 "발음이 그렇게 부정확한데 TM 업무를 계속했다는 게 신기하네요. 발음이 그런데 여기서 잘하실 수 있겠어요?"라고 하자 A는 당황했는지 작은 목소리로 얼버무렸다. A가 무슨 말을 하는 건지 내 귀에도 잘 들리지 않았다.

이번에는 B 피면접자에게 "D 보험사에서 연도 대상까지 받으셨는데 왜 이직하려고 하세요?"라고 하자 B는 제가 연도 대상을 받아 해외여행도 여러 번 다녀왔습니다. 그런데 연도 대상을 몇 번 했는데도 D 보험사는 그만한 대우를 해 주지 않고 DB(data base)도 점점 안 좋아지고 있어서 이직을 고려하고 있습니다."라고 했다.

이번에는 내 차례다. "CS 자격증이 있네요, 이거 왜 따셨어요? CS는 저희랑은 좀 맞지 않는데?"라고 하셨고, "고객 서비스가 최우선인 시대에 살고 있고 무슨 일을 하던 고객 서비스가 제일 중요하다고 생각합니다. 영업도 서비스가 중요하다고 생각합니다."라고 하자 고개를 끄덕이셨다.

면접이 끝나고 엘리베이터를 타고 내려오는데 A는 기분이 몹시 상해 있었다. "무슨 면접이 이래? 기분 나빠서 이 회사 합격해도 안 와."라고 했다. A의 마음이 충분히 이해됐다. 그렇게 면접을 마치고 이틀 뒤 합격 전화를 받았다.

교육생 신분으로 다시 찾은 S 보험사의 교육장에서 당연히 왔으리라 생각한 같이 면접 본 B가 보이지 않았다. 나중에 안 사실이지만 아무리 연도 대상을 받았던 사람이라도 본인이 소속된 회사를 욕하는 사람은 어디를 가던 불평불만이 많은 사람이라 채용하지 않았다고 했다. 짧은 면접 시간 동안 면접관들은 주어진 질문에 얼마나 감각 있고 성의 있게 대답하는지를 보는 것 같았다. 고객이 퉁명스럽고 기분 나쁜 어투로 얘기했다고 고객과 똑같이 기분 나빠하는 건 아닐지, 성향이 긍정적인지, 부정적인지, 얼마나 적극적인지 등을 그 짧은 몇 분 안에 파악하는 것이 면접인 것이다. 50~60명의 면접을 수시로 보고, 보험 경력 10년 이상 되시는 분들이 면접관이라고 한다면 몇 마디만 나눠 봐도 성향 파악이 되는 것이다.

최종 합격은 8명이 됐고, 보험 대리점 코드 취득을 위한 교육이 시작됐다. 3~4주(대리점 자격이었으므로 설계사 과정보다 교육 기간이 길었다) 동안 교육을 받으면서 너무 어렵다는 이유로, 공부할 분량이 많다는 이유로 한 명씩 그만두었고 3명만이 3주 교육을 이수하였다. 코드 시험은 대부분 문제와 답을 외우는 식으로 진행됐었지만, 최근에는 기출문제에서 변형된 문제들도 많이 출제되고 있다. 그렇지만 기출문제만 열심히 공부한다면 60점 이상은 무난하게 받을 수 있으리라 생각된다. 최근에 20대 젊은 여성이 손해보험 설계사 코드 시험을 6번이나 치른 걸 본 적이 있다. 겁먹을 필요는 없으나 결코 하루 이틀 만에 벼락치기로 붙는 그런 시험은 아니다.

코드 시험에 합격하고 본격적으로 자사에서 취급하는 상품 교육이 1주일간 진행됐다. 주력으로 판매하는 상품 위주로 교육이 진행됐고 교육 과정에 실전에서처럼 고객에게 전화를 걸어 상담해 보는 과정도 있었다. 고객과의 통화를 스피커를 통해 교육장 안에 있는 모든 사람이 같이 들으며 피드백(feedback)을 해 주는 과정이다. 고객과의 상담을 실시간으로 스피커를 통해 다른 사람이 듣는다는 게 여간 부담스러운 일이 아니었다. 한 명은 보험 경력 4년 차였는데 역시 경력자답게 상담이 매끄러웠고 다른 한 명은 통신사 콜센터 출신이었는데 역시 무난하게 잘했다. 마지막이 내 차례였다. 부담스럽고 떨리는 마음으로 다이얼 버튼을 눌렀고 신호음이 들렸다.

이루다 : OOO 님~

고 객 : 네?

"OOO 님~"하고 고객의 이름만 불렀는데 키득키득 웃는 소리가 들렸다. 보통은 "OOO 고객님 되시죠?"로 도입을 시작하는데, 나는 아는 사람이 부르는 것처럼 "OOO 님~" 하고 부르니 재미있었던 모양이다. 저들이 웃으니 반사적으로 나도 실웃음이 나왔다. 상담 도중 웃으면 안 되기에 허벅지를 꼬집고 나름 진정하려고 노력했다. 어떻게 상담을 했는지 성함을 부른 것 말고는 기억도 안 난다. 아는 사람 부르듯 "OOO 님~" 하고 부르니 고객도 거부감 없이 '나를 아는 사람인가? 누구지?'라고 생각했는지 자연스럽게 대답을 하면서 상담이 진행됐던 것이다. 통화가 종료되고 교육 진행자도 도입을 "OOO 님~"하며 아는 사람 부르듯 상담을 하는 건 처음 본다며 시도가 신선했다고 했다. 교육 기간 동안 스크립트를 써 보기도 하고, 두 명이 짝을 이루어 한 사람은 상담원 역을, 한 사람은 고객 역을 해 보는 RP(role playing)도 여러 차례 진행했다. 이 정도면 실전에서도 잘할 수 있을 것 같은 근자감(근거 없는 자신감)이 막 솟았다.

현장에 투입된 첫날 동기 언니는 보험 경력 4년 차답게 풍부한 보험 지식으로 고객과 편안한 상담을 진행했다. 그리고 첫날 첫 계약을 바로 체결했다. 내가 계약을 하는 것도 아닌데 내가 계약하는 것처럼 떨렸다. 나도 녹취 스크립트를 고객에게 읽으며 계약이란 걸 해 보고 싶었다. 보험 영업 첫날이니 계약을 하든 못하든 들어온 DB는 연습이라 생각하고 전화를 열심히 걸었다.

처음 보험 영업을 할 때 사용했던 DB는 이벤트 DB였다. 자사 홈페이지에 유입된 고객이 홈페이지 내에서 캔 커피를 편의점에서 교환할 수 있는 이벤트에 참여하며 남긴 고객 정보가 DB가 됐다. 그 DB로 운전자 보험을 판매했고 그것을 시작으로 나는 보험 전문가의 길로 들어섰다. 전화를 받은 고객 중에는 캔 커피 교환권을 받지 못했다는 고객도 있었고 소속을 밝히면 내용을 듣지도 않고 끊는 고객들이 대부분이었다.

한 통 한 통 전화를 돌리는데 벌써 퇴근 시간이다. 마지막 남은 DB. 전화 버튼을 누르고 조금 있으니 고객이 전화를 받았다. 운전자 보험 안내를 했는데 가입을 해 달란다. '왜 질문도 없고 반론도 없지? 내가 설명을 잘했나? 준비된 고객인가?'라는 마음으로 녹취 스크립트를 읽어 내려갔다. 어떻게 상담을 하고 녹취를 했는지도 모르게 정신없이 첫 계약이 진행됐고 상담을 정확하게 한 게 맞는지 녹취 콜을 들어봤다. 녹취를 들어보니 스크립트에 있는 내용만 얘기한 것이 아니라 교육 시간에 들은 내용도 얘기했고, 스크립트의 순서도 바꿔가며 얘기했다. 나름대로 공부를 열심히 했던 건지 상담은 설계사답게 잘했는데, 상담 내용이 맞는 건지 그렇지 않은 건지 긴가민가한 부분을 메모하고 실장님께 여쭤봤다. 물론 QA에서 상담원의 오안내나 과장 안내한 부분이 있다면 재안내하라는 보완이 나오긴 하지만 첫 계약이니 계약했다는 자체로 떨렸고, 잘못된 상담을 한 상태로 가입 후 심사팀에서 심사가 진행되기 전에 고객이 사고가 난다면 상담원에게 구상권 청구가 된다는 무시무시한 얘기를 들었기에 겁도 났다. 다행히 잘못된 상담을 하거나 누락된 부분은 없었고 업무 투입 첫날 마지막 DB에서 계약을 체결했다.

반면 전화를 걸 때마다 너무 떨리고 심장이 터질 것 같다며 업무 투입 이틀 만에 한 명의 동기가 그만두었고 결국 2명만이 근무를 계속 이어 나갔다. 결국, 50~60명의 피면접자 중 8명이 합격을 했고 8명 중 2명만이 센터에 남게 되었다. 이렇게 되면 대부분은 '여기 괜찮은 곳 맞나?', '나 연봉 1억 찍으러 왔는데, 잘 온 거 맞나?'라는 생각을 할 것이다. 나 또한 잠시 스친 생각이었지만 앞서 간 선배 설계사분들이 실적으로, 급여로 보여주고 있기에 파이팅할 수 있었다.

2

보험 TM, 그것이 알고 싶다

"순간적인 열정의 강도보다 중요한 것은
시간이 흘러도 한결 같은 열정의 지속성이다."
– 그릿, 앤젤라 더크워스 –

고등학생 때 도넛 판매 아르바이트를 했다. 노점상에서 도넛을 직접 튀겨(생활의 달인에 나오는 달인들처럼 기름이 한가득 든 솥단지에 튀겨 내는 것이 아니라 미니 튀김기 2대로 도넛을 튀겨 냈었다) 판매하는 일이었다. 면접 볼 때 사장님이 "아르바이트생 중에 도넛을 하루에 최고 많이 판 게 3만 원이야."라고 하셨다. 하루에 3만 원? 도넛을 팔기에 좋은 자리인데 하루에 3만 원밖에 벌지 못했다는 말에 의아했다. 도넛은 호박 앙금이 들어간 아이스 도넛, 고구마 앙금이 들어간 찹쌀 도넛, 팥이 들어간 팥 찹쌀 도넛 등 3종류인데 5개에 3천 원이었다. 하루에 3만 원어치를 팔았다면, 한 사람이 3천 원어치씩 사 갔다고 가정했을 때 10명에게 판매를 했다는 계산이 나왔다. 제일 사람이 많이 모이는 그 길목에서 하루에 3만 원밖에 벌지 못했다는 건 판매 수단에 문제가 있지 않았겠냐는 생각이 들었다.

　도넛 생지를 달궈진 기름에 넣고 적당히 예쁜 색을 낼 수 있도록 튀겨야 하는데 도넛 생지를 처음 튀겨 보는 거라 설익거나 너무 튀겨 도넛이 쫄깃한 맛을 잃고 딱딱하게 튀겨지기도 했다. 먹고 싶은 유혹을 느낄 수 있는 예쁜 갈색에 쫄깃한 식감이 나도록 튀겨야 했기에 튀기는 도중 이쑤시개로 도넛을 찔러 보기도 했다. 이쑤시개에 하얀색이 묻어나면 조금 더 익혀야 한다는 뜻이기에 시간을 조금 더 두고 튀겼다. 몇 번을 튀겨 보니 어렵지 않게 도넛을 튀겨 낼 수 있었다. 맛있게 튀겨 낸 도넛을 내가 먼저 먹어봤다. 호박 앙금이 들어간 아이스 도넛은 처음 보고, 처음 먹어 본 도넛이라 관심을 끌 만했지만 맛은 기대에 미치지 못했다. 그렇지만 팥 도넛과 고구마 도넛은 많이 팔 수 있을 것만 같았다. 내 입에 맛있어야 고객에게 자신 있게 팔 수 있기에. 위생은 기본이니 주변을 깨끗하고 깔끔하게 정돈하는 것도 중요했다. 도넛을 튀길 때 기름의 질이 맛에 미치는 영향이 크기 때문에 깨끗한 기름도 중요했다. 잘 튀겨진 도넛을 시식을 위해 자르고 판매대 위에 올려놨다. 판매 준비가 모두 됐다. 도넛을 팔기 위해 홍보에 나섰다.

　이루다 : 어머니 드셔 보시고 가세요~ 아기도 와서 먹어봐. 그냥 맛만 봐도 괜찮아~ 아버님 　드셔 보시고 따님 사다 주세요~

고객의 차가운 한마디에도 아랑곳하지 않고 미소 지으며 도넛 홍보를 했고 하루에 평균 40여 명에게 도넛을 팔아 13만 원의 매출을 올렸다. 사장님은 이렇게 많이 판 건 처음이라며 놀라셨다. 나도 다른 아르바이트생들처럼 똑같이 멀뚱멀뚱 서 있고 '사면 사는 거고, 말면 마는 거고', '많이 팔아봤자 사장 좋은 일 시키는 거지, 내 시급이 오르는 것도 아니고'라는 마인드로 도넛을 판매했다면 결과는 다를 게 없었을 것이다. 도넛 판매를 재미있게 하고 있는데 군대에 있는 큰 오빠에게 연락이 왔다.

"넌 지금 고등학생이 무슨 아르바이트를 하냐? 당장 그만둬."

어쩔 수 없이 다음날 사장님께 말씀드렸더니 시급을 더 올려 줄 테니 계속 일해 줄 수 없겠냐고 설득하셨지만 그만둘 수밖에 없었다. 고객이 나와 눈 맞춰 인사하고, 맛있게 시식하면서 도넛의 맛과 나의 친절함에 만족하며 내가 판매하는 제품을 구매한다는 건 기분 좋고 흥미로운 경험이었다. 도넛의 시식을 통해 맛을 본 사람들이 도넛의 맛과 질에 감흥을 느껴서 도넛을 샀던 것처럼 보험을 고객이 사게 하려면 보험의 맛을 내가 먼저 봐야 한다. 도넛을 잘라 시식을 준비했던 것처럼 생소한 보험 용어를 먼저 익혀야 했다.

보험계약자 : 보험회사와 보험계약을 체결하고 보험료 납입 의무가 있는 자

피보험자 : 보험사고 발생 시 보상 대상이 되는 자

보험수익자 : 보험사고 발생 시 보험금을 청구 및 수령하는 자

계약 : 보험회사와 고객이 서로 지켜야 할 의무에 대해서 글이나 말로 정하는 약속

청약 : 일정한 내용의 계약을 체결할 것을 목적으로 하는 확정적 의사 표시

청약서 : 계약자와 보험회사 간의 계약한 내용을 기록한 서식

청약서 부본 : 계약자 보관용 청약서

상품 설명서 : 보험 상품의 내용을 설명하기 위해 만든 설명서

가입 제안서 : 고객에게 제안하는 보험 견적서

보험증권 : 계약의 성립과 그 내용을 증명하기 위해 보험회사가 계약자에게 교부하는 증서

보험약관 : 보험사와 계약자 상호 간에 이행해야 할 권리와 의무를 규정해 놓은 것

보험기간 : 보험계약에 따라 보장을 받는 기간

보장개시일(책임개시일) : 보험회사의 보험금 지급의무가 시작되는 날

보험계약일 : 보험계약자가 보험회사와 보험계약을 체결한 날, 철회 산정 기간의 기준일

보장보험료 : 계약자가 보험회사에 납입하는 보험료

적립보험료 : 회사가 적립한 금액을 돌려주는데 필요한 보험료

보험금 : 보험금 지급 사유 발생 시 보험회사가 보험수익자에게 지급하는 금액

순수보장형 : 만기 때 환급 금액이 없는 상품

만기환급형 : 만기 때 일정 금액을 환급받는 상품

해지환급금 : 유지하던 상품의 효력상실 또는 해지 등의 경우 계약자에게 환급되는 금액

보험가입금액 : 보험 사고 발생 시 보험사가 지급하는 최고 보상 한도액

면책기간 : 보험금이 지급되지 않는 기간

감액지급기간 : 일정 기간 보험금의 일부만 지급되는 기간

콜적부 : 전화를 통해 피보험자의 직업 및 고지사항을 확인하는 것

진단계약 : 계약의 체결을 위하여 피보험자가 건강진단을 받아야 하는 계약

부담보 : 특정 부위 및 특정 질환에 대해 보장에서 제외되는 것

책임준비금 : 장래의 보험금 또는 해지환급금 등의 지급을 위하여 보험계약자가 납입한 보험료 중 일정액을 보험회사가 적립해 둔 금액

실손보상 : 실제 발생한 손해를 보상하는 것

비례보상 : 중복 가입하더라도 실제 손해 본 금액을 보험사 간 분담하여 보상하는 것

정액보상 : 지급하는 보험금이 정해져 있는 것

갱신형 : 보험료가 일정 주기마다 연령 증가, 위험률의 변동 등으로 보

험료의 변동 가능성이 있는 것

비갱신형 : 보험료의 변동이 없는 것

청약철회 : 고객의 단순 변심으로 계약을 없던 것으로 되돌리는 것

해지 : 계약 내용에 대한 권리와 의무가 소멸하는 것

실효 : 보험료 납입이 되지 않아 효력을 상실한 상태

상담하다 보면 고객들은 생소한 단어가 어떤 의미인지 질문을 한다. 그런데 나도 그 뜻을 모르면서 고객에게 상품을 판다는 것은 고객을 기만하는 행위라고 생각한다. 고객은 보험료가 얼마인지 묻고 있는데 상담원은 보험 가입 금액을 얘기하고, 고객은 책임준비금이 뭐냐고 묻는데 상담원은 만기환급금에 대해서 말하고 있는 경우 등이다. 용어를 익혔다면 이제 왕초보는 아니다. 왕초보에서 벗어났으니 이제 초보 딱지를 뗄 차례다. 판매하고자 하는 상품에 의미를 부여할 줄 알아야 초보 딱지를 뗄 수 있다.

빼빼로 데이(11월 11일), 가래떡 데이(11월 11일), 삼겹살 데이(3월 3일) 등 무슨 데이(day)도 참 많다. 11월 11일이면 **제과도 떡집도 매출이 급상승하는 대박 나는 날이고, 3월 3일이면 삼겹살 가게에 손님이 꽉 찬다. 숫자에 의미를 부여함으로써 수익을 창출하고 대박을 터트리는 날인 것이다.

그럼 우리가 하는 보험 일에는 어떻게 의미를 부여하고 수익을

창출할 수 있을까? 예를 들면 '암 발병률이 3명 중의 한 명이라고 했지. 우리나라는 의료비 보장이 잘돼 있어서 암으로 진단받고 중증환자로 등록되면 요양급여의 5%만 부담하면 되고, 본인부담금 상한제도 있는데 암 보험을 왜 가입해야 하지? 암 진단을 받으면 정신적, 육체적 고통으로 당장 일을 하기 어렵지. 그럼 고정지출비, 교육비, 요양비 등은 어떻게 충당해야 하지? 암 진단비로 커버할 수 있겠네.', '겨울이면 화재 보험 문의가 왜 많지? 난방기 사용이 많고 전기제품 사용이 다른 계절보다 많으니까 그렇구나.', '예정이율(보험회사는 장래의 보험금 지급을 대비해서 계약자가 납입한 보험료를 적립해 둔다. 보험료 납입시점과 보험금 지급 시점에는 시차가 발생하게 된다. 이 기간 동안 보험회사는 적립된 금액을 운용할 수 있으므로 운용에 따라 기대되는 수익을 미리 예상하여 일정한 비율로 보험료를 할인해 주는데, 이러한 할인율을 예정이율이라고 한다.)이 낮아지면 보험료가 오르지! 그럼 보험료가 오르기 전에 고객이 가입하는 게 유리하네~', 이렇게 내가 판매하는 상품을 고객에게 알리고 판매로 끌어내기 위해 먼저 고객이 가입해야 하는 이유를 찾고 그 이유에 의미를 부여하는 것이다.

그다음으로는 도넛을 판매할 때처럼 고객의 눈을 보며 이야기하고, 내가 판매하고자 하는 도넛을 고객이 볼 수 있도록 테이블 위에 올려놓기도 하고 도넛을 '사야겠다.'라는 생각이 들도록 깨끗이 주변을 정리도 하는 것이다.

전화로 보험을 판다는 것은 고객도 나를, 나도 고객을 볼 수 없어 어떤 상황에서 전화를 받는지, 무슨 마음으로 상담을 받고 있는지 등의 고객의 의사를 파악하는 것이 대면할 때보다는 쉽지 않다. 어떻게 눈에 보이지도 않는 보험을 팔 수 있을까? 고객은 눈에 보이지도 않는 보험을 왜 가입할까? 보험을 가입했을 때 받을 수 있는 보상, 혜택, 이득 등이 있어야 보험에 관심을 두고 가입을 한다. 우리는 고객이 보험의 필요성(보상, 혜택, 이득 등)을 느낄 수 있도록 임팩트 있게 설득해야 한다. 앞뒤 맥락 없이 '무조건해야 한다.', '타사보다 보험료가 저렴하다.' 등 타당한 근거와 이유 없는 말은 설득력이 떨어진다. 상품의 정보 전달과 설득을 통해 '오~이거 괜찮네~ 가입 한번 해 볼까?'와 같은 필요성을 느끼고 고객의 의지에 의해 선택돼야 한다. 이때 고객이 '괜찮네.'라고 느끼는 순간이 기회이다. 이 기회를 놓치고 설명만 하는 영업인들이 있다. 고객이 무슨 생각을 하며 상담을 하고 있는지 파악하기 위해 간접 클로징('고객님, 내용 괜찮으시죠?' 등)으로 확인하는 것이다. 그 후 고객의 '이 상품 괜찮네, 그래서 내가 어떻게 해야 하는 건데?'와 같은 가입 욕구를 포착해서 직접 클로징('우리 고객님도 보장받으실 수 있도록 심사 올려드릴 건데요.')로 가입을 유도하는 것이다. 클로징을 해야 할 타이밍을 놓치고 설명만 하다 계약을 놓치는 경우가 있음으로 주의해야 한다. 상담하다 보면 마음이 급해서, 고객에게 주도권을 뺏길까 봐 고객이 반응할 틈을 주지도 않고 빠른 속도로 혼잣말을 하는 경우가 있다. 영업하는 사람 중에 이런 치명적인 실수를 하는 영업인들이 많이 있다. 말의 속도를 조절해가며 고객이 듣기 편한 속도로 말하고 상대의 말에 호응하고, 고객이 내 말을 듣고 있는지, 반응은 어떤지 살피며 상담하는 것이 훨씬 더 효과적이다.

아이들의 체력을 길러주기 위해서 매일 10분씩 엄마랑 줄넘기를 하자고 제안하고 일주일 동안 잘 지키면 문방구로 가서 스티커를 사주겠다는 적절한 보상을 약속한다. 그럼 아이는 문방구의 다양한 스티커를 상상하며 일주일 동안 줄넘기를 신나게 한다. 당장 눈앞에 스티커가 보이지 않지만 상상하게 함으로써 아이의 체력을 길러 주고 싶은 목적이 달성된 것이다.

고객이 가입할 보험은 눈에 보이지 않는다. 전화로는 말뿐, 증권을 받아도 글씨뿐이다. 이때 나의 역할은 보험에 가입함으로써 고객에게 어떤 이로움이 있는지를 상상하게 하면 된다. 아이에게 구연동화를 들려주듯 생생하고 지루하지 않게 고객이 받을 혜택을 이야기 형식으로 전달하는 것이다. 그리고 호흡(띄어 읽기)과 억양이 중요하다. '나물좀다오.'를 '나물 좀 다오.'로 읽느냐 '나 물 좀 다오.'로 읽느냐에 따라 전달하고자 하는 의미가 전혀 달라지기 때문이다. 특히 눈에 보이는 것이 아무것도(고객도, 상품도) 없기 때문에 판매하고자 하는 상품이 어떤 것인지 명확한 의사 전달이 중요하다.

교육을 받을 때도, 업무에 투입될 때도 회사에서 스크립트를 배포한다. 받은 스크립트를 그대로 읽으니 고객과의 대화가 부자연스러웠다. 내가 말하기에 자연스럽고 고객이 듣기에 편하도록 스크립트를 내 호흡에 맞게 수정하고 접속사나 형용사를 첨삭하는 방법으로 정비하고 수정했다. 어느 부분에서 호흡하고, 어떻게 억양을 하고, 어떤 뉘앙스로 말하느냐에 따라 뜻의 전달력이 손바닥 뒤집듯 달라지기 때문이다. 그래서 띄어 읽어야 하는 부분에는 빗금을 치고, 뒷말을 부드럽게 끌어야 할 부분에는 물결 표시를 하고, 강조해야 할 단어나 문장에는 색연필로 포인트를 주었다. 기본 스크립트, 반론 스크립트, 클로징 스크립트를 보고 말하기 편한 나만의 대본으로 완성한 것이다. 인풋(지속적인 연습)이 지속되면 아웃풋(고객과의 상담)은 저절로 될 거라는 마음으로 완성된 대본을 들고 다니며 계속해서 읽었다. 업무 시작 전에도 읽어 보고, 출퇴근 이동 시에도 읽어 보고, 퇴근하고 집에서도 읽어보고 반복해서 읽었다. 정성을 다해 반복하니 자연스럽게 머릿속에 스며들었다. 배우들이 대본을 외우듯 나도 스크립트를 읽으면서 자연스럽게 외우고 있었다.

이제 고객에게 전화하고 계약을 하면 된다. 막상 전화하려니 '고객의 말에 적절한 응대를 못 하면 어쩌지.'라는 생각이 들어 잠시 주춤했다. 배우들이 대사를 잊었을 때 그 대사를 상기시키기 위한 방안으로 프롬프터에 의지하는 것처럼 나도 적절한 응대를 위해 따로따로 떨어져 있던 스크립트들을 테이프로 나란히 붙여 한 장으로 만들고 책상 위에 펼쳐 놓았다. 나란히 붙여 놓은 스크립트 때문에 고객과 상담할 준비가 다 된 것처럼 든든했고 나도 할 수 있겠다는 자신감이 생겼다. 전화 통화에서 상대가 밝은 톤으로 얘기하면 덩달아 기분이 좋아지는 것처럼 목소리를 밝고 부드럽게 하기 위해 입꼬리를 살짝 올리고 통화를 시도했다.

메라비언의 법칙을 한 번쯤은 들어봤을 것이다. 누군가와 첫 대면했을 때 인상을 결정짓는 요소를 분석한 결과 목소리가 38%, 몸동작이 55%(표정 35%, 태도 20%)였지만, 말의 내용은 7%밖에 영향을 미치지 않는다고 한다. 즉 의사소통에 있어서 호감도를 결정짓는 것은 비언어적 요소인 말투, 표정, 눈빛, 몸짓 등이라는 것이다.

TM은 전화로 소통하는 업무이므로 우리의 첫인상을 좌우하는 것은 선명하고 분명한 발음과 억양 그리고 음색이다. 목소리가 잘 들리지 않고 앵앵거리는 아이와 같은 어투나 말끝을 흐리는 경우는 상대방에게 신뢰를 줄 수 없고 자신감 없는 느낌을 줄 수 있음으로 주의해야 한다. 여기서 말하는 명확한 발음과 신뢰를 주는 어투를 표준어라고 생각하지 않길 바란다. 걸걸하고 둔탁한 목소리, 사투리 등 일반적으로 생각하는 상담원의 조건이 되는 목소리가 아닐지라도 계약을 잘 끌어내기도 한다. 그것은 음색이나 표준어보다 계약을 끌어내는 더 중요한 요소가 있다는 뜻이다. 그것은 '나에게 도움이 될 만한 내용을 알려 주네.'라는 마음이 들 수 있는 진정성일 것이다. 옆자리에 앉은 동료의 음색이 탁하고 굵기까지 해서 듣기에 부담스럽다는 느낌이 들 정도였다. 그렇지만 진정성을 갖고 상담을 하니 계약을 마구 쏟아냈다. 최근에는 사투리를 구사하고 음색이 둔탁하다 해도 TM을 하는 데 전혀 걸림돌이 되지 않는다. TM 전화를 받을 때 가장 많이 받는 전화가 아무래도 '솔'음을 내는 상담원들 전화였을 것이므로 사투리를 구사하고 둔탁한 음색의 상담은 '새롭다'는 느낌을 줄 수 있다. 사투리를 쓰고 둔탁한 음색이라 하더라도 전달코자 하는 내용이 명확하게 전달이 될 수 있는 전문적인 지식과 고객을 향한 진정성만 갖추고 있다면 고객과 소통하는 것은 전혀 문제가 되지 않는다.

개그맨들을 보면 참 말도 많고 재미있지만 집에 가면 말을 많이 안 한다고 한다. 누구에게나 인정받는 유명 셰프도 집에서는 요리하지 않는다고 한다. 각 잡고 얘기하는 아나운서들도 집에서조차 각 잡고 얘기하지는 않는다. 그들도 직업일 때와 일상생활에서의 모습이 다른 것이다. 우리도 전화 상담이 직업이기 때문에 일을 할 때 목소리에 화장하고 진정성을 갖고 상품을 전달한다면 누구나 TM 업무를 해낼 수 있다.

한번은 조회 시간에 굿 콜을 들을 기회가 있었다. 듣는 순간, 자주 듣곤 했던 'L 선배의 콜이구나.' 싶었다. 그런데 놀랍게도 L 선배가 아닌 B 후배였다. 조회가 끝나고 B에게 물었다.

"L 선배인 줄 알았는데 B 너라고 해서 깜짝 놀랐어. 목소리가 어쩜 이렇게 바뀐 거야?"

"L 선배 콜이 내용도 너무 좋고 목소리도 너무 좋아서 그냥 다 똑같이 하자 한 거죠~^^ 그래서 목소리도 똑같이 흉내 내려고 연습했어요~"

목소리도 훈련을 통해 바뀔 수 있다. 물론 평소에는 본인의 목소리가 나오겠지만 일을 할 때만큼은 목소리에 화장을 할 수 있다는 것이다. 연습하고 노력해서 결과가 나오지 않는 것은 없다. 아무것도 하지 않을 때 아무런 일도 일어나지 않는 것이다.

3

한 건 계약하려다 발목 잡힌다

> "명확한 목적이 있는 사람은 가장 험난한 길에서조차도 앞으로 나아가고,
> 아무런 목적이 없는 사람은 가장 순탄한 길에서조차도
> 앞으로 나아가지 못한다."
> – 토머스 카알라일 –

주변에서 웃는 상이라는 말을 자주 듣곤 했고, 웃을 때 입 모양이 하트 모양이라는 이야기도 많이 들었다. 거울을 보며 웃어 보면 입에 하트가 있다. 웃을 때 하트 입 모양이 된 결정적 계기가 있었다. 고등학교 때 친구 집에 놀러 갔는데 책상 위에 올려놓은 거울에 'SMILE~~^^'이라고 쓰여 있는 걸 본 그날부터였던 것 같다.

이루다 : 'SMILE~~^^' 이렇게 왜 써 놓은 거야?
친 구 : 나는 이거 보고 웃는 거 연습해. 웃으면 기분 좋아진다~

기분이 좋아진다고? 친구랑 헤어지고 집으로 돌아와 거울에

'SMILE~~^^'이라고 쓰고 책상 위에 올려놓았다. 거울을 볼 때마다 'SMILE~~' 하며 웃었다. 그게 전부인데 어느 순간 내 입에 하트가 뽕뽕이다.(N 스포츠사에서 근무할 때 사내에서 '오아시스 상'을 받기도 했다. 삭막한 사내에 예쁜 미소가 위안이 된다는 뜻으로 '오아시스'라는 이름으로 상을 준 것이다. 언제나 밝은 미소는 주변을 환하게 하고 기분을 좋게 하는 것 같다.)

콜 센터에 입사하게 되면 입사 축하 선물로 거울을 주는 경우가 많다. 무표정일 때와 입꼬리를 올려 미소 지으며 콜을 할 때의 음색 자체가 다르기 때문에 미소 지으며 상담을 하라는 의미다. 친구와 통화할 때 '여보세요' 한마디에 친구의 기분을 파악할 수 있는 것처럼 전화 영업을 할 때도 고객에게 인사하고 소속을 밝히는 도입에서 상대가 어떤 상황에 있는지를 파악해야 한다. 그리고 내가 어떤 감정 상태로 전화를 걸어 상담하느냐가 매우 중요하다. 유입된 DB 한 건 한 건을 클릭하며 전화 버튼을 누른다. 입꼬리를 올리고 밝은 톤으로 인사하고 소속을 밝힌다. 아무리 입꼬리를 올리고 밝은 톤으로 전화를 해도 바로 끊어지는 전화는 부지기수다. 그러나 퉁명스럽고 칙칙한 목소리라면 도입에서 전화가 끊어지는 확률은 훨씬 더 높아질 수밖에 없다. 정성을 다해 전화를 돌리다 간혹 보험에 필요성을 느끼고 있던 고객과 연결이 되면 길고 상세한 상담이 진행된다. 내 상담에 관심을 보인 고객이기에 상품에 관해 궁금한 것도 많다. 이때 상품에 관해 하나하나 상세하게 설명하고 설명 도중 고객의 정보를 하나씩 자연스럽게 질문한다.

"고객님, 주변이 조용한 거 보니 사무직에 종사하시나 봐요~"

"고객님, 장거리 운전하신다고 하셨는데 혹시 영업용 차량 운전하세요?"

"아이고~ 아기가 우네요~ 우리 고객님 주부님이신 거세요, 아니면 오늘 월차인 거세요?"

"우리 고객님, 5년 이내에 입원하셨거나 수술하셨거나 치료하신 거 있으세요?"

이렇게 상담 도중 자연스럽고 간단하게 고객 정보를 확인하고 고객이 고지한 내용에 따라(병력이나 직업 등에 따라 가입이 제한되는 상품이 있고, 가입한도 등도 차이가 나므로) 고객에게 맞는 상품을 상담과 동시에 설계를 진행하면 된다(컴퓨터에 익숙하지 않아도 고민할 필요 없다. 여러 유형의 설계를 하고 저장해 놓으면 마우스 클릭 한 번으로 저장된 설계 내용이 그대로 세팅이 된다). 설계할 때는 고객이 원하는 보장을 먼저 세팅한다. 설계 시 담보별 보장보험료가 100원 미만이라면 담보를 최대한 넣는 것을 권한다(조혈모세포 이식수술비, 고관절 인공관절 수술비, 5대 장기이식 수술비, 각막이식수술비, 유방절제수술비 등). 보험에 가입한다는 것은 만약의 사고에 대비하는 것이기 때문에 보장을 최대한 넓게 받을 수 있도록 설계하는 것이 좋다. 상담 후 설계서를 고객에게 메일이나 팩스로 제시하고 고객과의 재상담을 통해 설계 내용이 수정되기도 한다. 설계 내용은 좋지만, 고객이 생각하는 보험료와 설계사가 제시한 보험료의 차이가 크면 계약으로 성사되기가 어렵다. 그렇기 때문에 고객의 성향과 상황에 따라서 적절한 보험료를 어느 정도 생각하는지 물어보는 방법도 있고, 고객 연령에 적절한 보험료를 설계사가 제시하기도 한다(전자는 인바운드에서, 후자는 아웃바운드에서 주로 상담하는 화법이다).

"우리 고객님, 보험료는 어느 정도면 부담스럽지 않으시겠어요? 보험은 가입도 중요하지만, 가입보다 더 중요한 게 유지기 때문에 너무 높은 보험료로 진행하면 유지가 어려울 수 있거든요~"

"우리 고객님 연배에 암 진단비 ○○원 넣으려면 보험료 ○○원 정도면 충분히 진행 가능하세요~"

몇 차례 고객과의 상담을 통해 고객이 결정한 설계 내용으로 계약하겠다는 의사를 밝히면 녹취 스크립트를 읽으며 진행하게 된다. 녹취 스크립트를 진행하기에 앞서 스크립트 내용을 완벽하게 숙지하고 진행해야 한다. 녹취 스크립트에는 생소하고 발음하기 어려운 단어들이 많이 등장한다. 그리고 고객이 실제로 보장받는 내용을 말하는 것이기에 고객도 귀 기울여 듣다 이해가 안 되거나 속도가 빠르면 질문을 많이 한다. 고객이 몰라서 질문하는데 보험 전문가라는 설계사가 내용을 얼버무리거나 우물쭈물하면 신뢰를 잃게 되므로 반드시 정독하고 완벽하게 숙지하는 것이 중요하다.

녹취 스크립트에 고객의 고지의무(알릴 의무)가 있다. 고지의무는 정말 중요하다. 고객이 정확하게 고지하는 것도 중요하고, 설계사가 누락 없이 전산상 입력하는 것도 중요하다. 고지내용에 따라 할증이나 부담보로 인수 가능한 경우도 있고 가입이 거절되는 경우도 있기 때문이다. 고객이 고지한 내용의 진단명이 가입 거절 건인 걸 알고도 일부러 고지를 누락하고 계약을 진행하는 설계사들이 있다. 이런 경우는 계약한다고 해도 고객이 보상을 받을 때 보상이 안 되는 등의 문제가 발생하므로 정확한 고지는 필수이다. 심사 넣기 전 상담 마무리 단계에서 고지한 질병은 할증이나 부담보가 나올 수 있다고 언질을 준다. 그럼 고객도 심사 결과를 어느 정도 예상하기 때문에 심사 결과에 큰 거부감이 없다. 결과 안내를 위한 2차 통화 시에도 결과가 잘 나왔다는 인상을 주기 위해 활기찬 목소리가 중요하다.

- 부담보만 된 경우 -

"고객님~ 보험이라는 건 '아' 다르고 '어' 달라서 말을 어떻게 하느냐에 따라서 보상이 되냐, 안 되냐~ 하는 건들이 많거든요~ 그리고 심사 올릴 때도~ 어떻게 올리느냐에 따라서 할증이랑 부담 보가 동시에 나오는 경우도 있어요~ 그런데 제가 정말 신경 써서 심사 올렸는데요, 우리 고객님은 다행히 부담보만 나왔더라고요~ 너무 다행이시고요~^^ 좋으신 거는~ 전 기간 부담보만 나왔는데, 전 기간이라고 하더라도 5년 안에 그 부위에 진단받은 거 없다!, 치료력 없다! 그러면~ 부담보는 자동으로 풀어지면서 모든 부위 보장이 다 가능한 거예요~ 너무 좋으시죠, 고객님? ^^ 이런 경우 잘 없는데 심사 결과가 너무 잘 나와서 심사 결과 나오자마자 연락드렸어요. 고객님~^^ 이렇게 해서 우리 고객님 든든하게 보장받으실 수 있도록 바로 계약 진행해 드릴 거고요. 증권, 약관 서류 받으실 때쯤 다시 연락드려서 궁금하신 점 재상담 도와드릴게요, 고객님~"

- 할증만 된 경우 -

"고객님~ 보험이라는 건 '아' 다르고 '어' 달라서 말을 어떻게 하느냐에 따라서 보상이 되냐, 안 되냐~ 하는 건들이 많거든요~ 그리고 심사 올릴 때~ 어떻게 올리느냐에 따라서 할증이랑 부담보가 동시에 나오는 경우도 있어요~ 그런데 제가 정말 신경 써서 심사 올렸는데요, 우리 고객님은 다행히 할증만 나왔더라고요~ 할증이 됐다는 거는 안내해 드린 보험료보다 OO천 원 보험료가 오르기는 하는데요, 보장을 못 받는 부위가 없는 거라~ 우리 고객님 걱정하셨던 그 부위도 모두 다 보장받는 거니까 너무 좋으시죠, 고객님?^^ 저도 심사 결과 보고 너무 기분 좋아서 바로 연락드렸어요. 이렇게 해서 바로 계약 진행해 드릴 거고요. 증권, 약관 서류 받으실 때쯤 연락드려서 궁금하신 점 재상담 도와드릴게요, 고객님~"

심사 결과가 할증과 부담보가 나왔다고 걱정할 필요 없다. 가입이 안 되는 것보다는 할증과 부담보라도 가입하기를 원하는 고객이 많다.(부담보는 우리 몸의 많은 기관 중 일부이며 보장을 꼼꼼하고 알차게 준비하는 것이 무엇보다 중요하다. 또한 부담보 일지라도 상해는 보장이 가능하다.) 그 때문에 내가 어떻게 말을 하느냐, 목소리는 신뢰를 주는 목소리냐에 따라 고객이 안심하고 진행할 수도 있고, '보험에 가입하나 마나네.' 하며 그냥 떠나갈 수도 있다. 만약 고지의무 위반을 했을 시에는 납입한 원금이 아닌 그 시점의 해지 환급금을 돌려주기 때문에 정확한 고지를 하는 것이 고객에게 유리하다.

보험 상담을 하다 보면 계약을 할 것 같은 고객이 몇 차례 계약을 미루고, 며칠씩 계약이 나오지 않으면 초조해진다. 누구나 그렇다. 그렇지만 이때 순간의 실수로 고객이 병력을 고지하려고 하는데 유도 질문으로 고지를 못 하게 하거나, 설계사가 고객에게 개인 전화로 전화를 걸어 고지를 하면 가입이 안 되거나 보장이 축소되니 고지하지 말라고 회유하는 경우도 있다.

내 지인 얘기다. 지인의 어머니가 친분 있는 설계사에게 보험을 가입했다. 보험에 가입할 당시 고혈압약을 복용 중이셨는데 친분이 있던 설계사는 개인 핸드폰으로 지인의 어머니에게 연락해 고혈압약을 먹으면 보험 가입이 안 되니 고혈압약 복용하는 건 고지하지 말라고 했다고 한다. 지인의 어머니는 오랜 기간 설계사와 친분이 있었기 때문에 설계사를 믿고 설계사가 하라는 대로 고지의무를 위반한 것이다. 그렇게 보험에 가입하고 매달 보험료를 착실하게 납입하고 있었는데 문제는 지인의 어머니가 휴일에 집에서 친구분과 통화를 하는데 '악' 소리를 내며 그 자리에서 쓰러지셨고 병원으로 바로 옮겼지만 결국 다시 눈을 뜨지 못하셨다. 혈압이 올라 쓰러지셨던 것이다. 결국 고지위반으로 사망보험금 지급이 안 된다는 통보를 받고 지인이 나에게 전화를 했다. 혹시 휴대폰에 설계사가 고지하지 말라고 했던 내용이 녹취된 게 있는지 확인해 보라고 했다. 오래돼서 없을 것 같다고 했지만 결국 설계사가 고지하지 말라고 했던 녹취 내용이 확인됐고 사망보험금 6천만 원에 가입했지만 고지의무 위반으로 6천만 원의 50%인 3천만 원만 받게 됐다. 보험사는 고지의무 위반을 회유한 그 설계사에게 구상권을 청구했다. 당장은 수수료를 받아서 좋을지 모른다. 그러나 고지위반을 하면 하루하루가 걱정이다. '혹시 고객에게 무슨 일이 생기면 어쩌지?', '나에게 구상권이 청구되면 어쩌지?' 이런 걱정이 있으면 마음에 평안을 잃게 되고 마음의 평안을 잃으면 영업에 집중할 수가 없다. 차라리 정확한 고지를 하고 심사 결과가 부담보나 할증이 나왔다면 고객을 설득하거나 유병자 보험으로 가입을 진행하는 것이 고객에도 설계사에도 좋은 선택이다. 보험은 혹시 모를 사고에 대비해서 보상을 받기 위해 가입하는 것이지 막상 보상 청구를 했을 때 지급이 거절되는 무늬만 보험이어서는 안 되는 것이다.

위의 사례에서 보는 것과 같이 구상권이 청구된다면 계약으로 받는 수수료보다 몇 십 배 이상을 배상하게 되는 것이다. 어리석게 소탐대실하지 말자. 매사에 정직으로 설계하고 판매해야 한다. 한 건 계약하려다 그 한 건이 내 발목을 잡는 일은 없어야겠다.

4 / 알아야 팔 수 있다

"내일은 우리가 어제로부터 무엇인가 배웠기를 바란다."
– 윌리엄 셰익스피어 –

학창 시절 취미가 뭐냐고 물어보면 책 보기, 공부하기라고 말하는 친구들이 있다. 책 보기, 공부하기가 취미라니 정말 놀라웠다. 내가 초등학교 때 가장 좋아했던 건 고무줄놀이. 다리가 쭉쭉 잘도 올라가서 나는 깍두기를 하곤 했다. 우리 동네에서는 고무줄을 제일 잘하는 친구에게 '깍두기'를 시켜주었고 깍두기는 각 팀에 투입이 되어 구세주(?)의 역할을 하게 되는 것이다. 초등학교 입학 전 동네 친구가 검은색 고무줄을 연결해서 길어진 고무줄을 갖고 놀러 나왔다. 친구와 나 둘이었으므로 나무에 고무줄을 매고 한사람이 반대쪽 고무줄을 잡은 뒤 한 명씩 노래에 맞춰 고무줄을 넘으며 노는 게 재밌었다. 깔깔깔 웃으며 '네가 졌다, 내가 이겼다' 하는 것이 재미

있어서 매일 친구와 하는 놀이가 되었고 재밌게 계속하다 보니 잘하게 된 것 같다. 이렇게 고무줄놀이에 푹 빠졌던 초등학교를 졸업하고 무슨 마음이었는지 이제 공부 좀 해 볼까 싶었다. 중학교 때 한살 많은 친언니에게 수학 문제집을 펴들고 가 어떻게 푸는 것인지 물어봤다. 설명이 꽤 괜찮았는지 금세 이해가 됐고 내 책상으로 돌아와 그 문제를 반복해서 풀어 봤다. '되네. 된다!'

수학 문제는 공식을 알아야 풀 수 있다. 풀 수 있어야 알려줄 수 있다. 물어본 사람도 반복해서 풀어 봐야 혼자서 풀 수 있게 된다. 보험 상품을 공부할 때도 똑같다. 공식을 반복하는 것이다. 스크립트에도 공식이 있다. 상품 공부를 할 때도 나만의 공식이 있다. 반복하라고 하면 무엇을 어떻게 반복해야 하는지 여기서부터 막막한 사람이 있을 것이다. 내가 상품을 공부하는 방법은 첫 번째로 보장 내용을 훑어보고 설계를 한다. 모든 담보를 넣어 설계한 후 가입 제안서와 상품 설명서를 출력한다. 학창 시절 공부 잘하는 친구들의 노트처럼 색깔 볼펜으로 체크도 하고 별표도 하며 꼼꼼하게 읽어본다. 보장마다 어떻게 보장이 되는지 확인하고 애매한 부분은 약관을 함께 펼쳐 본다. 보상하지 않는 손해도 꼭 체크를 해 둬야 한다. 여러 번 다른 형태로 설계해 본다. 당, 타사의 담보별 가입 한도를 확인하고 당사의 가입 한도 내에서 어떻게 설계서를 제시해야 고객에게 유리한지를 연구하는 것이다. 두 상품으로 나뉘어 설계가 된다고 하더라도 한 상품으로 설계했을 때와 보험료 면에서 큰 차이가 없다면 빈번하게 보장받는 담보는 두 상품에 각각 넣어 설계함으로써 중복으로 보장받을 수 있도록 하는 것이다. 이렇게 하려면 당, 타사의 보장 한도를 알아야 하고 설계를 여러 차례 해 봐야 알 수 있다.

운전자 보험에 가입하려는데 상해 보장을 든든히 가입하길 원한다고 했다면 고객이 생각한 보험료 지출액을 먼저 확인한다. 설계사와 고객이 생각하는 '든든하게'와 '적당한 보험료'의 갭 차이가 있을 수 있음으로 고객이 생각하는 내용과 맞지 않는다면 그 설계는 의미가 없게 되는 것이다. 고객이 원하는 보험료 내에서 어떻게 설계하면 상해 보장을 든든히 가입할 수 있을까를 먼저 생각해 봐야 한다. 그리고 운전자 보험 외의 다른 상품에서 상해 보장으로 세팅을 하는 것이다. 예를 들면 손해 보험사의 골절 진단비는 고객들이 많이 보장받는 담보 중 하나이다. 이때 당사의 골절 진단비의 총 가입 한도를 확인하고 각 상품의 골절 진단비 한도를 확인하는 것이다. 당사의 총 가입 한도 내에서 그리고 고객이 생각하는 보험료에서 크게 벗어나지 않도록 A 상품과 B 상품에 골절진단비를 세팅함으로써 중복보장받을 수 있도록 하는 것이다. 당사의 총 가입 한도와 상품별 가입 한도를 모른다면 연령과 직군에 따라 당장 필요도 없는 '상해사망', '교통상해사망', '상해 입원 일당'으로만 가입 금액을 높이는 설계가 되는 것이다. 그렇기 때문에 담보별 가입 한도를 알고 상담하는 것과 모르고 상담하는 것은 설계에 큰 차이가 있을 수밖에 없다. 가입 한도를 알고 상담한다면 매끄러운 상담을 할수 있고 고객 입장에서 보다 만족스러운 설계가 될 수 있는 것이다. 상담 한번 할 때마다 자료를 찾는 아마추어 설계사는 되지 말자. 고객도 느낀다. 아마추어구나!

하나 더 예를 들어보자.

암 보험 상담 요청을 하는 고객이 있다. 상담하기 전에 먼저 파악할 것들이 있다. 당사의 암 진단비의 한도(연령대마다 가입 가능한 한도가 상이하므로 상담 전 미리 확인하는 것이다)는 얼마이고, 유사 암(소액암)으로 구분되는 암은 어떤 암이 있는지, 고객이 타사에 가입해 놓은 암 진단비는 얼마나 가입해 놓았는지, 100% 보장되는 시점은 언제인지, 납입 면제 조건은 어떻게 되는지, 상담 요청한 고객을 기준으로 갱신형이 유리한지 비갱신형이 유리한지, 암 수술비는 1회만 지급되는지, 수술할 때마다 지급이 되는지, 암 입원 일당이 요양병원에 입원할 때도 보장이 되는지 등이다. 당사 상품 공부가 끝났다면 경쟁사의 상품을 비교 및 분석한다. 비교 후 자사의 장점을 부각시키는 화법을 연구하는 것이다. 만약 고객이 "대장점막내암이 유사암으로 빠져있어서 싫어요."라고 한다면 어떻게 반론 극복할 것인가? 아래 두 가지 예로 비교해 보자.

A 설계사 : 네~ 저희가 유사 암으로 빠져 있어요. 저도 좀 안 좋다고 생각하는데… 그래도 저희 회사 믿고 가입하세요.

B 설계사 : 네 맞아요, 고객님~ 대장점막내암은 많이 진단받는 암 중에 하나잖아요~ 많이 진단받는 암인데 일반암에서 빠져있으니까 걱정되시죠? 그런데 걱정하지 않으셔도 되는게요~ 대장점막내암은 조기 대장암이라고 보시면 되는데~ 타사 같은 경우는 대장점막내암이 일반암에 들어가 있어서 대장점막내암으로 진단받으시면 일반암 진단비에서 진단비를 받게 되잖아요? 그러면 문제가 뭐냐면 그 이후에 여성분들 많이 진단받으시는 유방암이든, 자궁암이든 (남성분들 많이 진단받으시는 위암이든, 대장암이든) 어떤 일반암으로 진단받으셔도 일반암 진단비는 더 받으실 수 없으신 거고요~ 여기까지는 이해되시죠, 고객님?^^ 저희처럼 대장 점막내암을 유사암 진단비로 지급받으셨다~! 그러시면 그 이후에 유방암이든, 자궁암이든 다른 일반 암으로 진단받으셔도 일반암 진단비로 또 지급되기 때문에 저희처럼 대장점막내암이 유사암으로 빠져있는 게 훨씬 더 든든하게 보장받는거다~ 라고 보시면 되시는 거세요^^ 저희 상품이 훨씬 더 괜찮으시죠, 고객님?^^

고객은 A 설계사와 B 설계사 중 어떤 설계사에게 가입할까?
고객을 만날 때마다 내 가족, 내 지인의 보험을 설계한다는 마음으로 성심성의껏 상담을 하고 어떻게 설계하면 고객의 현 상황(고객의 연령, 직군, 경제적 상황, 결혼 여부, 가정에서의 위치 등)에서 가장 합리적이고 적절한 보험료를 산출할 것인지, 어떻게 하면 더 큰 혜택을 받을 수 있도록 설계할지 생각하다 보면 이상적인 설계가 될 것이다. 고객을 향한 나의 이런 마음이 고객에게 고스란히 전달되는 것 같다. 고객은 여러 설계사에게 상담을 받고 설계서를 받는다. 결국 가장 성심껏 상담하고 설계한 상담사에게 계약하게 되어있다. 그렇기 때문에 다른 설계사들과 차별화된 상담, 차별화된 설계를 해야 하는 것이다.

설계를 잘했다고 해서 그 설계서만 보고 가입하는 고객도 거의 없다. 그러므로 내가 공부하는 두 번째 방법은 상담 스킬을 익히는 것이다. 보험 지식을 습득하고 이상적인 설계를 했다 하더라도 그것이 이상적인 설계인지 고객은 알 방법이 없다. 따라서 고객에게 어필하는 능력 또한 중요하다. 콜 듣기와 더불어 한 가지 팁을 드린다면 홈쇼핑 채널을 활용하는 것이다. 홈쇼핑을 보면 쇼호스트들이 얼마나 말을 잘하는지 자신도 모르게 수화기를 들고 상품을 구매하고 있었다는 얘기를 주변에서 보기도 많이 보고 듣기도 많이 들었을 것이다. 쇼호스트들은 그들만의 매력이 충만하다. 우리는 여기서 그냥 "잘한다~" 하고 감탄만 할 것이 아니라 고객의 지갑을 활짝 열게 하는 쇼호스트들의 화법을 연구해서 고객이 나에게 계약을 체결하게 하는 기술을 익혀야 한다. 실전 화법으로 구사할 만한 멘트들이 있는지 주의 깊게 시청하는 것이다. 그리고 쇼호스트들이 어떤 부분에서 강조하는지, 그때의 억양과 음색은 어떤지 유심히 보고 그들을 흉내 내 보는 것이다. 그대로 흉내 내려고 해도 나만의 억양과 음색이 있음으로 어색하게 느껴질 수 있다. 하지만 걱정할 것 없다. 좋은 멘트가 있다면 그 멘트를 활용하면 되는 것이고 포인트를 어느 부분에 두었을 때 전화가 많이 들어오는지 살펴보고 억양과 음색은 내 입에 맞게 편하게 진행하면 그만이다. 너무 빠르게 지나가서 미처 멘트를 적지 못했다면 인터넷을 켜고 내가 원하는 홈쇼핑을 검색한 뒤 지난 방송 다시 보기에서 재시청하면 된다. 이때 정지 버튼과 뒤로 가기 버튼, 재생 버튼을 번갈아 누르며 반복해서 들어보고 활용하기 좋은 멘트를 정리해서 고객과의 상담에 적절히 활용하는 것이다. 말에는 뿜어져 나오는 에너지가 있다. 똑같은 내용을 얘기한다고 하더라도 어떻게 소화하고 말하느냐에 따라 전달력이 크게 달라진다. 반복적인 연습을 통해 누구나 할 수 있다. 믿고 한번 해 보길 바란다.

또한, 회사에서 진행하는 교육만 맹신하지 말고 정확하게 내가 분석하고 파악해야 한다. 한때 금융 자격증 공부에 열을 올린 적이 있다. AFPK 공부를 했었는데 많은 걸 배웠다. 자격증 취득 여부를 떠나 공부하는 그 과정에서 얻는 것이 정말 많다. 우리가 건강 보험을 판매하면서 의사처럼 깊고 넓은 지식을 알 수도 없고 알 필요도 없다. 연금을 판매하면서 세무사처럼 세금에 대한 깊은 지식을 갖출 수도 없다. 하지만 내가 판매하는 연금 상품이 세제 적격 상품인지 세제 비적격 상품인지, 세제 적격이라면 연금을 수령할 때 어떤 식으로 세금이 적용되는지 정도는 알고 판매해야 한다. 그리고 세금과 연금 종류에 관해 공부하고 들어본 것과, 연금의 종류도 모르고 판매하는 것은 큰 차이가 있으며, 깊게 알지 못하더라도 고객과 상담할 수 있을 정도의 스킬은 갖추어야 한다. 우리는 똑같은 말만 반복하는 녹음테이프 같은 상담원이 아니라 고객의 상품을 설계하는 설계사임을 잊어서는 안 될 것이다.

한번은 나보다 십 년이나 보험 경력이 많은 선배 언니가 고객과 연금 상담을 한 후 나에게 와 묻는다.

설계사 : 루다야, 고객이랑 상담하는데 IRP 어쩌고저쩌고하는데 그게 무슨 말이야?

이루다 : 퇴직금을 금융기관에 맡겨두는 거고 퇴직금을 연금 형식으로 받으면서 세제 혜택도 받는 상품이에요.

조금 더 자세히 풀자면 퇴직금은 회사에서 퇴직금을 보관해 두었다가 퇴직 시점에 일시금으로 지급받는 형태인데 이렇게 하니 퇴직할 시점에 회사가 어려워지면 퇴직금을 못 받는 경우가 있어 이런 단점을 보완하기 위해 고용노동부에서는 2005년 12월부터 퇴직연금제도를 시행하게 된 것이다. IRP(individual retirement pension)는 퇴직연금의 종류 중 하나로 개인형 퇴직연금 계좌라고 보면 된다. 퇴직금을 보호하기 위해서 퇴직금을 외부 금융기관(은행, 증권사, 보험사)에 맡겨두는 것이고 각 금융기관의 투자운용을 통해 발생 한 수익금이 있다면 수익금과 함께 만 55세 이후 연금 또는 일시금 형태로 받는 제도이며 세제 혜택도 받을 수 있는 상품이다. 고객이 IRP에 대해서 언급했던 것은 IRP에서도 세제 혜택을 받는데, 개인연금을 따로 가입해야 하는지 고민이 돼서 상담을 요청했던 것일 텐데 IRP가 무엇인지조차 모르고 "IRP요?"라고 반문했으니 상담이 진행조차 될 수 없었던 것이다. 이렇게 어설프게 1차 상담이 진행된 고객에게 다시 전화한다고 하더라도 1차 상담에서 이미 신뢰를 주지 못했기 때문에 계약으로 이어지기는 어렵다. 나 또한 공부하지 않았더라면 몰랐을 내용이다. 그렇기 때문에 항상 학습이 동반되어야 하는 것이다. 누군가는 이런 과정을 거쳐 계약하고 월 천만 원, 연봉 1억 이상씩 받고 있는데, 누군가는 계약이 안 나오는 건 DB 때문이라며 DB 탓을 하고, 타사보다 보장 금액이 너무 적다며 어떻게 상품을 팔라고 하는 거냐며 회사 탓, 상품 탓을 한다. 같은 환경에서 동일한 조건으로 일을 하는데도 불구하고 무언가 계속 이유를 찾고 있다. 실적이 안 나오는 이유를 말이다. 가족과의 여행, 친목 모임 등에서 단체 사진을 찍는 경우가 있다. 같은 사진을 보고도 누구는 잘 나왔다고 하고, 누구는 사진이 이상하다, 잘못 나왔다고 한다. '잘 나왔다, 안 나왔다,'의 기준은 내 얼굴이 어떻게 나왔느냐다. 내 실적만 보니 탓할 것들 투성이다. 같은 사건을 보고도 일부에서는 '나도 하면 될 것 같다, 해 보자!'라고 말하는 사람이 있고, '당신은 운이 좋아서 그랬겠지!'라고 말하는 사람이 있다. 내가 나에게, 내가 남에게 부정을 주입할 시간에 나를 계발하고 화법을 연구하는 편이 낫다. 실력을 갖추고 있어야 기회가 왔을 때 잡을 수 있는 것이다.

콜센터에 적합한 성향은?

"한 사람의 가능성과 다양성을 이해하는 것이 사랑의 시작이다."
– 김승호 생각의 비밀 –

콜센터에는 말 잘하는 사람이 정말 많다. 흔히 말하는 '말 잘하는 사람'은 내 말만 쏟아내지 않고, 상대방의 얘기를 경청할 줄 알고, 적재적소에 필요한 말을 필요한 만큼 하는 사람을 말한다. 그러나 콜센터에서는 좀 다르다. 필요한 만큼 말을 한다는 것은 고객의 입장에서가 아닌 설계사의 입장에서 필요한 만큼의 말이 될 것이고, 임기응변에 강하며 고객이 무슨 말을 하던 상황에 맞게 센스 있고 적절하게 받아치는 걸 얘기한다. 말솜씨가 정말 현란하다는 표현이 맞을 것 같다. 이렇게 말 잘하는 사람들이 모여 있는 콜센터는 늘 시끌벅적하다. 그러나 말을 꼭 현란하게 잘할 필요는 없다. 영업에 필요한 말주변은 연습을 통해 언변술사로 만들어지기도 하기 때문이다. 또한 '보험'의 '보' 자도 모르고 설계사로 첫발을 내딛는 사람이라면 보험 조직에서 만나는 사람들의 영업 스킬을 보는 대로, 듣는 대로 스펀지처럼 그대로 흡수하므로 보험 조직에서 만나는 관리자, 동료, 동기가 정말 중요하다.

임기응변에 뛰어나고 말 잘하는 사람들이 모여 있는 콜센터에서도 전화로만 상담하지는 않는다. 바쁜 직장인들은 전화 통화를 오래 할 수 있는 시간적인 여유가 안 되는 고객이 많다. 그런 고객들은 서류로 모든 것을 처리하기를 원하기도 한다. 예를 들면, 메일로 제안서를 첨부하고 메일 상단에 주요 보장 내용을 풀어서 설명하는 방식으로 진행하는 것이다. 그리고 고객이 가입 의사를 밝히면 전화상으로 주요 보장 내용만 다시 짚고 계약 녹취를 진행하면 된다. 콜센터에서는 주 업무가 전화 상담이지만 메일이나 문자, 카카오톡만으로도 상담과 계약이 진행되는 경우도 있다. 메일 제목에도 성의와 정성이 있어야 한다.

1. OO 화재, 운전자 보험 가입 제안서입니다.

2. OOO 님~ ★OO 화재 운전자 보험 가입 제안서입니다★
늘 믿음 드리는 이루다 RC 드림.

1번보다는 2번의 메일 제목이 고객이 보기에도 좋고 설계사의 업무 태도, 고객에 대한 마음가짐을 느낄 수 있다. 또한, 첨부 파일 명도 어떤 내용이 첨부되었는지 압축해서 쓰면 좋다.

1. OOO 님, 가입 제안서입니다.

2. OOO 님, OO 해상 의료 실비 가입 제안서입니다.

1번보다는 2번의 형태로 보내는 것이 좋고, 제안서를 비교해서 두 개 이상의 제안서를 보내는 경우는 파일명 뒤에 1), 2)를 붙여 주는 것이 좋다.

메일을 보낼 때는 소속을 먼저 밝힌 후 내용을 일목요연하게 정리해서 쓰고, 한 번 더 소속을 밝히며 마무리한다. 상담할 시간이 되지 않아 메일로 상담을 하는 경우이므로 핵심만 간략하게 전달하는 형식으로 내용을 기재하고, 강조해야 하거나 중요한 부분은 색을 덧입히거나 글자 사이즈를 늘려 포인트를 준다. 나는 상담할 때나 메일이나 문자를 이용할 때 '우리 고객님'이라는 말을 자주 사용한다(각자에 따라 '고객님', '회원님' 'OO 님' 등 사용하기 편한 호칭을 사용하면 된다). 그리고 상담할 때는 미소를 머금고 상담을 하고, 문자나 메일에는 웃는 이모티콘(^^)을 자주 사용한다. 글에도 감정이 담기기 때문에 대화하고 있지 않지만, 글을 통해 내 마음을 표현하려고 노력하는 것이다. 아래는 고객에게 보낸 메일 형식이다. 어렵고 복잡하고 장황하게 글을 쓰는 것이 아니라 고객이 보기에도 이해가 쉽고, 간결하게, 일상용어들로 메일을 작성하는 것이다.

OOO 고객님~

늘 믿음 드리는 OO 보험 담당 이루다 RC입니다.

유선상으로 짧은 시간이지만 인사드리게 돼서 반가웠습니다. ^^

고객님께서 요청하신 내용으로 제안서 첨부했으니 검토해 보시고요, 모든 보장 내용은 고객님께서 원하시는 대로 자유롭게 설계 가능하시니 편하게 말씀 주세요~^^

조금 전에 말씀드렸던 '골절 진단비' 받으시는 부분에 대해서 헛갈리셔서 정리해 봤습니다.

예를 들면…

운전 중, 우리 고객님께서 접촉 사고로 핸들에 이마를 부딪쳤는데 이마에 살짝 금이 갔고 합의 차 입원을 2주 하신 경우라면…

골절 진단비 : 30만 원 +

상해 입원 일당 : 28만 원(1일당 2만 원 * 14일) +

교통상해 입원 일당 : 42만 원(1일당 3만 원 * 14일)

=> 총 100만 원을 받게 되시는 거세요.

이렇게 정리해 드리니 어렵지 않게 이해되시죠? ^^

납기에 따른 보험료도 정리해 드려요~

20년 납 20년 만기 시 월 보험료 OOO 원,

25년 납 25년 만기 시 월 보험료 OOO 원이에요~

다시 찾아뵙고 궁금하신 점 자세한 상담 도와드리고요,

제 고객님으로 모실 기회가 닿았으면 합니다.

편안한 저녁 시간 되세요^^

－늘 믿음 드리는 OO 보험 담당 이루다 RC 드림 －

(연락처 : 010 － **** － ****)

---

*본 내용은 고객님의 이해를 돕기 위한 예시 내용으로 지급 금액은 실제 사고에 따라 변경될 수 있음으로 보상 여부 및 구체적인 상품 내용 등에 관하여는 해당 보험 약관 및 상품 설명서 그리고 상품 안내장을 참조하십시오.

　　이런 형식으로 메일 작업을 했다. 문자나 카톡으로 내용을 전달할 때도 핵심 내용만 간략하게 요약해서 보내면 된다. 계약을 한 후에는 다지기 문자를 보낸다.

고객님, 늘 믿음 드리는 OO 화재 이루다 RC입니다.

(010-****-****)

긴 녹취 하시느라 고생 많으셨고요,

든든한 내용으로 잘 준비되셨습니다. ^^

서류 받으실 때쯤 다시 연락드릴 거고요,

앞으로 성심성의껏 잘 관리해 드리겠습니다.

춥고 쌀쌀한 날씨에요~ 감기 조심하세요.

-늘 믿음 드리는 이루다 RC 드림-

이런 다지기 문자는 고객에게 꼼꼼한 담당자 이미지를 심어주게 된다.

지인 중에 말재주가 있다고 표현할 수 없는 근면, 성실한 남자 사람 친구가 이직을 고민하고 있었다. 공무 일을 했기 때문에 꼼꼼하고 섬세한 친구였다. 1군 건설사에서 근무했었는데 야근이 잦아 본인 시간을 갖기도 힘든 일이었다. 대학에서는 대기업 건설회사에 입사하는 것이 목표였기 때문에 학과 공부도, 토익 공부도 열심히 했는데 막상 들어가서 보니 생각했던 것과는 많이 달랐던 것이었다. 그렇지만 막상 이직하려고 하면 이직하기까지 시간도 걸리고 그동안 아파트 대출금이며 자동차 대출금 등 고민거리들이 참 많기에 이직을 생각하고 있어도 누구나 쉽게 결정 내리긴 힘들 것이다.

친구가 고민하는 날이 많아지자 나는 보험 콜센터를 적극적으로 추천했다. 지금 하는 일보다 연봉도 두 배 이상 받는 사람들이 많고, 야근도 없고, 남자들도 많이 근무한다고 얘기해 주었다. 나는 내 사업을 하고 있다는 마인드로 이 일에 종사하고 있어서 보험 사업을 한번 해 보라고 권했던 것이다. 그러나 사람마다 가치를 어디에 두느냐에 따라 연봉을 지금의 두 배 이상 받을 수 있고, 경직된 사무 업무보다 자유로운 업무 환경이라 하여도 쉽게 결정할 수 있는 일은 아니었을 것이다. 전화 상담으로 주로 계약을 하지만 메일로도 계약을 진행한다는 얘기도 해 주었다. 몇 달의 고민 끝에 남자 사람 친구는 콜센터에서 일해 보겠다는 의사를 밝혔다. 처음에는 상담에 많은 어려움을 느꼈지만 내가 알려주는 대로 업무 숙지를 잘해 나갔고 전화 상담은 물론 메일 상담으로 계약 체결을 많이 했다(메일로 진행하는 경우는 오해의 소지가 없도록 녹취 전 보장 내용의 주요 부분을 되짚어 정확하게 인지시켜야 한다). 그 친구는 평균 5백만 원 이상의 급여를 받고 만족해하며 장기 근속했다. 콜센터에 입사한다고 계속 상담 업무에만 머무르지 않는다. 관리자 승진 기회도 있고 자금을 모아 본인의 목표를 이루기 위한 금전적인 발판을 마련할 수도 있다. 지금은 본인이 이루고자 하는 꿈을 위해 콜 센터를 떠났지만 내가 다시 보험 콜센터를 찾은 것처럼 한 번 배워두면 언제고 다시 문을 두드릴 수 있는 곳이 보험 콜센터이고 내가 노력하는 만큼 소득을 가져갈 수도 있다. 목소리와 성대 관리를 잘하고 건강하다면 콜센터는 평생 직장이다.

사촌 여동생은 제과와 제빵 만드는 기술이 있고 아기자기한 것들도 잘 만드는 손재주가 좋은 친구다. 얼굴도 참 예쁜 동생인데 목소리는 중저음으로 외모랑 매치가 잘 안 되기도 한다(콜센터라고 무조건 목소리가 가늘고 '솔'음을 내야 한다는 고정관념을 깨길 바란다). 사촌 여동생이 취업 문제로 고민하고 있을 때 내가 근무하는 콜센터로 리쿠르팅(recruiting)을 했다. 사촌 동생도 처음 보험 설계사라는 직업에, 오직 전화 통화로 무형의 상품을 판매한다는 것이 걱정된 듯했다. 보험을 처음 접하면 누구나 비슷한 걱정을 한다. 설계도 복잡하고 뭐부터 어떻게 공부해야 하는지 막막해하기에 집으로 불렀다. 설계하는 방법, 전산 활용 방법, 메일 보내는 방법, 그리고 제일 중요한 스크립트 읽는 방법 등 중요한 포인트들을 하나하나 알려 주었다. 내 사촌 여동생도 단시간에 월급이 400만 원대로 올라갔고(연봉 6천만 원 이상) 콜센터에서 돈을 벌어 작은 카페를 차렸다. 지금도 얘기한다. "언니, 나는 콜센터에서 일할 생각도 없었고 그런 일이 있는지도 몰랐는데, 그때 언니가 콜센터 상담원이라는 직업을 알려주고 적응시켜줘서 나 돈 벌었어. 정말 고마워." 하고 말이다. 처음에는 누구나 막막하다. 그러나 언변이 좋은 사람도 그렇지 않은 사람도, 목소리가 예쁜 사람도 그렇지 않은 사람도, 표준어를 구사하는 사람도 그렇지 않은 사람도 누구에게나 콜센터의 문은 활짝 열려있다. 누구에게나 열려 있는 콜센터에서 누구나 성공하지는 못한다. 누구에게나 열려있는 콜센터에서 성공하려면 뜨거운 열정을 가지고, 나를 위한 것이 아닌 고객을 위한 설계를 하겠다는 마인드 세팅만 되어 있다면 돈은 저절로 따라오게 되어있다.

목소리가 너무 예뻤던 A 언니는 입사하자마자 계약이 쏟아졌고 상위권에 빠르게 진입했다. 그런데 몇 달 뒤부터 이상한 점이 눈에 띄었다. A 언니는 보장 내용 변경을 원하면 고객에게 무조건 기존 상품을 해지시키고 재가입하는 방식으로 영업을 했다. 하루는 퇴근 시간이 맞아 저녁 식사를 같이할 기회가 있었다. A 언니와 이런저런 얘기를 나누다 언니가 먼저 말을 꺼냈다. 보장을 변경해 달라거나 추가해 달라고 해서 해지하고 다시 가입시킨 고객이 몇 명 있다고 하기에 언니에게 물었다.

이루다 : 언니, 기존 상품을 해지시키면 고객 입장에서는 손해가 크잖아~

A 언니 : 고객이 보장 변경을 원하면 해지하고 다시 가입해야 하는 거 아니야? 다른 방법이 있어?

정말 깜짝 놀랐다. A 언니는 '배서'를 모르고 있었던 것이다. 보장 내용 변경을 원할 때는 배서를 통해서 변경하는 방법을 알려주니 "그런 것도 있구나. 몰랐어~"라고 하는 것이다. 모르면 물어야 하는데 혼자 아는 방법대로만 일을 하고 있으니 피해를 보는 건 고객이다. 고객이 손해가 조금이라도 있다면 손해를 보지 않고 처리할 방법이 없는지 고민하고 알아봐야 한다. '고객이 손해가 있든 없든 나만 돈 잘 벌면 되지.'가 아니라 어떻게 하면 고객이 손해를 보지 않고 보장을 더 많이 받아 갈 수 있을지를 생각하고 연구하는 자세를 갖춘 사람, 배움의 자세가 있는 사람이 이 일에 적합하다고 생각한다. 그러나 A와 같은 자세로 일하게 되면 곧 고객들도 눈치를 채게 되어 있고 운이 좋아 상위권에 진입할 수 있었지만, 결과는 뻔하다. 하나의 계약에 급급해서 지인에게 보험 하나 가입해 달라고 사정하고, 계약 내용 변경 원하는 고객에게 배서만 하면 될 것을 간단한 업무조차 익히지 못해서 기존 상품을 해지시키는 만행을 저지르지 말아야 한다. 이 모든 것을 갖췄을 때 우리는 전문가로서 인정받을 수 있다.

'나는 나이가 많아서 안 돼.', '나는 나이가 어려서 안 돼.', '나는 사투리도 쓰고 억양도 세서 안 돼.', '나는 목소리가 작아서 안 돼.' 등등의 안 되는 이유를 찾지 말고 이 일을 할 수 있는 이유를 찾아 도전해 보자. 나이가 많으면 인생의 경험이 많아 이야기 소재가 많고, 나이가 어리면 스펀지처럼 배우는 대로 빠르게 흡수하고, 상담원의 '솔'음에 익숙한 고객들은 사투리를 구사하는 상담원을 만나면 신선하다고 생각하며 더 귀 기울일 수 있고, 목소리가 크든 작든 의사전달만 명확하게 하면 되므로 고민하지 말고 그냥 해 보는 거다. 노력하고 수정하고 보완하며 실행하는 과정이 반복되면서 내가 모르던 나의 끼와 재능을 발견할 수도 있다. 6개월만(단일 상품은 2개월만) 최선을 다해 몰입해 보자. 노력하고 노력했는데 이 길이 내 길이 아닌가 보다 싶으면 아무 일도 없던 것처럼 되돌아가면 그만인 것이다. 다만 시작도 안 해보고, 노력도 안 해보고 돌아가면 미련과 후회가 남을 수 있음으로 후회 없는 선택을 하자.

제 2 장

영업에서 계약은 인격이다

최저 시급 8,590원

> "부자가 되는 쉬운 방법이 있다.
> 내일 할 일을 오늘하고 오늘 먹을 것은 내일 먹어라."
> — 유대 속담 —

　본인을 베스트셀러 작가라고 소개하는 남인숙 작가는 사이코드라마 20분짜리 연극 대본을 의뢰받아 아르바이트로 시작한 것이 글을 쓰게 된 결정적인 계기라고 한다. 연극 대본을 처음 쓰면서 좋은 기회라고 생각했는데, 대학교 4학년 때 처음 쓰는 연극 대본이 잘 써지지 않았고 결국 배우들이 직접 대본 수정을 했다고 한다. 남인숙 작가는 배우를 프로라고 칭하고 본인은 아마추어라고 칭했다. 본인이 쓴 글이 무대 위에 올라간 것을 보고 가슴이 쿵 하며 작가의 길을 걸어가야겠다고 결심하게 되었다고 한다. 지금은 젊은이들의 멘토, 베스트셀러 작가 등 많은 수식어가 붙은 남인숙 작가도 처음부터 지금의 수식어를 갖게 된 것은 아니었다.

마찬가지로 우리도 TM이라는 무대 위에 서려면 대본이 있어야 하고 그 대본을 내 입에 맞게 수정하는 작업이 필요하다. 회사에서 나눠 주는 대본(스크립트)을 갖고 주야장천 무대 위에 올랐는데 관객(계약 고객)이 없다면 대본의 수정이 필요한 것이다. 대본을 내 입에 맞게 수정하라고 하니까 계속 대본을 수정만 하고 무대 위에 서지 않는 사람들이 있다. 관객 다 떠난다. 수정했으면 반드시 무대 위에 서야 하고 관객들의 반응을 보면서 또다시 수정하고 보완하고 실행하는 일련의 과정을 반복하면서 나만의 대본을 만들어야 한다. 우리는 프로다. 프로는 무대 위에 자주 오르고 무대를 장악해야 한다. 그러면 관객은 모여들 것이고 박수와 환호성이 들릴 것이다.

한 센터에 근무할 때 센터장님보다 5살 많은 50대 중반쯤 되는 K를 실적이 바닥이라는 이유로 자리로 불러 한참을 얘기한다. 한참 후 K는 눈물을 뚝뚝 흘리며 밖으로 나갔다. 얼마나 자존심 상하는 소리를 들었으면 5살 어린, 직장 밖에서는 동생도 한참 동생인 센터장 앞에서 눈물까지 흘릴까 싶었다. 보통 이런 경우는 퇴사를 결심한다. 그런데 K는 달랐다. 늘 변함없이 열심히 일했다. 그러나 실적 또한 늘 변함없이 바닥이었다. 계약은 곧 인격이라는 영업 조직에서 정말 안타까운 일이었다. 그런데 놀랍게도 2년 6개월쯤 지나자 실적이 바닥이었던 K는 상위권으로 진입했고 월급은 천만 원을 넘기기도 했다. 어떤 사람은 빠르면 6개월 만에 결과를 낼 수도 있고,

늦는 사람은 5년, 10년이라는 시간을 투자해야 하는 경우도 있다. 물론 더 오래 걸리는 사람들도 있고 늘 하위권에 머무는 경우도 있다. 빠르게 성장하는 방법은 앞장에 꿀팁을 서술해 놨으니 잊었다면 앞장으로 다시 돌아가 꼼꼼하게 살펴보면 된다. 상담원들이 실적이 나오지 않아 힘들어할 때면 관리자들은 두 부류로 나뉜다.

A 관리자 : 버텨. 버티면 돼.

B 관리자 : 요즘 실적이 안 나와서 힘들지? 요즘 힘들어서 콜 한번 들어봤는데 클로징이 좀 늦더라, 그 부분만 조금 보완하면 될 것 같아. 그리고 예전에 계약했던 콜 한번 들어봐.

A와 B 관리자 중 처음에는 그냥 버티라고 조언해 주는 A 관리자가 좋게 보일 수 있다. 그렇지만 그냥 버티면 기본급만 받는 것으로 끝나는 것이지 더 이상의 발전이 없다. 세세하게 코치해 주는 B 관리자를 만나면 말이 많고, 참견한다고 싫어한다. 그러나 내 연봉과 직결되는 건 세세한 코칭과 나의 노력이 적절하게 조화를 이룰 때 단시간에 기본급에서 탈출할 수 있는 것이다.

이런 설계사도 있다. 월급은 받아야 하는데 실적이 없으니 본인 계약, 가족 계약, 지인 계약을 계속 밀어 넣는다. 실제로 내가 아는 한 설계사는 본인과 가족 계약으로 250만 원의 보험료가 매달 빠지고 있다. 받는 월급은 300만 원~350만 원 수준인데 250만 원의 보험료가 매달 지출되니 결국 DB에서 체결한 실적으로 받는 월급은 50만 원~100만 원 수준으로 봐야 할 것이다. 이런 사람들의 특징은 본인들 연봉을 말할 때 4천만 원(350만 원*12개월) 정도라고 한다. 그렇지만 그건 본인의 착각이다. 본인 월급은 보험료로 지출되는 250만 원은 빼야 한다. 결국 본인의 연봉은 1천 2백만 원(100만 원*12개월)으로 봐야 한다. 그리고 유지율을 보는 기간이 지나면 가입한 본인 계약, 가족 계약, 지인 계약을 해지하고 다시 신계약을 넣어 영업 수수료를 받는다. 결국 계속 본인이 일군 것은 없고 돌려막기 식으로 계약을 밀어 넣는 것이다. 영업이 좋은 것이 직장생활 하는 것보다 수입이 많으니 생활이 더 여유로운 것인데 가족 계약, 본인 계약을 밀어 넣는 설계사는 영업은 하지만 삶이 나아지는 것이 아니라 더 팍팍해지는 상황이 되는 것이다.

이런 본인 계약, 가족 계약, 지인 계약을 하지 않고 나의 영업력을 향상할 때 기본급에서 탈출할 수 있다. 지인 계약으로 성공하려면 학벌이나 인맥이 좋아야 성공 할 수 있다. 우리나라에서 제일 좋은 대학을 졸업하고 각계각층에 유명인사가 널리 포진돼 있어서 나에게 고액 보험료의 상품을 척척 계약한다거나, 인맥이 좋아 고액의 보험에 가입한 고객이 또 다른 고액의 보험에 가입할 능력이 있는 사람을 소개해 줄 수 있는 인적 네트워크가 형성된 경우라면 지인 계약만으로도 승승장구할 수도 있다. 그러나 그렇지 않은 경우라면 내 능력을 향상하는 편이 속 편하다. 지인에게 보험 하나 가입해 달라고 말했는데 거절하는 순간 좌절과 절망이 밀려올 것이다. 내가 이 지인과 연락을 계속해야 하나 말아야 하나, 내가 인생을 잘못 산 건가 등등의 온갖 잡념에 사로잡히지 않으려면 지인 계약은 처음부터 배제하는 것이 좋다.

내가 만난 설계사 중에 학습지 교사 일과 병행해서 보험 TM 업무를 해 보겠다고 입사하신 분이 있다. 물론 면접 때는 학습지 교사라고 하면 채용이 안 될 것 같아서 말은 안 했다고 했다. 콜센터 업무가 오전 10시에 출근해서 4시에 끝났으므로 퇴근 후 학습지 일을 하면 수입이 괜찮겠다는 판단에서였다. 그런데 영업이라는 조직은 그날의 목표 금액을 채우지 못하면 근무시간이 연장되는 경우도 있다. 보통 30분 정도 연장하는 센터였는데, 30분 연장도 도저히 시간이 안 되고 두 가지 일을 병행하려니 집중이 되지 않는다며 한 달만에 퇴사했다. 영업에만 집중하고 파고들어도 계약 하나 한다는 것이 쉽지 않은데, 두 가지 일을 병행한다는 것은 그냥 '기본급만 받을래요~' 하는 것과 같다(내가 근무한 콜센터 대부분은 기본급이 없었고, 기본급이 있던 센터 중 가장 적은 센터는 40만 원, 가장 많은 센터는 120만 원이었다). 영업에 올인하고 집중할 때 기본급에서 탈출할 수 있다.

또한 고객 계약을 대납해 주는 경우도 비일비재하다. 일부 대리점에서는 나의 수당에서 고객의 보험료를 대납하기를 종용하기도 한다. 이런 행위는 회사만 좋은 일 시키는 것이지 결코 설계사에게 도움이 되지 않는다. 요즘은 콜센터가 많고 상담원도 많기 때문에 서로 경쟁이 심하다. 통화를 여러 차례 했던 고객이 계약하기로 한 날 계약을 못 하게 됐다고 했다. 무슨 일인지 여쭈니 "다른 상담원이 첫 회 보험료 내준다고 했어요~"라고 하는 것이다. 이런 경우 나는 보장 내용으로 다시 어필하고 한 달, 두 달 유지하는 상품이 아닌 장기간 유지하고 보장받는 상품이다 보니 보험회사 선택이 정말 중요하다, 담당자 잘 만나시는 것도 중요하다 등등으로 설득한다. 그렇게 설득해서 나에게 가입하는 고객은 나의 정성이 통했다고 생각하고 첫 회 보험료 대납은 아니어도 성의껏 선물(모바일 쿠폰)을 준비해서 보내기도 한다. 그런데 일부 설계사들은 이런 상황에서 "고객님~ 그럼 저는 두 달 치 보험료 내 드릴게요~" 하는 경우도 많이 보고 들었다. 이런 경우는 모두 앞으로 남기고 뒤로는 밑지는 경우이다. 고객이 보험료 대납을 요구하거나 큰 선물을 요구할 때 요구를 다 들어줄 수도 없다. 그렇게 무리한 요구에 끌려 다니면 계약을 유지하는 기간 내내 피곤한 상황이 연출될 수 있다. 그런 경우 단호할 필요가 있다. 애써서 상담하고 공들여 설계했는데 첫 회 보험료를 대납해 준다는 설계사에게 고객을 고이 보내 드리기는 너무 아쉽다. 이때 보험업법에 특별이익 제공(최대 3만 원 또는 연간 납입 보험료의 10% 금액 중 적은 금액) 자체가 금지되어있음으로 그 부분을 언급하는 것도 좋다.

"고객님~저도 정말 드리고 싶은데~ 보험업법상 3만 원 이상 드리
게 되면 제가 영업 정지가 돼요~ 그래서 우리 고객님께서 저 믿고
진행해 주시니까~ 가족분들하고 좋은 추억 만드시라고 저도 성심
껏 선물 준비해서 보내 드릴게요~"(모바일 쿠폰을 주로 이용한다.)

한 건의 계약을 체결하면 수수료를 받기 때문에 한 분 한 분이
소중하고 감사하다. 그렇지만 고객도 고객을 위해 어떻게 설계하면
고객 입장에서 더 좋을지 여러 번 고민하며 설계하고 상담을 하는
담당자를 만난 것인데, 이런 내 마음을 몰라 줄 때는 내심 아쉬움이
남기도 한다. 한번은 운전자 보험 계약 녹취 말미에 고객이 선물을
요구했다.

고 객 : 선물 뭐 보내 주세요?
이루다 : 고객님~ 제가 우리 고객님 든든하게 보장받으실 수 있도록
안내해 드리고 긴 녹취 하느라 목이 너무 아파서 지금도 도라지 차
마시고 있는데요~ 우리 고객님께 운전자 보험 하나 가입해 드려도
이 도라지 차보다 수수료가 더 낮아요^^ 그런데요, 고객님~ 제가 정
말 꼼꼼한 성격이에요, 보상받으실 일 없이 사고 없어야겠지만 혹
시라도 보상받으실 일 있을 때 제가 보장 항목별로 꼼꼼하게 체크

해서 보장 잘 받으실 수 있도록 관리해 드릴게요~ 중국산으로 선물을 보내드려도 부피만 크지 실용성이 없잖아요~ 그것보다 담당자 잘 만나신 거니까~ 제가 성심성의껏 관리 잘해 드릴게요. 고객님^^

이렇게 말할 때는 딱딱 끊어지게 말해서 내 고객이 된 첫날 고객의 기분을 상하게 할 필요는 없다. 입꼬리를 살짝 올리고 부드러운 어투로 얘기를 해야 한다. 이렇게 말할 자신이 없다면, 어떤 어투로 얘기를 해야 하는지 감이 오지 않는다면 그냥 차라리 작은 선물을 매번 보내는 편이 낫다. 이렇게 말했지만, 고객은 전혀 기분 나빠하지 않으셨고 그럼에도 불구하고 배우자 분과 아드님도 소개해 주셔서 각각 운전자 보험을 진행해 드렸다. 기분 나쁘지 않은 상냥한 어투로 고객과 진심으로 소통하는 것이 중요하며, 또한 보험료 대납 및 고가의 선물을 하는 문화는 우리 설계사들이 개선해 나가야 할 숙제일 것이다. 우리가 일하는 환경은 우리 모두가 힘을 모아 바꿔야 한다.

30만 원의 가족 계약 건을 체결한 고객이 있었다. 첫 통화 시 암보험 상담을 해 드렸고, 배우자분이 유방암 재발한 지 1년이 채 되지 않아 암 보험에 가입할 수 없는 상황이었다. 고객은 배우자분과 같이 가입하고 싶다며 상담을 미루겠다고 하셨고 배우자와 같이 가입 가능할 때 전화를 하겠노라고 하셨다. 몇 번의 반론을 했지만, 설득이 되지 않아 결국 그렇게 종결됐던 건이었다. 보통은 '다음에 전화를 주겠다.', '내일 계약하겠다.'라는 고객은 가망 고객 리스트에 올리고 재 통화 시도를 하지만, 이분 같은 경우는 배우자분 가입될 때, 그러니까 8~9개월 뒤쯤에나 연락하시겠다는 분이셨고 그 뜻이 완고했기 때문에 가망 리스트에 올리지는 않았다. 그런데 딱 3개월 뒤에 전화를 주셔서 본인과 자녀 두 분의 암 보험을 든든하게 가입해 달라고 하셨다. 꼼꼼한 분이셨기에 고객과의 상담을 통해 설계 변경을 여러 차례 한 뒤, 각각 10만 원씩, 총 30만 원이 조금 넘는 금액으로 계약을 하셨다. 어떻게 3개월 전에 통화했는데 번호를 기억하시고 전화를 주셨냐고 하니, "통화할 때 너무 많은 질문을 해서 귀찮았을 텐데 귀찮은 티를 내지도 않고 너무 성의 있게 상담해 주셔서 전화번호 저장해 뒀어요~! 내가 전화하겠다고 했잖아요~"라고 하시며 껄껄 웃으셨다. 전화번호까지 저장하시고 3개월이나 지났는데 연락을 주신 것에 감사했고, 내가 어떤 마음으로 상담을 하고 설계를 하는지 알아주신 것 같아서 기분이 좋았다. 그래서 가족분들과 좋은 추억 만드시라고 커피 4잔과 조각 케이크 2개를 모바일 쿠폰으로 보내 드렸더니 감동하셨다며 고맙다는 답장을 주셨다.

우리가 정성껏 상담하고, 상담을 통해 고객의 상황에 맞는 설계를 하고, 설계 변경을 통해 합의된 내용으로 계약을 진행하게 된다. 고객들도 나의 정성에 감동한다. 작은 선물에도 큰 감동을 하시는 고객님을 만나는 일이 대부분이니 먼저 첫 회 보험료 대납에 대해 언급한다거나 고가의 선물로 고객을 유혹하지 말자. 장기간 유지해야 하는 보험을 고객에게 맞는 맞춤 설계를 하는 일에 시간을 투자해서 힘쓰고, 화법 연구에 시간을 할애해서 상담 스킬을 끌어올리는 일에 힘쓰자. 나를 브랜드화해서 고객을 대하고 설득하면 기본급에서 탈출하는 것뿐만 아니라 빠르게 성장할 수 있다.

요리 실력이 없던 사람들도 백종원이 알려주는 레시피 그대로 따라 하기만 하면 맛있는 음식이 단시간에 뚝딱 만들어지는 신비한 경험을 한다. 나도 백종원의 만능 간장으로 몇 가지 반찬을 만들어 봤는데 그 이후로 팬이 됐다. 백종원은 요리 내공과 구수한 사투리, 뛰어난 입담, 그리고 다정한 이미지까지 두루 갖춰 주부뿐만 아니라 혼밥을 하는 자취생들에게도 두루두루 인기가 많다. 요리라고 하면 만들기 번거롭고 어렵다는 인식을 깨트릴 수 있게 만들어 준 분이기에 전 국민이 백종원에게 사랑의 화살을 쏘는 것일 것이다. 보통 가정의 식탁에는 보통의 반찬들이 올라온다. 그 보통의 반찬들의 재료인 보통의 재료(같은 재료)로 보다 쉽고 빠르게 맛있는 음식을 만들 수 있는 레시피를 갖고 공유한다는 것이 백종원의 매력을 한층 업 시키는 듯하다. 한 분야를 연구하고 공유하고 본인을 알리는 일을 했기에 어느 순간 백종원의 가치와 브랜드가 폭발적으로 인기를 끌게 된 것이라고 생각한다.

우리도 보험 전문가다. 같은 상품을 판매해도 저마다 좋아하는 담보가 다르기 때문에 상담하는 포인트가 다르다. 보장을 어떻게 쉽게 풀어 설명할지, 고객의 직군이나 연령 등에 따라 설계를 어떻게 해야 하는지 등 나만의 상담 포인트, 설계 포인트를 계속 연구해 나가야 한다. 다른 설계사는 어떤 포인트로 상담을 하고 설계하며 판매하는지도 유심히 살펴볼 때 힌트를 얻을 수 있다. 어떻게 하면 기본급에서 벗어날 수 있는지, 어떻게 하면 연봉을 1억 이상 받을 수 있는지 묻는 사람들은 많다. 그들은 환경을 바꾸면 될까 싶어 회사만 옮겨 다닌다. 물론 회사가 나에게 맞지 않는 경우도 있다. 그렇지만 대다수는 회사가 맞지 않는 것이 아닌 나의 실력이 부족한 경우가 대부분이다. 나를 바꾸려고 하지 않고 환경만 바꾸려고 하니 원하는 고소득을 이루지 못하는 것이다. 10년을 일해왔다 하더라도 100만 원, 200만 원 받으며 일하는 보험 설계사들이 수두룩하다. 보험 TM은 아는 지식을 언어로 전달하는 일이다. 보험 지식의 습득도 설계도 전달력도 모두 중요하지만 내 소득에 가장 큰 영향을 미치는 것은 전달력이 얼마나 좋은가이다. 말하지 못하면 팔 수 없다. 겁을 주려는 것이 아니라 전달력이 떨어지면 한 달 내내 일을 해도 1건의 계약으로 마무리하는 사람들이 많다. 모든 것은 정성이다. 섬세한 상담과 나의 노력이 조화를 이룰 때, 나만의 시스템을 구축할 때, 본인 계약과 가족 계약, 지인 계약을 밀어 넣지 않을 때, 고객의 계약에 대납 대신 작은 마음의 선물을 준비할 때 우리는 빠르게 성장 할 수 있다.

　2020년 현재 우리나라의 최저 시급이 8,590원이다. 설계사들은 그 기본급의 적어도 3배 이상은 받을 수 있도록 해야 '이래서 영업을 하는구나.' 하고 느낄 수 있을 것이다. 나는 이 책을 읽고 있는 여러분도 각자의 시스템을 구축하고 몰입한다면 빠르게 고액 연봉을 받을 수 있다고 자신 있게 말하고 싶다. 이 책이 여러분들이 고액 연봉을 받을 수 있는 길라잡이가 되길 바란다.

2

나에게 맞는 콜센터 찾기

> "위대한 일을 위해서 대단한 도전이 필요하지 않다.
> 단지 순간순간의 작은 도전이 모여 위대한 일을 이루어 간다."
>
> – 모션 코치 –

나는 지금껏 웹-인바운드, POM, 아웃바운드에서 근무했다. 웹-인바운드(인바운드와 아웃바운드의 성향이 가미되어 있는 센터였다)에서 근무할 때 연봉이 1억 가까운 수준이었다. 스스로 이 정도면 잘하는 거로 생각했고, 내가 판매하고 있는 상품을 타사와 비교하고 분석하는 것이 에너지 소모 면에서나 시간적인 면에서나 낭비라는 생각이 들었다. 때로는 고객과의 상담을 통해 타사 담보 및 보장 범위가 바뀌고 신상품이 출시된 것을 아는 경우도 종종 있었다. 그렇다면 전 상품을 비교하고 판매하는 보험 비교 센터에 입사해서 객관적(한 회사에 소속이 되어있으면 '우리 회사가 더 좋아요.'가 될 수 있지만, 비교 센터에서는 '무조건 우리 회사가 제일 좋아요.'가 아닌, 고객이 어떤 보장을 원하느냐에 따라 선택해야 할 회사의 기준도 달라지게 되어있다)인 분석을 통해 고객에게 안내하는 것이 훨씬 수월하고(규모가 큰 비교 센터는 각 보험사 매니저가 상주하고 있기 때문에 실시간으로 변경된 내용을 공지 받을 수 있다) 여러 상품을 한 곳에서 비교할 수 있음으로 고객 입장에서도 상품을 선택할 수 있는 폭이 넓어지고 시간도 단축할 수 있다는 판단하에 비교 센터로 이직을 했다. 전 보험사의 모든 상품을 판매하는 보험 비교 센터로 이직을 했어도 처음 입사한 보험사에서 모든 상품(의료 실비 보험, 암 보험, 건강 보험, 운전자 보험, 자동차 보험, 화재 보험, 연금저축 보험, 비과세 저축 보험, 여행자 보험 등)을 판매했었기 때문에 이직 후에도 상담이나 설계 등은 어렵지 않게 적응을 잘했다. 다만 비교 센터는 말 그대로 비교하는 곳이므로 나는 고객에게 A 플랜과 B 플랜을 제시하고 최종 결정은 고객이 하도록 했다. 전 상품이 비교돼서 적절한 상품이 추천됐다고 믿는 고객은 본인이 선택한 보험에 만족한다. 그리고 실제로도 충성 고객을 만들고 싶다면 당장 눈앞에 보이는 수수료가 높은 회사(판매가 저조한 회사나 상품은 일정 기간 안에 판매하면 수수료를 더 지급하는 스폿 프로모션이 진행되는 경우도 있다)로 추천하기보다는 고객 입장에서 어느 보험사로 추천하는 것이 더 유리한지 여러 상품을 설계 및 비교 후 제안해야 한다. 7년간의 경력 단절 후 처음 찾은 곳은 아웃바운드 콜센터였다. S 카드사에 입사한 나는 첫 실적을 MMP 기준으로 60만 원의 실적을 올렸다(월급이 4백만 원에 미치지 못했다). 주위에서는 7년이나 쉬다 나왔고 첫 달에 이 월급이면 너무 잘한 거라고 했지만(실제로도 센터에서 상위권 실적이었다) 아웃바운드 특성상 전화 연결이 잘되지 않았고, 일하러 출근한 것일까, 음악(컬러링)을 들으러 출근한 것일까 생각이 들 정도로 컬러링 소리만 듣고 있자니 머리가 너무 아팠다. 그도 그럴 것이 나 또한 모르는 수신 번호가 뜨거나 '보험영업', '광고/홍보'라고 뜨면 바로 거절 버튼을 누르거나 통화 종료 버튼을 누르기에 이해도 된다. 하루에도 수많은 대출 전화, 주식 전화 등 영업 전화를 받으니 한편으로는 고객 입장도 이해가 된다.

다음은 센터의 특성을 정리해 보려고 한다. 나에게 맞는 콜센터를 찾는 것이 무엇보다 중요하다.

인바운드(웹-인바운드)는 상품에 니즈가 있는 고객이 직접 보험사로 전화를 걸어(웹-인바운드 : 홈페이지에 접속하거나 웹 광고를 통해 유입되는 DB로 상담) 상담하는 센터다. 고객이 상품에 니즈가 있어 전화한 것이므로 계약 체결률은 아웃바운드보다 높다. 하지만 수수료는 보험 콜센터 중 가장 낮다고 보면 된다. 보통 인바운드로 유입된 고객은 상품 지식이 어느 정도 있는 경우가 많음으로 인바운드에 근무하는 설계사는 상품에 대한 지식을 깊고 넓게 숙지하고 있어야 한다.

아웃바운드는 무방비 상태에 있는 고객에게 전화를 걸어 상품을 안내하고 체결하는 센터다. 단일 상품(운전자 보험, 암 보험, 치아 보험, 화재 보험 등)만 판매하는 곳이 많다. 단일 상품만 판매하는 센터는 신입이 입사해도 깊고 넓은 상품 지식이 필요하지 않음으로 상품을 판매하는데 전혀 어렵지가 않다. 고객이 생각지도 못한 전화를 받은 것이고 '또 광고 전화네.', '홍보네.', '필요 없는 전화네.'라고 생각이 들면 도입에서 통화가 종료되는 건들이 많다. 수수료가 인바운드에 비해 높지만 고객과 감정 교류가 되지 않은 상태로 단시간에 계약을 끌어내다 보니 철회율이 인바운드에 비해 높다.

POM 센터는 기계약자에게 추가 계약을 끌어내는 센터다. 자사의 모든 상품을 폭넓게 알고 있어야 하며 고객에게 전화를 걸어 상품 안내를 해야 하므로 아웃바운드 성향도 가미되어 있다고 보면 된다. 회사를 신뢰해서 가입한 고객들이므로 전화를 받는 고객도 크게 거부감이 없고 계약 또한 아웃바운드보다 수월하게 진행하는 편이며 수수료도 높다.

인바운드(웹-인바운드)와 POM 센터에서는 고객과 여러 차례 상담하고 고객의 질문도, 상담원의 답변도 길어지다 보니 그사이 서로의 성향을 파악하고 '내 보험을 맡겨도 되는 설계사인가?', '나에게 필요한 상품이 잘 설계가 된 것인가?' 등의 물음에 고객 스스로 판단이 서게 되면 계약이 체결된다. 따라서 철회율이 낮고 가족 건도, 소개 건도 종종 있다.

나의 성향을 파악해서 콜센터를 선택했지만, 계약은 안 나오고 나에게 맞는 콜센터인지 종잡을 수 없을 때 신입이라면 최소 3~6개월은 근무해 보는 것이 좋다. 어떤 것이든 배울 것이 하나는 있다. 인바운드에서는 상품에 대한 전반적인 지식을 습득할 기회가 될 것이고, 아웃 바운드에서는 강하게 클로징하는 상담 스킬을 배울 수 있다. 분명히 그 센터만의 배울 점이 하나씩은 있음으로 나랑 맞지 않는 것 같다고 바로 퇴사하지 말고 신입이라면 반드시 3~6개월은 근무해 보길 권한다. 나는 신입사원에게 늘 하는 얘기가 있다. 6개월은 기본급 받는다는 마음으로, 투자의 시간이라고 생각하고 그 6개월을 잘 활용하라고. 입사하고 6개월은 콜도 많이 듣고 스크립트도 많이 써 보고 상품 공부에도 집중해 보라고 말이다.

다음의 스크립트를 통해 나에게 맞는 센터를 찾아보자(인바운드 같은 경우는 DB가 유입되는 채널에 따라 상담이 다르게 진행되지만 큰 뼈대라고 생각하고 참고하길 바란다).

- 인바운드 -

"OOO 고객님 맞으시죠? 반갑습니다~^^ 우리 고객님, O월 O일에 보험 상담 신청하신 보험 비교 센터 이루다예요~^^ 우리 고객님, 본인 건강 보험 알아보시는 거 맞으시고요? (네) 저희 쪽에 OO년

O월 생으로 입력해 주셨는데 맞으시죠?^^ (네) 네~ ^^ 몇 가지 먼저 여쭙고 상담 진행해 드릴 텐데요. 우리 고객님, 현재 하시는 업무가 어떻게 되세요? (사무직이요~) 현재 치료 중이시거나 5년 이내에 아프시거나 다치셔서 치료받으신 거 혹시 있으실까요? (아니요) 네~ 조건은 너무 좋으시네요~^^ 보장 내용은 홈페이지에서 보셨겠지만~ 보장 내용 다시 한번 짚어드리고 보험료도 살펴봐 드릴게요~^^"

인바운드는 고객이 직접 입력한 정보와 몇 가지 질문을 통해 고객에게 맞는(병력 고지 내용에 따라 건강 상품 또는 유병력자 상품으로 구분되며, 직업 급수에 따라 상해 가입한도가 달라지기도 하니 꼼꼼하게 체크해야 한다.) 상품으로 상담한 후 계약을 체결하는 방식이다.

- POM -

"OOO 고객님~^^ 우리 고객님 건강 보험 진행하신 M 보험사 이루다예요~ 잘 지내시죠, 고객님^^ 우리 고객님 그간 주소 변경된 건 없으신지~~, 또 건강 보험 가입하신지 오래되어서 보장 내용 잊지는 않으셨는지 다시 한번 보장 내용 말씀드리려고 연락드렸는데요, 잠시 통화 괜찮으시죠? ^^"

POM은 고객의 기본 정보 변경은 없는지 확인하고, 고객의 기존 상품의 보장 내용도 재안내 하면서 그동안 보장받을 일은 없으셨는지 확인도 하는 등 고객과 상호작용을 하는 것이다. 그 후에는 기존 계약에서 보완해야 할 부분이나 신상품을 안내한 후 추가 계약을 끌어내는 방식이다.

- 아웃바운드 -

"OOO 고객님 되시죠~ 반갑습니다~^^ 연락드린 곳은 OO카드 OOO담당자 이루다예요~ 우리 고객님 마케팅 활용 동의해 주셔서~ 안내 사항 있어서 연락드렸는데요, 요점만 간단하게 말씀드리고 통화 종료해 드릴게요~ 요거는 많이들 좋아하셨던 내용이신데요, 2만 원대 소액으로요~ 가장 확률 높은 생식기 암을 무려 3천만 원 보장해 드리고요, 암으로 취급도 안 하는 갑상선암도 무려 1천만 원! 그리고 우리 몸에서 손톱, 발톱, 머리카락만 빼고 모든 부위에 암이 발생할 수 있다고 하는데요, 이런 각종 암에 대해서는 5천만 원까지 준비해 드리고 있어요. 고객님."

아웃바운드는 고객과의 핑퐁(ping-pong)은 거의 없이 일방적으로 상품 설명을 하고 계약을 끌어내는 방식이다.

센터마다 도입을 어떻게 시작하는지 살펴봤다. 도입만 자연스럽게 진행된다면 상담의 1/3은 성공적으로 지나온 것이다. 무엇보다 나의 성향에 맞는 센터를 먼저 찾는 것이 중요하다. 그래야 일이 즐겁다. 일이 즐거우면 실적은 저절로 올라가 있을 것이다. 실적이 오르니 나의 연봉이 높아지는 것은 두말하면 잔소리다.

오랫동안 알고 지낸 설계사 친구가 아웃바운드 센터에 근무할 당시 한 분의 설계사가 독보적으로 늘 1등을 했다고 한다. 어떻게 콜을 하기에 저렇게 잘하나 궁금해서 청약 콜을 들어봤다고 한다. 보험 경력 5년이 넘었지만 그 1등 하는 설계사가 무슨 얘기를 하는지 본인도 못 알아듣겠다고 했다. 사람 혼을 다 빼놓고 가입을 시키는 계약이라 다른 설계사들은 따라 할 수도 없다고 했다. 얼렁뚱땅 진행된 계약이 많아 철회율도 40% 이상이 된다고 했다. 한번은 그 1등 하는 설계사에게 신입 설계사가 본인이 가입한 증권을 가지고 가 찾아 갔다고 한다. 암보험 센터였고 본인이 소속되어있는 회사의 상품과 기존에 가입한 암보험 상품을 비교해 보고 싶었던 것이다. 그런데 그 설계사는 부끄럽다는 듯이 본인도 잘 모른다고 말해 주었다고 하니, 월급은 많이 받지만 설계사라는 칭호가 맞나 싶을 정도였다. 그래도 받아 가는 월급은 월 천만 원을 넘기는 건 우습고 많을 때는 2천만 원도 받는다고 했다.

나도 친구에게 그 얘기를 들었을 때 그런 상담은 하고 싶지 않았다. 그 설계사가 상담을 잘하는지 여부를 말하려는 것이 아니다. 고액의 연봉을 받는다는 것을 말하려는 것도 아니다. 사람마다 가치를 두는 것이 다르다. 그 가치를 누구는 월급에 두고, 누구는 상품의 가치에 두는 등 모두 다르다. 나는 설계사라면, 영업인이라면 무엇을 판매하는 것이고 보장 내용이 어떻게 되는지 고객에게 정확하게 설명하고 계약을 체결하는 것이 원칙이라고 생각하기 때문에 월급 2천만 원, 3천만 원을 받는다 해도 전혀 부럽지가 않았다. 내가 가치를 어디에 두고 있는지에 따라 센터 선택이 달라질 수 있다. 그리고 나의 성향상 상품을 최소로 판매하고 점차 확대해서 판매하길 원하는지, 처음부터 모든 상품을 취급하는 곳으로 입사를 해서 많은 공부를 하고 폭넓은 지식을 갖춰 일하고 싶은지 등에 따라 센터를 선택하면 된다. 센터마다 분위기가 전혀 다르므로 나의 성향에 맞는 콜센터를 찾아 고액 연봉도 받고 신나게 일도 해 보자.

3 / 날 따라 해 봐요, 이렇게

"거리낌 없이 한 시간을 낭비하는 사람은
아직 삶의 가치를 발견하지 못한 사람이다."
– 찰스 다윈 –

나 또한 얕은 지식으로 고객과 통화를 시작했다. 어느 때는 나보다 많은 보험 지식을 가진 고객을 만나기도 했고, 고객이 질문해도 질문 자체를 이해하지 못했을 때도 있었다. 그런데 모르는 그 상태로 계속 일하고, 버텼다면 나는 아마도 기본급도 받지 못하고 스스로 절망하며 퇴사를 했을 것이고 경력 단절 7년 만에 다시 보험 콜센터로 돌아가겠다는 생각은 할 수도 없었을 것이다.

주택 화재 보험 DB와 연금 DB가 유입됐을 때 나는 옆에 앉은 언니에게 DB를 토스(toss)했다. 그때 언니가 "루다야, DB를 계속 나한테 주면 너는 화재 보험이랑 연금 보험은 계속 모르는 거야."라고 했다. 나 또한 DB를 계속 토스한다는 건 옳지 않다는 생각이 들었다. 불이 나면 집 한 채가 아니라 윗집, 아랫집, 옆집으로 번지기 때문에 보상 금액이 어마어마하다. 그렇기 때문에 설계에 실수가 있으면 설계사에게 구상권 청구가 되므로 상담하는 것, 설계하는 것 자체가 부담이었다. 화재 보험을 설계할 때는 누구의 소유인지, 자가인지, 임차인지, 주택의 면적과 구조가 어떤 형태인지(지붕 형태가 슬라브즙인지 판넬인지 등), 외벽 형태(콘크리트인지 벽돌인지 등), 기둥 형태(콘크리트조인지, 벽돌조인지 등), 주택이 건축된 지 30년 이상 되었는지, 가재도구는 어떤 것들이 있는지 등 상세하고 꼼꼼하게 상담하고 설계해야 한다.

핸드폰 하나를 구매해도 그 기능을 익히기 위해 사용설명서를 읽어 보고 인터넷을 검색해 보기도 한다. 그런데 업으로 하는 보험 설계 업무를 구상권이 청구되면 어쩌나 하는 걱정 때문에 공부하려 하지도 않고 두려워만 했다. 그러나 남들도 다 하는 주택 화재 보험과 연금을 나라고 판매 못 하겠나 싶어서 그때부터 주택 화재 보험과 연금을 공부했다.

주택 화재 보험은 주택의 형태에 따라 질문하는 내용이 다르다. 아파트나 빌라 같은 경우는 설계 방법이 크게 차이 나지 않지만 단독 주택이나 상가 주택 같은 경우는 설계 내용이 많이 달라지고 가입이 안 되는 주택 구조물도 있기 때문에 상세히 알아 두어야 한다.

연금을 공부할 때는 국민연금과 연금 저축 보험, 그리고 연금 보험을 비교했다. 연금 저축은 현재 세제 혜택을 받는 것과 연금 수령 시 과세 이연이 되는 세금적인 부분을 어떻게 설명할지를 연구했다. 그리고 타사의 상품과 비교할 때도 원금이 100% 도래하는 시점은 언제인지를 비교하는 것이다. 가입 당시의 이율이 높은 것도 중요하지만 원금이 100% 도래하는 시점이 빠르다는 것은 사업비가 그만큼 적게 책정이 됐다는 뜻이기도 하기 때문이다.

공부했으니 연금 보험 상담에 도전해 봤다. 고객에게 상담하는데 내가 무슨 말을 하고 있는지 나도 모르는 말을 하고 있었다. 고객도 신입 설계사인 것을 눈치챘는지 한마디 했다. "공부 더 하고 전화하셔야겠네요~." 고객과의 전화가 종결되고 나는 부끄러움에 몸 둘 바를 몰라 얼굴이 붉어지고 정신이 혼미해졌다. 연금에 대해서 첫 상담이니 그럴 수 있다고 주변에서 위로(?)해 주었지만 전혀 위안이 되지 않았다. 그래도 포기할 수 없었다. 첫 상담은 고객의 신뢰를 얻지 못해 계약을 체결하지 못하고 상담 도중 전화가 끊어졌지만 다른 상품을 공부했던 방식 그대로 공부를 했고 언제나처럼 프로다운 상담을 하는 나를 발견했다.

나는 암 보험과 건강 보험을 공부할 때 고객과의 상담 시 알게 된 생소한 질병은 질병분류 정보 센터(http://www.koicd.kr/)나 인터넷

포털 사이트에 접속해서 관련 질병을 찾아보기도 했고, 타사의 내용과 비교해 보기도 했다. 예를 들어 암 보험일 경우 고액암에서 보장되는 암은 어떤 것인지, 유사암(소액 암)으로 구분되는 암은 어떤 것인지, 그리고 대장점막내암일 때 C 코드와 D 코드를(대부분의 보험사에서는 C 코드일 때만 일반암 진단비로 지급) 구분하지 않고 일반암으로 포함해서 지급하는 회사는 어떤 회사인지 등을 면밀히 검토했다. 또한 갱신형과 비갱신형을 비교할 때는 '좋다, 안 좋다.'라고 구분 짓기보다는 어느 연령대에 어떤 상품에서 갱신형이 유리한지, 비갱신형이 유리한지를 안내하고, 내가 현재 판매하고 있는 상품 기준으로 그 이전에 판매된 상품의 변천사도 공부했다(각 보험사의 홈페이지에 접속하여 상품공시실로 들어가 보험상품공시실을 클릭하면 현재 판매상품과 판매중지 상품의 상품요약서와 보험약관 등을 다운로드해 볼 수 있다). 고객은 보험 상품에 관심이 생겨서 문의하고 가입하는 경우도 있지만, 이미 가입한 기존 상품에 대해 질문하고 이를 분석하여 부족한 부분을 보완하길 원하는 경우도 많다. 그 때문에 고객에게는 보험 전문가라고 소개하면서 내가 판매하지 않았던 상품이라 모른다고 얘기한다면 고객에게 신뢰를 줄 수 없을 뿐 아니라 적절한 응대도 할 수 없음으로 상품의 담보별 변천사도 체크해 두는 것이 좋다.

고객과 상담을 하다 보면 빈번하게 고지하는 질병(상해)들이 있다. 고지한 진단 결과에 따른 심사 결과를 엑셀 파일에 정리해 두었다. 물론 상품마다 그리고 고객의 치료력에 따라 심사 결과는 다르나 기본적인 아웃라인(outline)을 알고 상담을 진행하는 것과 그렇지 않은 것은 하늘과 땅 차이이다. 기본적으로 이런 아웃라인을 알고 상담할 때는 고객이 고지한 병력에 대해 부담보라든가, 할증, 또는 부담보와 할증이 동시에 잡히는 경우가 있다고 1차 상담 시 고객에게 미리 언질을 준다. 고객에게 미리 언질을 주는 것은 심사 결과가 나오고 재통화할 때 훨씬 수월하게 고객을 설득시킬 수 있고, 고객 또한 이미 담당자에게 들은 바가 있음으로 마음의 준비를 한 상태이기 때문에 크게 거부감 없이 계약으로 진행되는 경우가 대부분이다. 또한 상품을 판매하다 보면 실제로 본인이 특별히 더 좋아하는 담보들이 있다. 한 상품을 판매할 때는 설계한 보장 내용들을 고객에게 모두 읊겠다는 생각에서 벗어나 셀링 포인트를 2~3개로 잡는 것이 좋다. 예를 들어 '질병입원일당', '상해입원일당', '상해후유장해 3%~', '질병후유장해 3%~', '골절 진단비', '의료실비' 등이라면 이 모든 보장을 다 설명하는 것이 아니라 집중적으로 안내하고자 하는 보장을 2~3개 정도로 잡는 것이다. 그리고 상담원이 특별히 더 좋아하는 담보에 대해서는 스토리텔링을 여러 개 준비해 두고 상담하는 것도 좋다. 여러 개의 스토리텔링을 준비하는 이유는 고객과 상담할 때 고객이 한 번에 수긍하는 경우도 있지만 그렇지 않은 경우는 똑같은 스토리텔링을 두세 번 이야기하는 것보다는 한 담보를 여러 개의 사례로 풀어 설명하는 것이 설득에 힘을 실어주고 고객의 입장에서 이해하기가 훨씬 더 수월하기 때문이다.

예를 들어,

- 골절 진단비 -

"고객님~ 일부 보험사에서는 정말 뼈가 똑! 부러져야 골절 진단비를 드리거든요~ 그런데 저희는 머리카락처럼 가느다란 실금만 살짝~ 간다고 하더라도 바로바로 골절 진단비를 드린다는 거고요, 우리 고객님 연배에서는 이 골절 진단비에서 보험금 수령을 정말 많이 해 가세요."

"고객님~ 제 고객님께서 강아지랑 산책하시다가 내리막길에서 살짝 넘어지시면서 엉덩방아를 찧었는데 그때 엉덩이에 실금이 갔거든요~ 이 골절 진단비에서 바로 30만 원 지급됐는데~ 뼈가 부러진 것도 아닌데 보험금 주는 거냐며 좋아하시더라고요~"

"고객님~ 주부님들 설거지하시고 손에 묻은 물기 털어 내시잖아요? 그때 수전에 손가락 부딪치시면서 손가락에 실금 가시는 분들 종종 있으시거든요~ 이럴 때 골절 진단비를 드린다는 거세요~"

"고객님~ 이건 제가 정말 좋아하는 담보인데요. 왜냐면은~ 이 담보에서 보장을 정말 많이 받아 가시는데요~~ 실제로 제 고객님이 박스를 옮기시다가 새끼손가락이 찌릿~ 하셨대요, 그렇게 크게 아프지도 않고 해서 그냥 두셨는데 일주일이 지나도 낫지 않아서 병원 가서서 엑스레이 찍으시고 상해후유장해 3% 진단받으셨거든요~(상해후유장해 3% 보장은 상해 발생일부터 180일이 되는 날의 의사 진단에 기초하여 고정될 것으로 인정되는 상태를 장해지급률로 결정한다.) 이거는 한 번만 받으시고 땡이 아니라, 매번 반복해서 횟수 제한 없이 보장받으시는 거기 때문에 좋으시고요, 특히 활동량 많으신 남성분들이 혜택을 많이 받아 가시는데, 우리 고객님 같은 경우는 안정적인 사무직에 종사하시기 때문에 보험료도 너무 저렴한데~~~ 제가 보험료 한번 봐 드릴게요, 고객님~"

"고객님~ 상해후유장해 3%부터 보험금을 받는 내용인데요, 이게 뭐냐면은~~~   보험 가입하실 때 상해 사망이랑 상해후유장해는 기본보장으로 세팅이 되어있거든요~ 예전에는 고도후유장해라고해서 50% 이상, 80% 이상일 때만 보장이 가능했었어요~ 50% 이상, 80%이상은 심각하게 많이 다친 거라고 보면 되세요~ 그렇기 때문에 상해후유장해 3%부터 보장되는 걸로 가입을 해 두셔야 폭넓게 보장받으실 수가 있으신데요~~~ 길 지나다가 보면 야구장 있잖아요, 고객님? 1천 원 넣고 야구공 날아오면 알루미늄 야구방망이로 치는 거요~ 저희 오빠가 그 야구장에서 친구들이랑 저녁 내기 게임을 하는 중에 무리해서 야구 방망이를 휘두르다가 허리를 삐끗한 거예요~ 그런데 그 야구장에서 삐끗한 날부터 걷는 게 좀 불편했는데 나날이 더 걷기가 힘들고 심해져서 병원 가서 검사받고 허리 디스크로 수술을 받았거든요! 그 후에 저희 오빠가 상해후유장해3% 진단받고 이 보장에서 보험금 받았거든요~~ 저한테 고맙다고 하더라고요 ^^ 이런 일은 일상생활하다가 흔하게 있는 일이잖아요, 고객님? 그리고 이게 한 번만 보장받는 게 아니고, 여러 신체 부위를 반복적으로 보장받을 수 있기 때문에 보험료는 저렴하면서 보장은 든든하게 챙겨 가실 수 있다고 보시면 되세요 ~ ^^^"

"고객님~ 이 의료실비는 말 그대로 '실비'! 그러니까 병원에서 실제로 쓰신 비용을 본인 부담금만 제외하고 모두 드린다는 거예요~ 예를 들면 고객님께서 업무가 바쁘셔서 식사를 못 하시고 김밥 한 줄을 드셨는데 요즘 상당히 덥잖아요, 고객님? 그 김밥 한 줄 잘못 드셔서 식중독에 걸려 설사하시고 두드러기도 나고 그러면 병원 가셔야 하잖아요? 그럼 병원에서 검사받으시고 주사도 맞으시고 약도 처방 받으실 거고요, 필요에 따라서 내과만 가실 수도 있지만 피부과까지 가시는 경우도 있을 수 있으시잖아요, 고객님? 그런 병원비를 본인 부담금 공제하고 우리 고객님께 드린다는 거고요, 그래서 이 의료실비 상품은 보장을 안 받으려야 안 받을 수 없는 상품이세요~ ^^ 이해되시죠, 고객님?"

"고객님 제 고객님이 약주를 너무 좋아하시는 분이셨는데요, 술을 너무 자주 많이 드시니까 황달이 온 거예요~ 병원에 가셨는데 간 수치가 너무 높아서 입원해야 한다고 하셨는데, 입원했더니 조직 검사부터 이 검사, 저 검사하셔서 검사비에 입원하셨으니까 입원비에 식대비에 약 값. 이런 걸 본인 부담금 공제하고 이 의료실비 보험에서 보장받으셨거든요~ 보험금 받으시니까 이 보험 하나로 든든하다고 하시더라고요~^^ 우리 고객님도 의료실비 하나 있으면 병원비 걱정 없이 든든하시겠죠, 고객님?"

상담하기에 앞서 상품 지식뿐만 아니라 여러 경우의 스토리텔링으로 무장해야 한다. 내가 직접 겪은 일이 아니더라도 주변의 상담 사례를 토대로 내 이야기인 듯, 내가 관리하는 고객의 이야기인 듯 이야기하는 것이다.

예를 들어 동료 아버지의 친구분 이야기를 활용한다면 '제 동료 아버지 친구분'이라고 말하는 것보다 '제 아버지 친구분'이라고 하는 편이 말하기도 수월하고 더 와 닿는다. 스토리텔링으로 활용하기에 앞서 '이런 일이 실제로 일어났다면 어떨까?' 하고 감정 이입을 해 보는 것이다. 또한 스토리텔링에 표현되는 내용을 내가 먼저 이해하는 것이 중요하다. 많은 스토리텔링은 상담에 큰 도움이 될 것이다.

이렇게 공부를 마쳤으면 머릿속에 있는 것들이 입을 통해 고객에게 전달되어야 한다. 혼자 알고 있는 지식은 아무런 결과를 도출해 낼 수 없다. 가장 중요한 것은 알고 있는 지식을 어떻게 표출해 내느냐이다. 그래서 가장 중요한 것은 스크립트를 읽는 방법이라고 생각한다. 한 센터에 입사했을 당시 스크립트 교육이 있었다. 오픈 센터였고 대부분 모인 설계사들이 해당 보험사에 근무했던 이력이 없었다. 교육실장이 스크립트를 가지고 들어와 나를 지목했고 스크립트를 읽어 주길 부탁했다. 입사한 보험사의 상품은 접해 보질 않았지만, 어느 보험사의 상품이나 큰 맥락은 비슷하다. 나는 스크립트를 읽어 내려갔다. 안면도 없는 사람들 앞에서 읽으니 쑥스럽고 떨리기까지 했다. 다 읽고 난 후 박수 소리가 들렸고 환호하는 사람도 있었다. 어떻게 처음 접하는 스크립트를 해오던 사람처럼 읽느냐는 뜻이다. 같이 입사한 동기 언니가 나와 같이 입사한 게 뿌듯할 정도로 너무 잘했다고 했다. 이렇게 되기까지는 '1일 1콜'을 하고부터 실력이 많이 향상된 것 같다. 콜센터에 입사하면 교육실장들은 스크립트만 쭉 읽으면 계약이 나온다고 하는 스크립트를 배포한다. 그만큼 좋은 스크립트라고 이야기한다. 처음 콜을 하는 신입사원들은 정말 스크립트만 책 읽듯 쭉쭉 읽어 내려가는 설계사들도 있다.

나는 상담할 때 무겁지 않게 상담하는 편이다.

"고객님, 5년 이내 병력은 없으십니까?" -> "우리 고객님, 5년 이내 치료력은 없으시고요?"

"고객님, 운전하시는 차량은 어떻게 됩니까?" -> "우리 고객님, 운전하시는 차량은 어떻게 되세요?"

"고객님, 이 보장으로 가입하시는 게 유리하십니다." -> "우리 고객님, 이렇게 진행하시는 게 훨씬 유리하세요."

같은 내용에 종결 어미만 바꿨을 뿐인데 느낌이 전혀 다르다. 효과적인 의사소통을 하려면 무겁지 않게, 그렇다고 가볍지도 않게 편안한 지인을 만나 얘기하듯 하면 좋다. 고객 중에 남편분의 보험이 전혀 없다고 걱정을 많이 하시면서 암 보험 설계를 요청하셨다. 젊어서 보험에 가입하려고 했으나 당뇨 진단을 받아 모든 보험사에서 거절이 됐다는 것이다. 나는 현재 건강 상태, 치료력 등을 구체적으로 확인하고 가입 가능한 상품으로 상담을 하고 제안서를 제시했다. 고객은 상품이 마음에 든다며 배우자분께 얘기해 놓을 테니 전화해서 계약해 주길 부탁하셨다.

이루다 : OOO 고객님 배우자분 되시죠? 안녕하세요, OO 화재, 이루다예요~ 배우자분께 내용 들으셨죠, 고객님? 잠시 통화 괜찮으시

고요?

고 객 : 통화는 괜찮은데요, 아내는 내가 암에 걸려서 빨리 죽었으면 좋겠나 봐요. 나 죽고 암 진단비 받으면 그걸로 혼자 잘살고 싶은가 봐요. 보험 필요 없다는데 왜 자꾸 가입하라는지 모르겠네요.

이루다 : 고객님~ 그렇게 생각하셨다면 많이 속상할 것 같아요. 그런데 배우자분이 고객님 걱정 많이 하시면서 상담을 여러 차례 하셨어요, 예전에는 가입하고 싶어도 당뇨 때문에 가입할 수 없었다고 하시면서요~ 지금은 가입되는 상품이 있다고 말씀드리니까 엄청나게 좋아하셨어요~ 그리고 암 진단비는 고객님 유고시에 지급되는 게 아니시고요, 암 진단과 동시에 치료하시든 안 하시든 보험금이 지급되는 거기 때문에~~ 고객님 좋은 음식 드시고 요양하시고, 좋은 치료 받으시라고 가입하시는 상품이세요~ 이래서 여자의 언어와 남자의 언어는 다른가 봐요~^^

고 객 : 그래요? 그럼 하나 해 주세요.

한번은 고객과 치아 보험 녹취를 마쳤는데 통장에 잔액이 없어서 내일 잔액을 채워 놓을 테니 전화를 다시 달라고 하셨다. 그 후로 고객과 통화가 되지 않았고 열흘 만에 전화 통화 연결이 됐다.

이루다 : 고객님~ 아이고, 왜 이렇게 통화가 안 되셨어요~ 일전에 치아 보험 진행해 드리려고 했던 OO 보험 이루다예요~ 고객님~ 이거

너무 좋은 상품이셔서 놓치시면 정말 아까워서 마지막으로 연락 드렸어요~ 이게 시중에 있는 거랑 별반 차이 없으면 연락도 안 드렸을 텐데~ 3개월만 지나면, 정확하게는 90일이 지나고, 91일째부터 개수, 소재 제한 없이, 감액 없이 보장 싹~ 들어가니까 정말 획기적인 내용이시거든요~

고 객 : 필요 없는 거 같아서요.

이루다 : 고객님! 치과 다녀오신지가 오래되셨고, 스케일링 받으실 시기가 되었다고 하셨는데요~ 치과 쪽은 의료보험 적용이 거의 되지 않기 때문에 한번 치료가 시작되면 자비 부담이 너무 많잖아요, 그래서 진단받으시고 치료 비용이 부담 되셔서 치료를 바로 못하시는 경우도 굉장히 많거든요~ 그래서 이런 치아 보험 하나 준비해 놓으시고 가시면 정말 큰 도움 되세요~ 그리고 우리 고객님 직업이 보안팀에 근무한다고 하셨는데, 지금 다른 것만 보안하실 게 아니시고요, 우리 고객님 치아를 보안하셔야 하세요.

고 객 : 흐흐^^ 그럼 해 주세요.

이렇게 무겁지 않은 상담을 하면서 때로는 카운슬러 역할을 하면서 보험 가입까지 하는 것이다. 상담을 잘 마치고 계약을 위한 가입 녹취 스크립트를 읽는 도중 중단되는 경우가 있다. 고객의 단순 변심으로 가입 녹취가 중단되는 경우가 있고 설계사가 녹취 스크립트를 읽으면서 틀리거나 고객이 질문했을 때 답변을 머뭇거리면 그

때 고객은 신뢰를 잃고 다시 한번 생각해 보겠다며 중단되는 경우도 있다. 녹취 스크립트를 정독하고 전문 용어가 가득 들어 있는 스크립트이므로 발음이 어려운 부분은 고객과 통화하기 전에 여러 차례 반복해서 용어를 익혀둔다. 녹취 스크립트 읽는 도중 생소한 용어에, 때로는 그날의 컨디션에 따라 말이 꼬이는 경우가 있다. 그때는 잠깐 쉬는 것이다.

"고객님, 오늘 제가 계약을 많이 해서 혀가 자꾸 꼬이네요^^"
"고객님, 녹취가 길어서요…(콜록) 잠깐 물 한 모금 마시고 진행해 드려도 괜찮으시죠?"

시간을 조금이라도 벌고 잠깐 마음을 가라앉히고 다시 녹취를 진행하면 된다.

아는 동생이 H 대학교 연극 영화과를 졸업했는데 대본 연습을 할 때 어떻게 연습을 하는지 물어봤다. 대본 연습을 할 때 처음에는 감정을 모두 빼고 글씨만 책 읽듯이 또박또박 읽다가 발음이 안 되는 부분은 한 글자씩 짚으면서 읽어 본다고 한다. 그 이후에는 대본에 대해 이해하면서 발성 연습할 때와 마찬가지로 큰 목소리로 감정 없이 읽는다고 한다. 이때 단어를 명확한 발음으로 읽는 것이 중요하고 마지막으로 감정을 넣어서 대본을 읽으면서 발성 연습할 때와 마찬가지로 소리는 크고 발음은 명확하게 한다고 한다.

스크립트를 읽을 때도 동일하다. 처음부터 끝까지 힘을 빼고 글자를 읽어보는 것이다. 그리고 생소한 단어나 발음이 어려운 부분은 한 글자씩 짚어가면서 연습하는 것이다(예를 들면, 고유 식별번호, 신용정보집중기관, 필수동의, 보험개발원, 업무수탁자, 모집업무수탁자, 예금자보험법 등이다). 그리고 감정을 넣어 읽으면서 발음을 명확하게 하여 전달코자 하는 내용이 잘 전달될 수 있도록 해야 한다. 확신을 하고 상품을 판매할 때, 확신에 찬 목소리에 고객은 나를 신뢰하게 되어있다. 또한 상담을 잘해서 계약하겠다고 오케이 신호를 보냈을 때 마지막으로 녹취 스크립트를 진행하게 된다. 이때 고객의 여러 질문이 있을 수 있는데 그 질문에 대답하지 못하고 우물쭈물하면 신뢰를 잃을 수 있음으로 녹취 스크립트까지 완벽하고 철저하게 공부해야 한다. 머리에는 상품의 지식을, 목소리에는 자신감을 심어야 한다. 이것이 돼야 계약이 성사되는 것이다.

고객의 언어로 소통하라

4

"사람은 단순하게 말하고 복잡하게 생각해야지
그 반대가 되어서는 곤란하다."

– 프란츠 슈트라우스 –

갓 태어난 아이에게 엄마 목소리로 뭐든지 많이 얘기해 주라고 육아서에 얼마나 많이 쓰여 있던지 신생아 때부터 늘 우리 아기에게 얘기를 많이 해 주었다. 비록 아기는 아직 말을 못 하지만 귀는 열려 있다는 걸 잘 알고 있기 때문에 먼저 앞서간 선배 맘(mom)이 하라는 대로, 육아서에 쓰여 있는 대로 열심히 따라 했다. 콜 업무를 할 때도 육아를 할 때도 롤 모델을 정해놓고 그대로 따라 하니 어렵고 힘들어도 할 만했다. 모든 것이 처음이라 생소한 아기에게 사물을 볼 때마다 은유적인 표현을 많이 했다. 살랑살랑 흔들리는 강아지풀을 함께 볼 때였다.

"우리 강아지 봤었지~ 이 풀 이름이 강아지풀인데 강아지 꼬리처럼 살랑살랑 움직이는 모양을 따서 강아지풀이라고 이름을 지은 것 같아. 엄마 어렸을 때는 이 강아지풀을 꺾어서 친구들 목이나 코에 대고 간질이며 놀았는데 재밌었다! 강아지풀 색깔이 초록색이네~ 우리 여기에 초록색이 또 어디 있는지 찾아볼까?"

이렇게 한 사물을 다른 사물과 연관 지어서 얘기를 풀어 보기도 하고 같은 색깔의 공통점을 가진 사물을 찾아보기도 하는 등 쉽게, 꼬리에 꼬리를 물 듯 계속 얘기를 풀어 나갔었다.

고객도 보험에서는 신생아라고 생각하고 상품을 설명해야 한다. 가입 제안서나 상품 설명서를 출력해서 공부하라고 했더니 그 안에 나와 있는 전문 용어를 그대로 고객에게 그대로 사용하니 고객은 알아들을 수가 없다. 고객이 알지 못하는 어려운 용어를 써야 전문가라고 착각하는 설계사들이 있다. 이건 정말 큰 오산이다. 고객과 소통을 해야 하는 관계인데 소통이 아닌 불통이 되는 원인은 서로 알아들을 수 없는 각자의 언어로 얘기하면서 시작되는 것이다.

코로나19로 인해 뉴스나 신문에는 연신 코로나 관련 얘기들이다. 뉴스나 기사를 접할 때면 국민은 생소한 외래어 때문에 이해가 어렵다. 비말(침방울), 진단키트(진단도구), 드라이브 스루(승차 진료소, 자동차에 승차한 채로 검사받는 방식), 팬데믹(감염병 세계적 유행), 코호트 격리(동일 집단 격리) 등의 용어를 가급적 누구나 알아듣기 쉬운 한국어로 순화해서 이해력을 높여야 하는데 누구를 위한 글이고 용어인지 이해할 수가 없다. 단체 모임에서 대화할 때 그 대화를 주의 깊게 살펴보면 같은 주제로 같이 대화를 하지만 서로 이해하는 바가 굉장히 다른 경우를 우리는 종종 보게 된다. 같은 한국말을 하고 있지만 해석을 다르게 하는 경우다. 나 또한 자세하고 친절하게 설명한다고 했지만, 고객이 무슨 말인지 하나도 모르겠다며 살짝 성을 내는 경우도 있었다.

이루다 : 고객님, 이 치아 보험은요, 감액 기간이 없다 보니까 짧게 3개월 납부하시고 바로 치과 가서서 전반적인 검진 싹~ 받으시라는 거예요~ 그러면 약관에 정해진 금액 그대로, 가입 금액 100% 보장 받으시는 거고요. 개수, 소재 제한 없이 보장 싹~~다 받아 가시는 그런 내용이기 때문에 굉장히 획기적인 내용이에요~

고 객 : 3개월만 내고 보장받는 거예요?

이루다 : 네~ 맞아요, 고객님~ 치아 보험은 모든 보험사가 질병에 대해서는 90일 면책 기간이 있거든요~ 그래서 3개월, 그러니까 정확하게 90일이 지나고, 91일째부터 충치 같은 질병에 대해서 보장되는 거고요. 오늘 저녁에라도 삼겹살 드시다가 오도독뼈라도 잘못 씹으셨다가, 아니시면 운전하시다가, 운동하시다가 어디에 부딪혀서 치아 깨지고 금가는 경우 비일비재한데요~ 이런 걸 상해라고 하잖아요, 고객님? 그거는 우연히 일어나는 일이잖아요~ 그래서 그런

상해는 경과 기간 없이 오늘부터 바로 보장 열어 드리는 거예요~

고 객 : 아이참~ 그러니까 길게 얘기하지 말고요, 내가 묻는 말에 대답을 좀 해 줘요. 3개월만 내고 보장받는 거예요?

이루다 : 네~ 맞으시다니까요, 고객님^^

고 객 : 그러니까 내가 이번 달, 다음 달, 다음다음 달 이렇게 3개월 내고 그다음부터 돈 안 내도 3년 뒤에 가서 치료받으면 보장된다는 거죠?

이루다 : 헉~ 고객님 그런 보험은 세상 어디에도 없어요~ 그런 보험 있으면 보험사 망하죠~ 다시 정리해 드릴게요, 고객님~ 한 가지 팁으로 알아두시면 좋으신데요~~ 모든 보험사는요, 보험료를 두 달 동안 내지 않아도 보험 효력은 살아 있어요~ 그걸 '유예'라고 하는데요, 그러니까 우리 고객님 말씀하신 것처럼 이번 달, 다음 달, 다음다음 달 이렇게 3번 납부하시잖아요? 그럼 또 그다음 달, 또 그다음 달은 보험료를 납부하지 않아도 보험 효력이 있다는 거예요. 그러니까 지금이 1월이니까, 1월, 2월, 3월 납부하시면 4월, 5월은 보험료를 내지 않으셔도 보험 효력은 있다! 라고 보시면 되세요, 이해되시죠, 고객님?^^ 다시 정리해 드리면 납입하는 기간만큼 보장이 된다고 보시면 되는데요, 시중에서처럼 1년 전에 치과 가시면 가입 금액의 반만 주겠다! 이런 감액 조건이 없다 보니까 3개월 뒤에 바로 다녀오시라 말씀드린 거예요~^^

고 객 : 그래요. 내가 물어본 게 그거예요. 그게 뭐가 획기적인 거예

요? 난 또 3개월 보험료 내면 언제든 보상해 주는 그런 스페셜한 보험이 나온 줄 알았네~ 전화로 상담하는 상담원들은 죄다~ 내가 묻는 건 대답을 안 하고 다른 말만 해서 답답해서 전화로 가입한 적이 없어요.

이루다 : 고객님~ 전 안 그랬죠?^^ 전 고객님들이 설명 쉽게 한다고 좋아들 하시는데…^^

고 객 : 전화로 가입하는 건 처음인데, 시간이 얼마나 걸려요?

이루다 : 고객님, 제가 숨도 안 쉬고 읽으면 5분이면 끝나요, 그런데 법적 보호 받으시는거니까 고객님이 알아들으실 수 있도록은 읽어야 하잖아요? 그래서 8분 정도만 시간 주시면 되세요^^

고 객 : 그래요? 그럼 해 주세요.

이 상담 내용에서 보는 것처럼 나는 완벽하게 설명했다고 생각했지만 고객 입장에서는 너무 답답했던 모양이다. 고객이 질문하면 한 번 더 고객의 질문을 언급해서 확인 후 응대한다면 더 정확한 답변을 할 수 있다. 설계사들은 암 보험, 건강 보험, 치아 보험 등을 판매할 때 '면책 기간'을 수도 없이 많이 얘기한다. 한번은 고객에게 "면책 기간 90일이 지나면 바로 보장이 되는 거예요."라고 했더니 면책이 뭐냐고 한다. 이런 경우 일부 설계사들은 "고객님 면책이요, 면책!" 이렇게 답변을 하기도 한다. 고객이 '면책'이라는 단어를 못 들은 것이 아니라 뜻을 묻고 있는 것이다.

"아~ 고객님~ 면책! '책임을 면한다.'라는 뜻이에요~ 그러니까 보장이 안 되는 기간을 말하는 거예요~ 건강 보험 같은 경우는 역선택, 그러니까~ 고객님들이 이미 질병을 갖고 있는데 숨기고 가입하는 경우를 말하는데요, 당연히 우리 고객님은 아니겠지만 뉴스에서 보면 보험사기 많이 있잖아요, 일종의 그런 종류라고 보시면 되는데요, 이런 역선택을 방지하기 위해서 가입 후 91일째부터 보장을 해 주겠다! 라는 거예요~ 이해되시죠, 고객님?" 이렇게 풀어서 설명해야 한다.

고객에게 뇌졸중 진단비를 설명할 때였다. 나는 뇌졸중 진단비를 말하고 있는데 고객은 뇌출혈 진단비로 1억을 가입해 놨으니 괜찮다고 한다. 고객은 뇌출혈 진단비에 가입되어 있으면 뇌졸중(뇌경색)으로 진단받을 때도 보상 가능한 것으로 오인하고 있어서 정확한 설명이 필요했다.

고 객 : 뇌출혈 있어요~

이루다 : 네~ 고객님~ 준비 너무 잘하셨어요~ 그런데 중요한 거는 뇌졸중 진단비가 없다는 건데요~ 뇌졸중 진단비는 뇌경색이랑 뇌출혈 진단받으실 때 보장을 받을 수 있거든요~!! 그러니까 뇌출혈보다 보장 범위가 넓다고 보면 되는데요~ 혈관이 막히는 게 뇌경색!, 혈관이 막히고~ 막히고~ 막히다 터지는 게 뇌출혈인데요! 뇌

혈관 중에 뇌출혈로 진단받을 확률이 10% 미만이라는 통계치가 이미 나와 있어요~ 그래서 뇌출혈보다 뇌경색으로 진단받을 확률이 훨씬 높기 때문에 뇌경색에 대한 보장을 준비하셔야 하는 거고요, 뇌졸중은 뇌경색이랑 뇌출혈을 보장하기 때문에 혹시라도 뇌경색 진단받으시면 지금 안내해 드린 뇌졸중 진단비에서 보장받으시는 거고요, 뇌출혈로 진단받으시면 우리 고객님이 기존에 가입해 놓으신 것하고 지금 안내해 드리는 것하고 중복으로 보장 가능하신 거예요~ 여기까지는 이해되시죠, 고객님? (네~) 그렇기 때문에 우리 고객님은 혈관이 막히는 뇌경색 부분에 대해서는 구멍이 뚫려 있다고 보시면 되기 때문에 그 구멍을 메꾸셔야 하세요.

고 객 : 그래요? 그럼 어떻게 하면 돼요?

이렇게 고객이 오인하고 있는 부분을 바로잡아 설명한 후 부족한 보장을 추가로 판매하는 것이다. 상담하다 보면 보험 용어, 의학 용어를 설명해야 하는 경우가 있다. 이때는 일방적으로 전문 용어를 사용할 것이 아니라 전문 용어가 생소한 고객들에게 고객이 이해할 수 있는 고객의 언어로 쉽게 풀어 고객과 소통하는 것이 포인트이고 상담 도중 전문 용어를 사용했다면 그에 따른 상세 풀이도 반드시 동반되어야 한다.

20대의 젊은 친구들은 "이거 내가 모르는 분야네. 난 저런 거 모르는데."라고 할 수 있고, 50대 이상 되시는 분들은 "저 정도쯤은 나도 할 수 있겠는데, 내가 생로병사 광팬이라 이쯤은 알고 있지."라고 하시는 분들도 있을 것이다. 다 좋다. 20대, 30대, 40대, 50대, 그 이상도 모두 다 도전 할 수 있다. 모르면 교육을 통해 알아 가면 되는 것이고 연습을 통해 내 것으로 만들면 되는 것이다. 아는 지식을 고객이 듣기 쉬운 말로 예쁘게 다듬는 연습을 통해 고객에게 전달하면 된다. 고객을 신생아로 인식하고 고객의 언어로 소통하라. 누구든 할 수 있다.

나를 각인시켜라

"성공은 성공 지향적인 사람에게만 온다.
실패는 스스로 실패할 수밖에 없다고 체념해 버리는 사람에게 온다."
– 나폴레옹 힐 –

100여 년 전까지만 해도 프랑스 여성들의 옷은 허리가 꽉 조이도록 코르셋을 착용했고, 모자도 화려한 장식에 무거웠다고 한다. 그런데 혁명적으로 이런 불편함에서 벗어날 수 있도록 해 준 인물이 바로 샤넬이다. 샤넬은 작고 가벼운 모자, 허리를 조이지 않는 의상 등 그 당시 상상하기 힘든 획기적인 상품을 만들었는데 초기에는 외면당했지만, 점차 실용성을 인정받기 시작하면서 샤넬은 세계적인 디자이너가 됐다. 샤넬은 말한다. 조금만 다르게 생각해도 새로운 것이 탄생할 수 있다고.

2010년 여름, 대한민국 국민 모두를 감동의 도가니로 몰아넣은 남아공 월드컵. 함성이 이곳저곳에서 들렸고, 흥분 그 자체였다. 이 때다 싶어 고객에게 단체 문자를 보냈다.

"잘 지내시죠? 이루다 RC입니다^^ 월드컵 축구 경기로 열기가 뜨겁습니다. '남아공 월드컵 축구 경기'가 있는 날입니다. '대한민국 대 그리스', '그리스 대 대한민국' 스코어 맞추기 이벤트를 준비했습니다. 결과를 맞히시는 분께는 소정의 선물도 보내드려요~ 이벤트 참여는 지금 받으신 문자로 회신해 주시면 되세요. 오~ 필승 코리아~!!! - 늘 믿음 드리는 이루다 RC 드림 -"

이렇게 단체 문자를 보냈더니 회신 문자가 200여 통가량 왔다. 수신된 문자를 보고 '고객명, 연락처, 대한민국 : 그리스'의 예상 점수를 하나하나 엑셀 파일로 정리했고 결과가 나온 다음 날 아침 문자를 다시 보냈다.

예상 점수를 맞춘 고객에게 문자를 보냈다.

'[대한민국(2) : (0)그리스] 너무 행복한 날이죠, 고객님^^ 정답 문자 잘 받았습니다. 성심껏 준비한 선물 보내 드리겠습니다^^ 오~ 필승 코리아~!! - 늘 믿음 드리는 이루다 RC 드림 -'

예상 점수가 빗나간 고객에게도 문자를 보냈다.

'[대한민국(2) : (0)그리스] 너무 행복한 날이죠, 고객님^^ 고객님과 함께 응원할 수 있어서 더 재미있던 경기였어요~ 더 재미있는 이벤트로 다시 찾아뵙겠습니다^^ – 늘 믿음 드리는 이루다 RC 드림–'

이렇게 문자를 남겼더니, '경기도 좋고, 이벤트도 좋았다.', '재밌다.', '보험 가입하고 이런 이벤트는 처음이다.', '정답은 틀렸지만 그래도 괜찮다.' 등 다양한 문자를 받았다. 그때 내가 준비한 선물은 백화점에서 포장된 상태로 판매되는 초콜릿과 과다한 업무로 어깨가 결릴 때 쓸 수 있는 작고 앙증맞은 핸드 안마기였다. 선물을 받으신 고객들은 선물 잘 받았고 고맙다, 재미있었다, 재치 있다고 또다시 연락을 주셨다. 선물이라고 하면 많은 설계사가 고가의 선물을 준비하려고 한다. 그러나 고객들과 친밀한 관계를 형성하는 일련의 과정이지 꼭 고가의 선물을 준비할 필요는 없다. 이런 이벤트를 준비하고 참여함으로써 고객은 보험 하면 '이루다 RC'를 생각할 것이고 관리받는 듯한 기분이 들 것이다. 누구나 보내는 시점에 누구나 보내는 식상한 멘트들로 보험 얘기만 쓰여 있는 단체 문자를 보낸다면 고객들의 반응은 어떨까?

예를 들면, '고객님의 귀엽고 사랑스러운 자녀분을 위해 유족 자금 마련 가능한 신상품이 출시돼서 연락드렸습니다. 보험료 3% 할인도 가능하시니 언제든 연락해 주세요. - 늘 믿음 드리는 이루다 RC 드림 -' 이런 안내, 홍보 문자만 지속해서 받는 고객의 기분은 어떨까? 이런 문자는 삭제 각이고, 전화번호는 차단 각이다. 남들의 관심이 적은 날, 고객도 문자가 오면 유심히 볼 수 있는 날을 포착해야 한다. 그날이 나를 각인시킬 기회인 것이다. 예를 들면, 우리나라 절기 중 세 번째 절기인 경칩에 문자를 보내는 것이다.

> '개구리가 잠에서 깨어난다는 경칩이에요, 고객님~ 이제 곧 새싹이 파릇파릇 돋겠지요. 싱그러운 하루 보내세요^^ -늘 믿음 드리는 이루다 RC 드림-'

남들이 그냥 지나칠 만한 절기, 특별하지 않은 날 무심코 보내는 안부 문자 한 통이 고객을 반응하게 하고 고객이 나를 기억하게 하는 방법이다.

얼마 전에 쓰던 핸드크림이 똑 떨어져 매장으로 갔다. 어떤 것으로 살까 둘러보다 '동백향'이라고 쓰여 있는 핸드크림이 눈에 띄었다. 2019년 KBS에서 방영된 '동백꽃 필 무렵'이 너무 재미있다며 꼭 보라고 지인이 연거푸 추천하기에 유튜브 짤 모음으로 봤다. 첫 회부터 나는 동백이와 용식이에게 푹 빠졌다. 그리고 1년이 지난 지금도 '동백이'라는 단어만 들어도 기분이 좋다. 그래서 핸드크림 뒤쪽에 '동백향'이라는 단어, 앞쪽에 '까멜리아'라고 쓰여 있는 단어는 나를 미소 짓게 했다. 그리고 더 둘러볼 것도 없이 바로 그 동백향이 나는 그 핸드크림으로 선택했다.

영업에서도 나를 각인시킬 만한 수식어를 만드는 것이 좋다. '동백향', '까멜리아'만 보고도 바로 핸드크림을 구매한 것처럼 고객에게 기억되길 원하는 이미지의 수식어를 만드는 것이 좋다. 이때도 누구나 흔히 쓰는 'OO 보험 OOO RC'라고 하면 흔하디흔한 설계사로 고객의 기억에서 잊힐 것이다. 고객에게 나를 각인시킬 수 있는 나만의 수식어를 만들어 보자. 예를 들면 '늘 한결같은', '정직만 추구하는', '정직한 보험 해결사', '늘 만족 드리는', '늘 도움 드리는', '만족으로 보답 드리는' 등 고객에게 기억될 만한 나만의 수식어 말이다. 요즘에는 스팸 문자가 너무 많기 때문에 위 단락만 읽어보고 광고다 싶으면 클릭조차 하지 않는다. '나'를 고객에게 귀찮은 존재가 아닌 도움을 주는 담당자로 인식할 수 있도록 고객 관리에 만전을 기하고 내 문자를 받은 고객이 반갑게 문자를 클릭할 수 있도록 문자 상단에 '나'를 먼저 노출하는 것이다.

예를 들면,
'늘 믿음 드리는 이루다 RC입니다. 잘 지내시죠, 고객님~ 추적추적 비가 내리고 있어요~ 우리 고객님 안전 운행하시라고 문자 드려요~ 안전벨트, 생명 벨트입니다^^ – 늘 믿음 드리는 이루다 RC 드림 –'

문자를 활용하면 고객과의 친밀도를 높일 수 있음으로 다음에 신상품을 안내하고 판매하고자 할 때 고객에게 오랜만에 전화해도 고객은 나의 전화를 거부감 없이 받는다. 일부 상담원들은 고객에게 보내는 문자 내용이 신상품이 나왔을 때, 보험료가 미납됐을 때 등 무거운 문자만 보내는 경우가 많다. 문자는 고객 관리하기에 편하고 유용한 수단이다. 내가 고객에게 문자를 보내는 것은 친근한 설계사로, 관리해 주는 설계사로 기억되기 위함이다. 때문에 때로는 동생처럼, 때로는 친구처럼 편한 단체 문자를 많이 활용한다. 상담 직후에는 나를 잊지 않도록 통화 종료 후 2~3분 안에 문자를 보내는 것도 좋다. 누구나 다 보내는 날, 누구나 똑같은 형식의 문자는 보내지도 말자. 고객이 생각지도 못한 날, 뜬금없이, 불현듯 보내는 문자를 고객은 더 반기고 관리받고 있다고 느낀다. 부부가 함께 가입한 경우에는 당사자에게는 생일 문자를 보내지 않고 배우자분께 문자와 쿠폰을 보낸다.

'고객님, 내일 배우자분 생신이셔서 두 분 오붓한 시간 보내시라고 영화 쿠폰 보내드려요~좋은 추억 만드세요^^ – 늘 믿음 드리는 이루다 RC 드림 –'

이렇게 함으로써 배우자는 생일 당사자에게 이루다 RC에 대해 언급할 것이다. 생일 당사자가 아닌 배우자분께 문자를 보냄으로써 나를 두 분의 고객에게 어필하게 된 것이다. 이것은 나를 두 분에게만 어필한 것에 그치지 않고 두 분의 뒤에 보이지 않는 수많은 고객에게 전달될 수 있기 때문에 이런 사소한 문자 한 통에도 전략이 중요한 것이다.

나는 계약을 체결한 후 고객의 성함과 전화번호, 가입한 상품과 담보명, 가입 금액을 나만이 알아볼 수 있도록 약어로 핸드폰에 적어 놓는다. 고객에게 전화할 때도 받을 때도 에너지 넘치고 활기차게 고객의 이름을 부른다. 전산을 확인할 수 없는 시간에 고객이 급하게 보장 내용을 물어보면 바로 응대하기 위함이다. 업무시간 외에 고객에게 전화가 왔는데 고객의 이름을 부르며 전화를 받는 것만으로도 '담당자가 나를 기억하네.'라고 생각한다. 이름을 알고 있다는 것만으로 만족도가 높아진다. 고객이 사고로 보상을 받을 수 있는지 문의하면 핸드폰에 약어로 쓰여 있는 내용을 바탕으로 보상 가능 여부를 확인해 드린다. 고객은 보상 금액보다 보상 가능 여부를 더 궁금해하고, 보상 가능하다는 말에 안도한다. 약어로 쓰여 있고 수기로 작성된 것이므로 혹시라도 실수가 있을 수 있다. 그 때문에 되도록 가입 금액은 말하지 않는 편이다. 오타로 입력된 가입 금액을 크게 얘기했다가 보상 금액이 줄어들면 고객이 실망할 수 있기 때문이다. 그리고 전산 확인 가능한 시간에 보장 내용 및 가입 금액을 확인 후 다시 한번 보장 내용에 대해 정확한 상담을 해 드리겠다고 말씀드리고, 다음 날 오전에 다른 업무보다 먼저 확인 후 연락을 취한다. 사고로 인한 불편한 심경에 공감하며 위로를 하고 보장 내용 및 보상 금액에 대해 상세히 상담해 드린다.

고객 관리라는 것이 특별하거나 어려운 것이 아니다. 남들과 조금만 다르면 된다. 영업에 있어서 나를 각인시키는 작업을 게을리해서는 안 된다. 말로는 '돈 벌고 싶다.', '나에게도 충성 고객이 있었으면 좋겠다.', '나도 한다고 하는데 소개 건이 왜 없지?'라는 고민과 푸념만 하지 말고 고객과 친밀한 관계를 쌓고 유지하는 방식을 바꿀 필요가 있다. 소개 건도, 충성 고객도, 월급도, 뭐 하나 만들어 주지 않는 지금의 방식을 고집하면 앞으로 정진할 수 없다.

대부분의 설계사는 월 천 공주, 월 천 왕자(월급 천만 원을 버는 남녀를 일컬음)가 되기 위해서 어떤 노력을 하는지, 어떤 방법으로 소개 건이 넘쳐나고 충성 고객을 만들었는지에 대해서는 궁금해하지도, 배우려 하지도 않는다. 그들에게도 그런 결과를 만들어 내기 위한 남들과 다른 전략이 있었을 텐데 그 과정에는 큰 관심이 없다. 그들은 "난 운이 없는데 저 사람은 진짜 운이 좋아."라는 말로 자신을 위로한다. 참으로 안타까운 일이 아닐 수 없다. 과정이 있어야 결과가 있는 것이다. 같은 센터에 근무하는 모든 RC에게는 같은 조건이 주어진다. 정해진 출퇴근 시간, 하루에 맞춰야 하는 콜 타임, 같은 채널을 통해 유입된 DB, 같은 인수지침 등. 누구는 계약이 안 나오는 것이 DB 때문이고, 인수지침 때문이라고 말한다고 하더라도 월 천 공주, 월 천 왕자를 꿈꾸는 나는 달라야 한다. 센터 규정에 콜 타임(call time)을 링 타임(ring time)으로 2시간을 맞추는 것이 기준이라면 나는 리얼 타임(real time)으로 2시간을 맞춰 보려고 노력하면 되는 것이고(많은 고기를 잡기 위해 가능한 한 그물을 넓게 치는 어부처럼 많은 고객을 만나려면 터치수를 늘리면 된다), 인수지침 탓을 할 것이 아니라 그에 따른 반론과 상품의 강점으로 스토리텔링 준비를 철저히 해 두는 편을 택하면 되고, DB 탓을 할 것이 아니라 연령대에 따라 시간을 구분해서 진행해 보거나 연령대에 따라 관심 있어 하는 상품이 다르므로 관심 상품을 분석해서 컨택(contact)해 보려고 노력해야 한다. 같은 센터에서 근무하는 모든 설계사에게는 같은 환경이 주어진다. 누구나 하는 정형화된 영업 방식에서 벗어나 나를 각인시키고, 고객과 친밀한 관계를 유지할 수 있는 여러 이벤트도 준비해 보자. 나만의 충성 고객이 생기고, 소개 건이 넘치면 내 소득은 저절로 높아진다.

제 3 장

다시
일어설 수 있었던
보험 TMR

나 자신을 믿는 긍정 마인드

생각한 대로 이루어진다는 말의 대표적인 심리학 용어로 '플라세보 효과'가 있다. 약효가 없는 가짜 약을 먹어도 환자의 병이 호전된다는 뜻으로 약을 먹는 환자가 병이 호전될 것이라는 믿음이 병세를 호전시키는 것이다.

이와 반대되는 심리학 용어가 '노세보 효과'이다. 즉 약효에 대한 불신으로 약효가 제대로 발휘되지 않아 실제로 부정적인 결과를 만드는 것이다.

작동하지 않는 냉동 창고에서 죽은 선원의 이야기를 한 번쯤 들어 봤을 것이다. 한 동료 선원이 함께 일하는 동료가 냉동 창고 안에 있다는 사실을 모른 채 냉동 창고를 잠가 버렸고 냉동 창고에 갇혀

버린 그 선원은 냉동 창고에서 느껴지는 한기로 곧 자신이 죽을 것으로 생각한다. 그리고 그 선원은 그 냉동 창고에서 시간의 흐름에 따라 자신의 신체 변화 상황들을 냉동 창고 벽에 써 내려갔다. '점점 몸이 굳어지는 것이 느껴지고 정신이 혼미해진다.'라고 기록해 놨고 다음 날 냉동 창고에서 선원은 시신으로 발견되었다. 발견 당시 그 냉동 창고는 작동이 되지 않은 상태였고 실내 온도가 영상 18도였으므로 선원의 기록과 죽음은 놀라지 않을 수 없었다. 어떤 생각을 어떻게 하느냐는 굉장히 중요하다. 나를 살릴 수도 나를 죽음으로 몰아갈 수도 있는 문제다.

나는 여전히 콜 청취를 많이 한다. 보험에 처음 도전하는 신입의 콜을 옆에서 듣고 있으면 단어의 선택이나 어투 등이 어색하고, 어눌하게까지 느껴지는 콜이 있다. 그런데도 계약을 하는 걸 보면 참 신기하다. 한 건의 계약이 아닌 계속된 계약이 나온다는 것은 고객이 그 상담원에게 신뢰와 매력을 느끼기 때문일 것이다. 이런 경우는 신입의 콜이라 하더라도 그 콜을 들어 본다. 열정과 에너지가 있는 사람에게는 무엇이 됐건 배울 점이 있다. 전반적인 흐름이 부족해 보여도 그 콜 안에 고객의 관심을 끌 만한 괜찮은 단어나 멘트를 찾아냈다면 '심봤다~'를 외치는 순간이다. 그러나 특별한 멘트도 없는데도 계약이 잘 나오는 예도 있다. 이것은 같은 말을 하더라도 사람마다 뿜어져 나오는 에너지가 다르기 때문이라고 해석할 수밖에 없을 것이다. 같은 멘트를 쓰는데도 계약이 나오지 않으면 동일한 콜을 다시 들으며 이번에는 억양이나 쉼 부분을 똑같이 표시해 보고 그대로 적용해 보는 것이다. 각자 호흡의 길이가 다르므로 내 입 (호흡)에 맞으면 계속 활용하면 되고 내 입에 맞지 않으면 내 입에 맞게 수정하는 작업이 동반되어야 한다. 콜이라는 게 정답이 없다. 나에게 맞는 멘트, 나에게 어색하지 않은 억양, 나에게 힘들지 않은 호흡을 계속해서 찾아야 한다. 무엇보다 중요한 것은 내가 팔고 있는 상품이 최고로 좋다는 확신을 갖고 상담을 할 때 말에 힘이 실린다. 신입사원에게 도움이 될 만한 팁이니 따라 해 보자.

어떤 이들은 주변 동료가 계약이 좀 나온다 싶으면 '쟤 DB 밀어받나 보네~' 등의 말로 모두의 사기를 떨어트리는 사람이 있다. 성경 말씀에 '뿌린 대로 거둔다.'라는 구절이 있다. 씨는 눈에 보이는 실체다. 본인 스스로 부정어를 입으로, 마음으로 품으니 결과가 좋을 리 없다. 결국 본인에게 부정의 씨를 뿌리다 보니 보이는 실체인 청약과는 점점 멀어지는 것이다. 씨를 땅에 심고, 햇볕과 물 그리고 정성을 듬뿍 주면 결국 한 알의 씨앗이 많은 열매를 맺는 것과 같이 동료가 잘하고 있으면 칭찬하고, 축복하고, 배우려는 긍정적인 자세를 가져야 결국 다시 나에게 축복으로 돌아오고 빠르게 상위권으로 진입할 수 있다.

시작도 해보지 않고 '계약을 못 하면 어떻게 하지?'라는 생각을 하는 사람도 있다. 그런 생각조차 시간 낭비, 에너지 낭비다. 할 수 있다는 절대 믿음을 가져야 한다. 나도 월 천 공주, 월 천 왕자가 될 수 있다는 믿음으로, 업무에 몰입하는 것이다. 콜센터에서는 누구나 월 천만 원, 연봉 1억 원 이상 받을 수 있다는 허무맹랑한 말은 하고 싶지 않다. 첫 콜센터에 같이 입사한 동기처럼 고객에게 전화를 할 때마다 가슴이 터질 것처럼 떨린다며 입사 이틀 만에 회사를 그만둘 수도 있다. 내 성향에 맞지 않으면 누구나 하루 만에라도 뛰쳐나갈 수 있다. 반대로 나도 몰랐던 내 재능을 발견할 수도 있는 것이다. 긍정 에너지를 발산할 때 긍정 에너지를 흡수할 수 있고 도전하지 않으면 얻을 수 없는 값진 경험을 하는 것이다. 그리고 최선을 다해 도전해 봤지만, TM 영업이 어려워 할 수 없다면 다시 아무 일도 없었던 것처럼 원래 자리로 돌아가면 된다. 그렇지만 아낌없이 나누는 이 책의 내용을 실행해 본다면 여러분들은 지금보다 많은 월급을 받게 될 것이고 여러분의 가치를 알아봐 주는 고객들도 늘어날 것이다.

내 것을 주변에 베푸는 마음의 여유를 갖자. 동기가 타 센터에서 받았다는 스크립트를 보여 주며 업무에 도움이 될 것 같아서 가져왔다며 자랑하듯 말하기에 복사해서 나눠줄 수 있는지 물었다. 돌아온 대답은 "이건 각자 영업인데…"라고 말을 흐리더니 스크립트를 슬며시 책상 서랍 안에 넣는다. 어차피 DB가 겹치는 것도 아니고 스크립트를 나눠준다고 해서 손해 보는 것도 전혀 없는데 꼭꼭 숨기려 한다. 나만 잘한다고 센터가 잘 유지되기는 어렵다. 내가 잘 되고 동료가 잘돼야 센터가 잘 유지된다. 센터가 튼튼하게 자리 잡지 못하면 나 또한 일자리를 잃을 수 있는 것이다. 기쁨으로 나눌 때 나에게도 기쁜 일이 일어난다는 것을 알지 못하는 이들이 너무 많아 안타깝다. 결국 타 센터에서 받았다는 스크립트 없이도 나는 그 동기보다 훨씬 실적이 좋았고, 타 센터에서 받았다는 스크립트를 슬며시 책상 서랍에 넣었던 그 동기는 나에게 쓰고 있는 스크립트를 줄 수 있냐고 물어왔다. 나는 아낌없이 스크립트를 나눠주었지만 그 동기는 입사한 지 두 달이 채 되지 않아 회사를 그만두었다.

본인이 알고 있는 지식, 본인이 가진 스크립트 등을 혼자만 알고 싶어 하는 설계사들이 있다. 나만 알고 싶은 것들을 다른 사람이 알게 될까 봐 두려워 뭐든지 꼭꼭 숨기려고 한다. 세상에 혼자만 알아서 잘 되는 건 없다. '나보다 계약을 더 많이 하면 어쩌지.'라는 시기와 질투, 불안의 감정이 마음 가운데 있기 때문에 꼭꼭 숨기려고 하는 것이다. 여러 감정 중에 자신을 제일 힘들게 하는 감정이 시기와 질투다. 그런 마음이 있는 사람은 크게 발전하지 못한다. 초등학교 때 즐겨보던 만화 '달려라 하니'. 하니는 왜 나애리를 '나쁜 계집애'라고 했을까. 나애리는 부잣집 딸이었고 운동을 잘하고 예쁜 여자 친구다. 별다른 이유 없이 부잣집 딸이고, 예쁘고 라이벌이라는 이유로 하니는 나애리를 '나쁜 계집애'라고 한다. 그때는 재밌게 봤던 만화가 지금 생각해 보면 밑도 끝도 없는 시기와 질투의 설정이 실망스럽기까지 하다.

생각이 말로 나오고, 말이 행동으로 옮겨지고, 행동이 습관이 된다. 긍정적인 생각은 더 큰 긍정으로, 부정적인 생각은 더 큰 부정으로 불어난다. 그래서 내가 어떻게 생각하고 말하느냐는 나의 인생을 결정짓는 중요한 요소이므로 생각을, 말을, 행동을 조심해야 한다. 나누는 마음이 일에 대한 열정과 노력만큼이나 중요하다.

보통 콜센터 근무 시간이 하루에 평균 8시간 정도다(4~5시간만 근무하는 곳도 있으니 나의 상황에 맞게 선택하면 된다). 이 시간을 어떻게 효율적으로 활용하느냐는 무척 중요하다. 효율적으로 시간을 보낸다는 것은 주어진 시간 안에 고객과의 상담 건수를 늘리고, 결국 체결률을 높이는 방법으로 근무 시간을 채워가야 함을 의미한다. 체결률을 높이려면 DB 터치량을 늘려야 한다. DB 터치는 많지만 콜 타임이 부족한 경우도 있다. 그것은 고객과의 전화 연결이 되지 않았거나 도입 단선이 많았다는 의미다. 즉 DB 터치 수가 많아도 부재 콜이 많다면 이 또한 개선할 방법을 생각해 봐야 한다.

부재 콜을 최대한 줄여야 하는데 고객과 약속 시간을 정하고 통화하는 경우가 아니라면 부재는 내 의지대로 되는 일이 아니기 때문에 답답한 마음은 누구나 같을 것이다. 그렇지만 연령대별로, 직업별로 통화 가능한 시간대를 가늠해 볼 수 있음으로 그 시간대를 파악해서 최대한 부재 콜을 줄일 수 있도록 해야 한다. 이때 중요한 것이 있다. 편견을 버려야 한다는 것이다. 예를 들어 마트 직원은 늘 바빠서 통화가 안 된다는 생각으로 통화 시도조차 안 하는 경우도 있다. 그러나 내가 전화하려고 하는 날이 월차일 수도 있고 다른 업으로 전향했을 수도 있다. 이런 편견을 깨야 한다는 것이다. 또 통화 연결 후 1분도 되지 않아 통화가 종료되는 경우가 많다면 도입의 멘트를 수정해 보는 것도 좋다. 목소리와 억양, 멘트를 수정, 보완, 실행하는 과정을 반복하다 보면 점차 3분 이상 통화 한 콜이 많아지는 날이 올 것이다. 3분 이상 진행된 콜은 가망 리스트에 올리고 DB 값을 예약으로 잡고 재터치를 한다. 고객이 내 말을 듣기 시작한 것이고 고객과 상호작용이 이루어진 것이다. 이제 점차 계약건이 늘어날 것이다. 처음에는 어려울 수 있지만 step by step 한 단계씩 올라가 보자.

콜센터에서 권장하는 하루 콜 타임이 있다. 인바운드는 보통 실제 통화 시간(real time) 1시간 30분~2시간 정도를, 아웃 바운드는 신호음(ring time)까지 포함해서 3시간을 권하는 편이다. 콜 타임이 부족하다고 관리자들이 관리하면 가짜 콜(전화 연결이 되지 않은 상태에서 5분~6분 수화기를 들고 있는 경우)로 시간을 채우는 상담원들도 있다. 관리자가 본인을 힘들게 하면 어쩔 수 없이 본인도 가짜 콜을 돌릴 수밖에 없다는 자기 합리화다. 나의 가치를 높이고 나를 브랜딩 해야 할 이 소중한 시간을 허비하고 있는 것이다.

한 회사에 몸담고 있다면 회사가 나아가고자 하는 방향에 조화를 이루며 주어진 시간 안에 나만의 전략으로 고객과 통화하고 계약을 유치할 수 있도록 에너지를 최대한 집중시켜야 한다. 온종일 의자에 앉아 수화기 너머로 고객과 상담을 하다 보면 가슴이 답답해 올 때가 있다. 고객에게 유리한 쪽으로 설계를 하고 안내를 하고 있지만 내 마음을 몰라주는 고객을 만날 때면 너무 속상하다. 그도 그럴 것이 매달 지출될 보험 상품에 가입하는 것인데 얼굴 한번 보지 않고 차가운 전화선을 통해 만나는 낯선 사람에게 보험 상품을 가입하는 것이기에 심사숙고하는 건 고객 입장에서는 당연하다. 한 상품의 계약 체결을 위해서 평균 3~4번의 상담이 이루어지고 많게는 10회 이상 통화하는 경우도 있다. 이렇게 장시간 투자를 했는데도 청약이 안 되는 경우는 마음이 갑갑해진다. 속상하고 답답한 마음 상태로 계속 상담하면 나의 어투에서 고객이 불편함을 느낄 것이다. 이때는 잠시 헤드셋을 내려놓고 자리에서 일어나 복도를 잠깐 돌고 온다. 그리고는 '내 진심을 알아주는 고객을 곧 만날 거야. 철회도 없고 나를 믿고 가족 건까지 진행할 고객. 큰 계약 건이 몰려오느라 시간이 좀 걸리나 보네.'라고 혼자 주문을 외운다.

어느 설계사는 영업은 고객의 기를 누르고 계약을 하는 일이라고 말한다. 나는 고객과 소통하는 일이라고 표현하고 싶다. 소통이 되지 않아 불통이 될 때는 갑갑한 마음, 스트레스받는 마음을 추슬러야 한다. 자기만의 스트레스 해소법이 있을 것이다. 동료들과 수다 떨기, 메모지에 메모하고 찢어버리기, 운동하기, 노래방 가서 소리 지르며 노래하기, 따뜻한 차 한잔하기, 심호흡하기, 명상하기 등 본인만의 스트레스 해소법으로 몸에 스트레스를 쌓아두지 말자. 스트레스는 우리 몸속에 독소가 된다. 스트레스는 바로바로 해소하고 힘들었던 마음을 가다듬고 다시 자리로 돌아와 헤드셋을 착용한다. 이런 과정들은 성장 과정이라고 보면 된다.

나는 인원이나 수량을 셀 때 쓰는 수동 카운터기를 가지고 다닌다. 그리고 감사 기도를 하루에 20~30번 반복한다. 특히 고객의 거절이 반복돼서 지칠 때 카운터기를 손에 쥐고 '감사합니다. 행운이 나에게 오고 있습니다. 감사합니다.'를 반복한다. 한번은 책상 위에 놓인 카운터기를 보고 내 자리를 지나치던 동료가 묻는다.

동 료 : 이걸로 뭐 하는 거야? (이상하게 생각할 게 뻔해서 미소를 지어 보였다. 며칠 뒤 또다시 묻는다.)

동 료 : 이걸로 뭐 하는 거야?

이루다 : 계수하는 거야.

동 료 : 뭘 계수해?

이루다 : 감사 기도를 할 때마다 계수하는 거야, 이렇게 안 하면 하루에 한 번을 감사할 수도 있고, 두 번을 감사할 수도 있고, 감사를 전혀 안 하는 날도 있잖아~ 그래서 하루에 적어도 2~30번의 감사한 일을 찾고 감사하자는 마음으로 계수를 하면서 감사하고 있지~^^

이 책을 읽는 독자 여러분들도 꼭 해 보길 권한다. 허리가 튼튼해서 앉아 있을 수 있음에 감사, 목소리가 나와서 통화할 수 있음에 감사, 손과 손가락으로 자판을 두드릴 수 있음에 감사 등등 감사할 일을 찾아보자. 마음이 편안해지고 눈덩이처럼 커진 행운이 내 품으로 굴러들어올 것이다.

가까운 지인에게 이런 말을 했다.

이루다 : 보험 텔레마케터의 노하우에 관한 책을 써서 사람들한테 도움을 주고 싶어. 특히 싱글 맘이나 싱글 대디에게 도움이 되면 좋겠어.

지 인 : 너는 처음부터 영업을 잘한 케이스라 감동 스토리가 없잖아… 보통 실적이 바닥이었던 사람이 그걸 극복한 스토리에 사람들이 감동하거든.

이루다 : 나는 사람들이 방법만 알면 쉽게 갈 길을 방법을 몰라서 빙빙 돌아가지 않았으면 좋겠어. 그래서 보험을 처음 시작해서 막막한 사람들이나 아이를 혼자 키우는 것만으로도 힘든 싱글 맘, 싱글 대디들에게 이 일을 할 때 빙~돌아가지 않고 내가 터득한 시스템을 빠르게 적용할 수 있는 방법을 알려 주고 싶어~ 나는 그 시스템을 아니까 7년의 공백기를 두고도 다시 입사한 콜센터에서 단시간에 상위권에 진입할 수 있었던 거니까~

실적이 바닥이었는데 차츰차츰 상위권으로 올라갔다는 감동 스토리는 없을지 모르지만 나는 이 책을 읽는 독자들이 어떻게 보험을 시작해야 할지 막막해하고, 방법을 몰라 빙빙 돌아가지 않았으면 좋겠다. 내가 한 대로만 따라 하면 평균 급여 이상을 받게 될 것이고 경제적으로 힘들지 않은 삶을 살 수 있을 것이다. 보험에 대한 가치를 판다면 일에 대한 자부심도 높아지고 연봉도 자연히 따라오를 것이다.

2 / 피, 땀만 흘리면 기본급을 면치 못한다

"당신이 할 수 있는 일, 하고 싶은 일, 꿈꾸는 일을 바로 지금 시작하세요.
대담함 속에는 이미 많은 힘과 재능, 마법이 숨겨져 있습니다."
— 괴테 —

농경사회에서는 논밭을 갈아 농작물을 심고 가꾸며 생활을 했다. 우리 할머니, 할아버지 때만 해도 허리가 구부러질 정도로 무거운 짐을 이고 메고 운반하며 생활하셨고 말 그대로 피, 땀 흘리며 생활을 꾸려 가셨다. 그렇게 열심히 피, 땀 흘려 일을 했는데도 여유 있게 생활할 수도 없었다.

2020년 현재 최저시급이 8,590원이고 2021년에는 8,720원으로 130원 인상 예정이다. 피, 땀 흘려 일하면 최저시급은 받을 수 있다. 그렇지만 이 돈으로 경제적 자유를 얻기란 하늘의 별 따기만큼이나 어렵다. 빠르게 경제적 자유를 얻으려면 어떻게 해야 할까? 그 목적지에 도착하려면 열심히 땀만 흘리면 될까? 그렇다면 내 삶에 절대 발전과 반전은 없을 것이다. 나는 빠르게 내가 정한 그 목적지에 도착하기 위해 연간 목표뿐만 아니라 월 단위, 주 단위로 목표를 세웠고, 목표를 이루기 위한 세부 계획을 세웠다. 그리고 하루하루 진척 상황을 체크했다.

한국 여자 역도사에 새 역사를 쓴 장미란 선수는 경기 전 늘 이미지트레이닝을 한다. 시합 전날부터 어떻게 자고, 아침은 어떤 음식을 먹고, 몸 푸는 것까지 모두 상상하며 글로 쓰기도 하고 마음속으로 상상하기도 한다고. 또한 상상을 통해 본인이 참가할 대회의 이미지를 떠올리고, 경기대에 올라가서는 몇 발자국을 걸어갈지 역기는 어떻게 잡고 어떻게 들어 올릴지 그리고 사람들의 환호를 받으며 경기대에서 내려가는 모습까지 아주 구체적으로 생생하게 상상한다고 한다. 그리고 그 상상은 곧 현실이 됐다고 말한다.

전화 TM 업무는 나이가 많든 적든, 학위가 있든 없든, 예쁘든 그렇지 않든 외적인 것을 보지 않는다. 심지어 말을 잘해야 하는 영업직임에도 불구하고 말주변이 좋든, 그렇지 않든 중요치 않다. 영업에 필요한 말주변과 센스는 연습을 통해 달인으로 탈바꿈할 수 있기 때문이다. 대면 영업은 고객에게 보이는 것이 중요하기 때문에 외모나 차, 시계 등 외적으로 많이 갖추어야 한다. 하지만 전화 영업은 오직 나의 열정과 노력, 영업 시스템만이 나의 수입을 만들어 낸다. 처음 보험 설계사로 발을 내디뎠을 때 나의 목표는 월급에 집중

돼 있었고, '월급 250만 원'이었다. 1차 월 급여가 170만 원이었고, 3차 월 급여로 250만 원이 통장에 들어왔다. 1차 목표를 달성하고 보니 더 높은 목표가 생겼다. 나는 빠르게 내가 정한 그 목적지에 도착하기 위해 연간 목표뿐만 아니라 월 단위, 주 단위, 일 단위로 목표를 세웠고, 목표를 이루기 위한 세부 계획을 세웠다. 그리고 하루하루 진척 상황을 체크했다. 그 달의 목표가 달성되면 다음 달은 목표가 더 높아졌고, 목표를 달성하지 못하면 다시 한번 같은 목표를 메모지에 작성했다. 하루하루 메모한 목표를 보고 목표를 대뇌였다. 그 목표를 늘 생각하며 '목표를 달성하려면 어떻게 해야 할까?', '무엇을 해야 할까?'라는 생각이 온통 머릿속을 지배했다. 뉴스를 볼 때면 그날의 이슈를 활용해 멘트를 작성해 보기도 했고, 자다가도 실제로 계약을 하는 것처럼 생생한 꿈을 꾸기도 했다. 늘 나의 목표는 더 높은 곳으로 향하고 있었다. 상위권으로 진입하겠다고 결심하고, 희망하는 연봉과 월급을 정하고 보니 할 일이 많아졌다. 결심이 서니 행동이 바뀌었고 행동이 바뀌니 콜 스킬이 바뀌었고, 콜 스킬이 바뀌니 실적이 바뀌었다. 뚜렷한 목표와 치열한 노력으로 나는 빠르게 목표에 도달할 수 있었다.

대학교 때 첫 과제 수행을 위해 독수리 타법으로 리포트를 작성한다는 게 여간 힘든 일이 아니었다. 리포트를 작성하기 위해 몇 시간째 컴퓨터 앞에서 씨름하고 있는데 뭘 잘못 누른 건지 한순간에 내용이 다 삭제가 됐다. 세상에나. 눈물이 왈칵 쏟아졌다. 나는 컴퓨터 학과에 다니는 친구에게 전화를 걸었고 친구가 알려주는 대로 단축키를 누르니 지워졌던 글이 짠하고 나를 반겼다. 그 일을 계기로 나는 타이핑 연습을 열심히 한 것은 물론이고 유용하게 활용할 수 있는 단축키 등을 배워두었다. 그 이후로는 워드로 문서를 작성하는 일은 일도 아닌 게 되었다.

보험 영업도 똑같다. 열심히 일은 하는데 계약이 성사되지는 않고, 하루에 말하는 양이 많다 보니 에너지 소모가 큰데다가 눈에 보이는 실적이 없으니 눈물이 난다. 그렇지만 나만의 시스템을 만들어 놓으면 얘기는 달라진다. 일의 효율이 높아지고 체결률이 높아지니 연봉이 오르고 결과가 눈에 보이니 일하는 게 신난다. 어떤 일이든 익숙해지면 본인만의 노하우도 생기고 처리 속도도 빨라진다. 이렇게 나만의 노하우가 생기고 일이 익숙해질 때면 한 번씩 찾아오는 슬럼프. 나의 수당보다는 고객의 입장에서 한 번 더 생각하자는 한결같은 마음으로, 보험 전문가로, 프로의 자세로 일을 하고 있는데 계약이 며칠씩 체결되지 않을 때면 '왜 계약이 되지 않을까?', '뭐가 잘못된 거지?'라는 복잡한 문제에 봉착하게 된다. 이때는 초심으로 돌아가 내 콜을 다시 들어본다. 고객의 관심 상품(보장)을 잘 파악하고 상담을 하고 있는 것인지, 시기적절하게 반론을 하며 클로징을 하고 있는 것인지, 고객이 이 상품을 선택하지 않은 이유가 무엇인지를 상담했던 콜을 들어보며 문제점을 파악해 보는 작업을 했고, 지친 마음에 긍정 에너지를 불어 넣어주었다. '이루다! 잘하고 있어. 지금처럼 너의 진심을 담아 설계하고 상담하면 너를 믿고 계약할 고객들이 소나기처럼 쏟아질 거야.'라고 주문을 외웠다. 이런 과정이 반복되면서 나의 연봉은 높아져만 갔고 처음 보험에 입문하고 얼마 되지 않아 "루다야, 보험 시장은 이제 끝났어."라고 말하는 부정적인 동료들보다 긍정적인 마인드로 무장한 나는 그들보다 앞선 사람이 되어있었다. 그 후 경력 단절 7년 만에 찾은 보험 콜센터에서 입사한 지 며칠 지나지 않았는데 12년 전에 들은 얘기를 다시 듣게 됐다.

"루다 씨, 7년 전이랑 지금이랑은 달라. 지금은 2~3백만 원만 벌어도 많이 버는 거야. 보험 시장 끝났어."

어디를 가나 부정적인 사람은 있기 마련이다. 그렇게 부정적인 시각으로 보험 시장을 판단하면서 본인은 떠나지 않고 그 끝났다는 보험 시장에 몸담고 있다. 참 아이러니하다. 나는 이런 말을 들어도 한 귀로 듣고 한 귀로 흘려보낸다. 내 실력으로, 경험으로 이미 보험 시장에서 돈을 벌어봤기 때문이다. 실력으로 보험을 판매했던 사람들은 다른 센터로 이직을 하거나 경력단절이 됐다 하더라도 실적이 좋을 확률이 매우 높다. 고객과 소통하는 대화법을 알고, 추가 판매 시스템을 알고, 본인만의 고객 관리 방법이 있기 때문이다. 재직하는 회사와 상품만 바뀌었지 내 안에 이 모든 것들이 내재돼있기 때문에 오랜 경력단절이 있다 하더라도 한두 달만 적응하면 상위권으로 치고 올라가는 건 문제도 아니다. 그러나 경험해 보지 못한 사람은 어디에서나 불평, 불만이다. 경험해 보지 못한 사람들은 지금부터라도 불평, 불만을 끊어내고 내가 알려주는 방법으로 실행해 보고 나만의 노하우를 쌓아 보겠다고, 고객을 내 편으로 만들겠다고 결심하면 된다.

나는 늘 했던 것처럼 나의 목표를 적었고 경력 단절 7년 만에 찾은 보험 콜센터에서 7차월 만에 월급이 7백만 원을 향하고 있었다. 보험 콜센터에서 면접을 진행할 때 늘 빠지지 않고 받는 질문이 "얼마 벌고 싶으세요?"이다. 그 질문을 받을 때면 난 항상 "이 센터 1등 급여가 어떻게 되나요?"라고 묻고, "그 1등 하시는 분 급여 이상으로 받고 싶습니다."라고 말한다. 목표를 높게 세우면 그 목표에 도달하기 위해 온갖 노력을 기울인다. 월트 디즈니는 '꿈꾸는 사람은 그 꿈을 현실로 만들 수 있다.'라고 했다. 꿈을 크고 높게 품어야 한다. 목표를 세우고 그 목표에 도달하기 위해 여러 가지를 시도해 보는 과정이 있다면 당장은 목표에 도달하지 못했다 하더라도 그 길목으로 가고 있는 것이다.

20대 초반의 갓 사회생활을 시작한 '보험'의 '보' 자도 모르는 동기가 입사했다. 대화를 나누다 보니 20대 초반에 하고 싶고, 먹고 싶은 건 많은데 성인이니 부모님께 의지할 수도 없는 상황이고 경제적인 상황이 그리 좋지 않았다.

> 이루다 : 면접 때 얼마 받고 싶은지 물어봤어? 얼마 받고 싶다고 했어?
> 동 기 : 5백만 원은 받고 싶다고 했어요.

내가 처음 보험 입문할 때의 목표의 두 배다. 당연히 '열심히 할 각오로 5백만 원을 벌고 싶다고 했겠지.'라는 생각이 들었고 내가 처음 보험을 시작했을 때 그 막막함을 조금이라도 덜 느낄 수 있도록 도움을 주고 싶었다.

> 이루다 : 그래, 열심히 하면 5백만 원 이상도 벌 수 있어. 언니 처음 입사했을 때 아침에 일찍 출근해서 콜 열심히 들었거든~ 듣고 똑같이 따라 써봐. 그럼 진짜 도움 많이 될거야. 집도 가까우니까 아침에 30분~1시간만 일찍 와서 들어봐~
> 동 기 : 버스 타면 회사까지 20분인데, 아침잠이 많아서 그건 어려울 것 같아요.

정말 헉 소리가 절로 났다. 저녁에는 주로 TV와 몸이 하나가 되고 밤에는 핸드폰과 몸이 하나가 되는데, 언제 잠든지도 모르게 핸드폰을 보다 잠이 들어서 아침에 눈 뜨기가 힘들다는 것이다. 목표하는 월급은 5백만 원인데 노력이 투입되지 않은 상황에서 5백만 원을 벌기가 쉬울까? 그 누구도 노력하지 않고 자기 계발 없이 그렇게 큰돈을 지속해서 쥘 수는 없을 것이다. 아무것도 하지 않고 오백만 원을 받는 데 걸릴 시간은 생각만 해도 아찔하다. 씨를 뿌리지 않으면 열매가 열리지 않고, 열매가 열리지 않으니 수확할 것조차 없다. 너무 안타까웠다.

나는 지금도 업무 시작 한 시간 전에 출근해서 콜을 들어본다. 누구는 그런다. "똑같은 상품인데 왜 이렇게 매일 들어?", "잘하는데 콜을 왜 들어?"라고. 콜을 듣고 활용하기 좋은 멘트를 작성해 보고 내 것으로 만드는 작업을 게을리하지 않는 이유는 늘 배가 고프기 때문이다. '어제만큼만 해야지.'하는 순간 점점 실력은 퇴보하고, 나보다 더 노력하고 성장하는 사람들이 나를 앞지르기 때문이다. '어제보다 성장해야지.'라는 마음으로 노력해야 지금의 자리를 지키며 조금씩이라도 앞으로 나아갈 수 있다는 것을 나는 잘 알고 있다. 어느 순간 도깨비방망이 두드리면 뚝딱하고 실적이 펑 하고 올라가는 것이 아니다. 실력은 없는데 운으로 고액의 계약을 체결한 것은 결코 부러워할 일이 아니다. 그것은 모래성 위에 쌓은 예쁜 집인 것이다. 모래성 위에 예쁜 집이 아무리 예쁘고 보기 좋다고 하더라도 그 집은 위태롭다. 실력을 키워야 한다.

하루하루의 노력이 모여 한 달이 되고, 한 달 한 달의 노력이 모여 한 해를 만든다. 내가 오늘 속이 꽉 찬 목표를 세우고 그 목표를 잘게 쪼개고 목표에 도달하기 위해 계획을 세우고 후회 없는 노력과 실행을 했다면, 그런 하루하루가 모여 한 해를 이룬다면, 탱글탱글하고 윤기나는 열매를 얻을 수 있는 것이다. 어떤 과실을 수확할지는 각자의 몫이다. 지금 당장 구체적인 목표를 메모하고 그 목표에 따른 세부적인 계획을 세워라. 그리고 바로 실행으로 옮겨라. 그리고 내가 원하는 목표에 이르렀다고, 이미 그렇게 됐다고 상상하라. 반드시 원하는 결과를 얻을 수 있다.

같이 근무하던 H는 늘 몸에 명품을 휘감고 다녔다. 월급을 받으면 명품으로 몸치장하는 데에 쏟아부었다. H의 목표는 부잣집 남자를 만나 결혼하는 것이었고, 명품을 몸에 휘감아야 부잣집 남자를 만날 수 있다고 믿고 있었다.

어떤 목표여도 상관없다. '3년 뒤 펜트하우스로 이사 가겠다.', '음식 주문할 때 메뉴판의 가격을 보지 않을 만큼 돈을 벌겠다.', '올해 여름휴가는 싱가포르 마리나 베이 샌즈 호텔로 가겠다.' 등등 본인만의 목표를 정하고, 그 목표를 이루기 위한 세부 계획을 세운 뒤 바로 행동으로 옮겨라. 목표로 가는 길에 시행착오, 시련도 많이 있을 것이다. 그때 포기하면 안 된다. 여러 시행착오가 경험이 되고, 일련의 과정들이 반복되면서 어느 순간 목표는 달성이 되어 있고 내가 가고자 하는 목적지에 도착해 있을 것이다. 과정이 없으면 결과도 없다. 꼭 기억하자. '네 시작은 미약하였으나 네 나중은 창대하리라.'

3

아이와 함께한 7년

> "실수하면 안 된다고 정해 놓았기 때문에 실수하는 내 모습이 싫은 겁니다.
> 다만 알아차릴 뿐이지 실수하는 나를 미워하지 마세요."
>
> – 법륜 스님 –

배 속에 아기가 찾아왔을 때도 나는 콜센터에 재직 중이었다. 그런데 임신 5개월 차 정기 검진을 받는데 아기가 밑으로 많이 내려왔으니 안정을 취해야 한다는 진단을 받고 나는 일을 그만두었다. 그리고 배 속에 있는 아기와 단둘이 보내는 시간이 많아지면서 '아기에게 뭘 해 줄 수 있을까? 좋은 엄마는 어떻게 되는 거지?'라는 생각에 육아서를 여러 권 주문했다. 육아서를 읽으면 읽을수록 '엄마 노릇 참 힘들다.'라는 생각이 들었고 학창 시절 '부모 자격'에 대해 배운 적이 단 한 번도 없었기에 내가 잘해 낼 수 있을까 걱정도 됐다. 첫 육아서는 '삼 남매 독서 영재 육아법'이었다. 아이를 영재로 키우겠다는 마음으로 이 책을 선택한 것이 아니라 책 표지에 아이와 함께 환하게 웃고 있는 '엄마' 모습이 너무 평온해 보여서 선택하게 됐다. 내 아이와 함께 웃어 줄 수 있는 엄마. 그런 엄마가 돼 주고 싶었다. 책이 배송되고 한 장 한 장 읽어 내려가는데 책 속에 있는 삼 남매의 엄마는 실존하는 인물인가 싶을 정도로 아이들을 향한 마음이 사랑 그 자체였다. 아이의 발달 단계에 맞는 신체 운동을 해 주고, 아이의 개월 수에 맞는 책을 준비하고, 아이와 신체 접촉이 많은, 피부가 예민한 영유아기에는 아이를 위해 성인 화장품이 아닌 베이비 로션 하나만 얼굴에 바르는 등 엄마의 따뜻함이 고스란히 느껴졌다. '엄마 노릇 쉽지 않겠네… 그래도 앞서간 선배 맘이니 무조건 따라 해 보자!'

첫째 아이가 태어났다. 신생아 때는 잠만 잔다는데 뭐가 잘못 된 건지, 배 속에서 나온 지 얼마 되지 않아 궁금한 게 많은 건지 우리 딸은 잠이 없다. 밤낮없이 젖을 달라고 울어대고 똥 기저귀를 하루에 몇 번이나 갈아야 하는지, 애가 눈을 뜨고 있으면 엄마는 알람 없이도 자동 기상에, 아기가 미동도 없이 잘 자면 애가 숨은 쉬는지 손가락을 코 아래쪽에 대보기도 했다. 하루 24시간, 주 7일 근무, 휴가도 없고 빡세도 이렇게 빡센 일을 해 본 건 태어나 처음이라 눈물이 너무 많이 났다.

'하아~ 차라리 일하고 싶다. 보험 콜센터가 그립다…'

365일 일을 하는데 내 통장 계좌로 입금되는 돈도 없고 점점 컨츄리 버전으로 변해 가는 내 모습이 안쓰러웠다. 신생아인 딸아이가 하루에 5시간도 안 자는 날이 대부분이었고 아기가 잠을 안 자니 나까지 덩달아 잠을 잘 수 없어 쓰러질 지경이었다. 아기가 태어나 함께한 지 100일쯤 됐을 때 피골이 상접해 가는 나를 위해 이기적인 생각으로 아기를 가정 어린이집에 보내야겠다는 결심을 하고 인터넷을 켰다. 집 근처 가정 어린이집에 원아를 모집 중인 곳이 있는지 검색해 봤다. 다행히 집이랑 초근접 거리에 원아를 모집 중인 가정 어린이집이 있었다. 인터넷으로 접수하자 어린이집에 방문해서 상담을 받아보라는 연락을 받을 수 있었다. 빠르게 외출 준비를 하고 아기와 가정 어린이집에 도착했는데 그 어린이집 바닥에서 아기가 있는 걸 보니 도저히 이 갓난아기를 어린이집에 맡기기가 어려웠다. 휴... 다시 아기를 안고 집으로 돌아왔다. 그리고 내가 너무 힘들어서 외면하려 했던 육아서에 3살까지는 엄마가 무슨 일이 있어도 아이를 돌봐야 한다는 선배 육아 맘의 조언을 듣기로 했다. 육아서를 볼수록 나의 자유는 없어지고 육아에 매이게 되면서 점점 힘들어 지쳐갔지만 마음속으로 다짐했다. '그래 3년은 아이를 위한 시간이라고 생각하자. 내 일은 좀 유예시키자.'라고.

엄마 역할이 처음인 나는 갈 길을 잃고 헤맬 때마다 육아서를 찾아 읽고 또 읽고 공부하고 또 공부하고를 반복했다. 아이를 키우면서 육아 관련 사이트에 접속하는 횟수도 많아졌다. 사이트 내 글 중에 모성애가 없다고 걱정하는 엄마들의 글도 있었다. 아이를 낳았다고 모성애가 저절로 생길까? 정답은 '그럴 수도 있고 아닐 수도 있다.'이다. 엄마가 아이를 사랑하는 것도 연습이고 노력이다. 학창 시절 학과 공부에 '부모'에 대한 과목이 없었으니 이해의 정도와 관심이 크지 않았었고 아무런 준비 없이 엄마가 되니 우왕좌왕이다. 분유를 타는 것도, 종이처럼 얇은 손톱을 자르는 것도 보통 어려운 게 아니다. 육아서에 쓰여 있는 아이들은 어쩜 그렇게 다들 순종적인지 우리 아이와 전혀 딴판이다. 육아서에 쓰여 있는 대로 실천해 보려 해도 아이들의 성향이 저마다 다르기 때문에 육아서의 내용이 모든 아이에게 통용되지는 않는다. 육아서에서 조언하는 육아 방식이 우리 아이에게 맞지 않으면 조금씩 변형해서 아이의 성향에 맞게 바꾸며 적용하면 된다. 육아서의 조언을 바탕으로 나의 인내와 노력, 그리고 업그레이드로 우리 아이에게 맞는 육아법이 탄생하는 것이다.

고객과의 콜도 똑같다. 많은 사람이 A의 상담 콜이 좋다고 아무리 얘기한다 해도 나에게 맞지 않을 수 있다는 것이다. 그럴 때는 상담 내용 중 어떤 부분을 포인트로 잡아 상담했는지만 뽑아 나만의 언어로 업그레이드하는 작업이 필요한 것이다. 아무리 좋은 스크립트를 갖고 있다고 하더라도 상품에 대한 지식 없이, 고객에 대한 진정성 없이, 나의 끊임없는 노력 없이는 결과를 얻기 어렵다.

신생아 때 아기가 말은 못 해도 귀는 열려 있으니 많은 말을 해 주는 게 좋다고 육아서에서 본 나는 눈을 뜨고 감을 때까지, 집 안에서나 밖에서나 쉬지 않고 조잘조잘 얘기했다. 아이의 손가락을 만지며 "우리 아기 손가락이 몇 개인지 엄마랑 세 볼까, 오른쪽 손에 손가락이 한 개, 두 개, 세 개, 네 개, 다섯 개~ 왼쪽 손에 손가락이 한 개, 두 개, 세 개, 네 개, 다섯 개~ 오른손에는 손가락이 다섯 개! 왼쪽 손도 손가락이 다섯 개! 그럼 다 합하면 열 개! 열 개구나~"로 시작해서 "오른손 쫙 펴면 5월이 되고요, 왼손을 쫙 펴면 5일이 되지요, 5월 5일은 어린이의 날, 오늘은 즐거운 우리들의 날" 노래로 마무리. 이런 식으로 아이의 신체를 만지며 얘기해 주었고 노래도 부르며 주변 사물이 눈에 띌 때마다 아기에게 얘기하기 바빴다.

"이건 텔레비전이라고 해. 네모 모양이네~"

"이건 신발이야, 외출할 때는 발을 보호하기 위해서 신발을 신어. 신발 색깔이 빨간색이다~ 어~ 하늘에 떠 있는 해님도 빨갛네~"

쉬지 않고 계속해서 말을 해 주었다. 야외에서는 흔들리는 나뭇잎, 꽃, 구름, 무당벌레 등 눈에 보이는 것들을 하나하나 아이의 눈높이에 맞게 얘기해 주었다. 어느 날은 너무 많은 얘기를 해서 순간 말이 끊어졌는데 차도의 중앙선이 보였다.

"이 차도 가운데 주황색 선 보이지? 길게 쭉~~ 그어져 있는 저

주황색 선을 '중앙선'이라고 해~"라고 하며 운전자 보험과 자동차 보험에 대해서 얘기하고 있는 나를 발견하곤 혼자 웃었다. 중앙선 이야기를 하다가 자동차와 자전거, 오토바이 등 이동 수단으로 이야기가 확장됐다. 아이와 할 말이 떠오르지 않아 보험 얘기까지 하게 됐지만 아이의 생각이 확장됐겠다 싶어 재밌고 뿌듯했다.

아이를 안고 있을 때 아이의 귀가 엄마의 심장과 맞닿게 된다. 아이가 엄마의 심장 소리를 듣고 마음의 안정을 느낀다는 것을 책을 통해 알고 있는 나는 매일 같이 아기 띠로 아이를 안고 다녔다. 그러나 아이의 불어나는 체중을 감당하기 어려웠던 나는 유모차에 아이를 태워 봤지만 너무 울어대서 5분을 채 태우지 못했다. 아기를 계속 안고 다니니 어깨가 앞으로 구부러지는 것 같고 키가 줄어드는 느낌이었다. 그래서 유모차에 아이를 다시 태우기를 시도해 봤지만 소용없었다. 동네가 떠나갈 정도로 울어 젖히니 누가 들으면 아동학대로 신고할 판이다. 엄마 껌딱지. 하아~

그렇게 유모차 태우기는 포기하고 아이가 커감에 따라 아기 띠에서 힙시트로 바꿨다. 그리고 30개월 동안 아이를 안고 때로는 업고 다니며 아기와 단짝이 됐다. 아기의 재롱이 귀엽고 사랑스럽기도 했지만 그럼에도 불구하고 먹고 자는 것, 하루 일과를 아이의 시간에 맞춰야 했기 때문에 하루하루 지쳤다. 세상에서 제일 힘든 일을 묻는다면 나는 1초의 망설임도 없이 아이를 키우는 일이라고 말할 것이다. '아이 한 명을 키우려면 온 마을이 필요하다.'라는 아프리카 속담을 온몸으로 느끼고 있었다. 이제 그만 회사로 돌아가고 싶다는 마음이 또다시 요동치는 나날들이었다. 화창한 어느 오후, 힙시트에 아이를 안고, 엄마랑 셋이 동네를 돌다 노란 꽃을 발견하고 또 나의 일방적인 스피치가 시작됐다.

이루다 : 이 꽃 봐. 노란색이네. 작고 귀엽다~ 나비도 꽃이 예쁜가 봐. 꽃에 나비가 놀러 왔네~
엄마 : 애, 너 뭐 하니?
이루다 : 딸이랑 얘기해요~
엄마 : 애가 뭘 알아들어~

나의 행동이 재미있으셨는지 엄마는 배꼽을 잡고 웃으신다. 내가 4살쯤까지는 세탁기가 집에 없었던 것으로 기억된다. 나의 엄마는 가족들의 옷을 직접 손으로 빨아야 했고, 그 많은 식구들의 음식을 준비하셔야 했다. 삶 자체가 녹록지 않았기에 엄마는 우리에게 마음으로는 사랑이 있어도 겉으로는 드러내지 않았다. 그러니 말도 못 하는 아이에게 주저리주저리 얘기하고 있는 광경에 웃음이 나올 법도 하다. 앞서간 선배 맘들이 '아이는 이렇게 키워야 한다.'고 알려 주며 그대로 따라만 하면 아이는 배려 깊은 아이로 자라고 커갈수록 육아가 쉬워진다는데, 그 쉬운 길을 두고 빙빙 돌아서 가고 싶지 않았다. 보험 영업을 할 때와 마찬가지로 앞서간 선배를 그대로 따라 했더니 좋은 성과를 낸 것처럼 선배 맘의 말을 믿고 따라 했다.

더불어 아이에게 책을 많이 읽어주었다. 신생아 때부터 잠이 없었던 아기에게 주변 환경을 보며 이야깃거리를 만드는 데는 한계가 있으므로 나는 책을 선택하게 된 것이다. 아이의 성장 과정에 맞게 책을 준비했다. 헝겊 책, 음악 책, 조작 북, 플랩 북, 미니 북, 하드보드 북 등등 종류별로 다양하게 책을 사서 바닥에 깔아주었다. 아이는 책을 물고 뜯고 맛보고 재밌게 가지고 놀았고 이렇게 하니 책이 곧 장난감이 되었다. 걷기 시작할 무렵 또래 친구들은 인형을 하나씩 안고, 메고 외출을 하는데 우리 아이 손에는 늘 작은 책이 있었다. 매달 전집 한 질씩 집에 들였고, 어떻게 하면 아이가 더 흥미롭게 이야기를 들을 수 있을까를 고민하다 호랑이가 '어흥~'하면 손짓과 몸짓, 표정, 목소리로 호랑이의 울음소리를 표현하며 책을 읽어주었다. 그러자 곧 체력이 바닥났다. 결국 내가 선택한 것은 동화구연만 하며 책 읽어 주기였고 밤새 책을 읽는 날들이 많아지니 '동화계의 이야기꾼'이 저절로 되어있었다. 밤새 책을 읽어 주다 새벽 1시를 넘길 무렵부터는 눈이 감기기 시작했고, 눈이 반짝하고 정신이 말짱한 아이는 눈을 뜨라며 나를 흔들어 댄다. 그렇게 새벽 4시까지 책을 읽어줘야 했다. 그런 시간을 1년 정도 보내고 생후 28개월쯤 되니 글씨를 알려주지 않아도 혼자 책을 읽는 딸을 보고 깜짝 놀랐다. 아이도 책이라는 장난감을 통해 스스로 재미를 느끼고 스스로 한글을 깨친 것이다. 아이를 양육하는 과정이 보험에 처음 입문했을 때 내가 거쳐 온 과정들과 비슷했다.

육아서에 나와 있는 아이들과 내 아이가 다르듯 다른 사람이 좋다고 하는 콜이 나에게는 그렇지 않을 수도 있다. 매일 매일 아이에게 밤새 책을 읽어 줌으로써 한글을 많이 노출시켰고 결국 한글을 혼자 터득했던 것처럼 콜을 많이 듣고 스크립트를 많이 읽어 볼수록 자연스럽게 정리가 되고 어느 순간 내 것이 되어 고객이 어떤 말을 해도 바로바로 응대할 수 있는 노련미가 생기는 것과 같은 이치였다.

'이왕 내가 하고 싶은 직장 생활을 하지 못하는 상황이라면 3년은 아이를 위해서만 살아 보자.'

3년 후에는 사회로 돌아가려고 했는데 둘째를 낳아 기르면서 어느덧 시간은 7년이 흘렀다. 다시 보험 상담을 시작했을 때 육아의 과정들이 상담할 때 이야기 소재가 되기도 했고, 아이들 얘기를 하다 보면 직접 만나고 싶다며 초코쿠키를 구워서 찾아오신 고객님도 계셨다. 육아만 할 때 너무 힘들어 지친다는 생각을 많이 했지만 이 힘든 과정들이 다 헛된 것이 아니었다. 아이들은 똑 부러지고 건강하고 밝게 자라고 있고 '육아'라는 주제로 공통점을 느끼는 고객들과 공감대 형성을 통해 친밀감을 형성할 수 있었다. 고객과 상담을 하고 있는데 아이가 옆에서 칭얼거릴 때도 있다.

"고객님, 아기가 몇 개월이에요? 이때가 정말 힘들 때에요~ 저도 그때를 지나서 왔잖아요~ 이제 조금만 참으시면 되세요^^"

이런 말 한마디에 고객은 힘을 얻고 위안을 받는다. 내가 겪어본 과정들이기 때문에 그 시기에 고객의 힘듦을 진심으로 위로해 줄 수 있는 것이다. 아이에게 밤새 책을 읽어 주는 과정에서 자칭 '동화계의 이야기꾼'이 된 것이 밑바탕이 되어 고객에게 스토리텔링을 예전보다 더 맛있게 풀어낼 수 있게 됐다. 고객과의 상담을 딱딱하고 정형화된 내용으로 상담하기보다 편한 언니가 되고, 동생이 돼서 편하게 풀어나가 보자. 상담이 쉽고 재미있어진다.

보험 시장은 위기인가, 기회인가

4

"미래는 앞으로 밀고 나아가는 자에게 보상한다.
나에게 후회할 시간도, 불평할 시간도 없다.
나는 앞으로 밀고 나아갈 것이다."
– 버락 오바마 –

아이를 키우면서 아이들 아빠는 아이들을 사랑으로 돌봐 주고 집안일도 잘 도와주는 편이었다. 하지만 내가 육아에 너무 지치고 내 모습이 초라하게 느껴질 때쯤 우리는 삐거덕거리기 시작했고 결국 헤어지게 됐다.(시간이 지나 아이들 아빠는 연애할 때로 돌아가 다시 만나 보자는 제안을 했고 지금은 다시 4인 체제 가족이 되었다.) 가장이 되어 아이 둘을 키워야 하는 입장이 되니 머뭇거릴 시간이 없었다. 사회에서 다시 일어서야 했고 보험 영업으로 고수익을 올리고 아이와 함께 행복하게 살아보리라는 결심을 했다. 그리고 7년 만에 다시 보험 영업직, TMR로 입사하게 됐다. '정상에 서야지.'라는 각오로 업무에 임하고 있었는데 옆자리에 앉은 동료가 한마디 한다.

"루다씨, 7년 전이랑은 달라. 보험 시장은 끝났어. 이제 2백만 원?, 3백만 원? 이 정도만 벌어도 잘 버는 거야."

12년 전 내가 보험 영업을 처음 시작할 때도 같은 말을 들었다. 이런 끝난 시장에 본인은 왜 발붙이고 있는 것일까? 제발 물 흐리지 말고 영업 조직이 싫으면 본인만 떠나면 그만이다. 어째서 열심히 해 보고자 하는 사람들까지 물귀신 작전으로 부정적인 감정에 휩싸이게 하고 하향 평준화를 시키려고 하는 것인지 모르겠다. 나는 보험 TM 영업으로 고액 연봉을 달성한 경험이 있고 어떻게 접근하면 돈을 벌 수 있는지 이미 경험으로 알고 있기 때문에 저런 부정적인 말을 해도 귀담아듣지 않는다.

7년 만에 보험 콜 센터에 재입사를 하고 보니 10여 년 전 판매했던 상품과 큰 차이가 없었다. 큰 흐름만 본다면 운전자 보험에서 '형사합의지원금'이 '교통사고처리지원금'으로 바뀌면서 정액 보장에서 실손 보장으로 바뀐 것과 형사합의금을 마련하는 어려움을 해결할 수 있도록 형사합의금액을 선지급하도록 변경되었다. 건강 보험에서 허혈성 심장질환 진단비와 뇌혈관 질환 진단비가 추가된 정도였다. 즉 보장 범위가 바뀐 것 외에는 크게 변경된 내용이 없었다. 그렇기 때문에 공부할 분량이 많이 없었고, 7년이란 공백기가 있었기 때문에 전반적으로 상품을 훑어보긴 했지만 짧은 시간 안에 상담 준비를 끝낼 수 있었다. 이제 업무에만 집중하면 되는 것이다. 보험 영업은 한 번 제대로 배워두면 공백기가 얼마나 됐든 어려운 것이 없다. 재입사를 했을 때 경력 단절 7년이란 타이틀에 모두 크게 관심을 두지 않는다. '신입 들어왔네.' 정도다. 그러나 곧 업무에 투입되면 사람들의 시선이 달라진다. 신입이랑은 콜의 흐름이 다르기 때문이다.

나는 지금도 초심으로 돌아가 업무 시작 한 시간 전에 출근해서 콜 모니터링을 한다. 내가 계약한 콜을 들어보기도 하고, 흐름이 좋은 콜을 실장님께 요청하기도 한다. 콜의 흐름을 계속 익혀야 한다. '어제보다 성장해야지.'라는 마음도 있고 '자만하지 말자.', '나태해지지 말자.'라는 마음도 크다. '어제만큼만 해야지.'라고 결심하는 순간 뒤처지게 되어있다. '어제보다 성장해야지.'라고 결심하고 업무에 임할 때 조금씩 앞으로 정진할 수 있다는 것을 나는 오래전부터 경험으로 알고 있다. 7년 만에 다시 찾은 보험 센터에서 '보험 시장 끝났다.'라고 하는 사람들도 있지만 나는 여전히 보험 시장은 '돈 벌기 좋은 시장'이라고 말하고 싶다. 7년 만에 재입사한 보험 콜센터에서 입사 7차 월 만에 나의 월급은 7백만 원가량이 되었다. 영업은 지속해서 열정이 식지 않는 것이 무엇보다 중요하다. 한 달은 지인 계약으로 실적이 확 오르다가, 지인 계약이 없으면 바닥을 치는 그런 영업이 아닌, 나의 실력으로 고객과의 상담을 통해 실적이 꾸준히 오르는 그런 영업 말이다.

한번은 이런 일이 있었다.

C 고객은 젊어서 사업을 했었고 아는 지인이 보험 영업을 해서 몇백만 원씩 월 보험료를 냈는데 사업이 안 되면서 유지하고 있는 보험이 하나도 없다고 했다. 아이들도 컸고 40대 후반이니 보험을 좀 든든하게 가입하고 싶다는 내용이었다. 현재 식료품 배달업에 종사하면서 고정급으로 월 2백만 원의 수입이 들어오는 상황이고 곧 대학에 진학할 아이가 있다고 하셨다. 그럼에도 불구하고 보험료로 50만 원 선에서 설계해 달라고 요청해 오셨다. 고객이 투잡을 하는 상황이었지만 고정급이 2백만 원이고 곧 대학에 진학할 자녀분이 있다면 등록금도 생각해야 하니 매달 보험료로 50만 원을 지출한다는 것은 무리라는 생각이 들었다. 그래서 고객과 상담을 통해 보험료 지출을 한 번에 너무 많이 계획하시기보다는 기본적인 보험만 먼저 준비하시고 여유 있으실 때 추가 가입할 것을 권했으나 고객은 본인이 계획한 대로 50만 원 선에서 든든하게 보험에 가입하길 원했다. 결국 고객의 뜻대로 보험에 가입해 드렸고 고객은 3개월 동안 보험료를 잘 납입하더니 그 이후에는 보험료 인출이 되지 않았다. 고객과 통화도 되지 않는 상황이었다. 결국 가입한 보험이 모두 실효가 되고 나에게 지급된 수수료는 전액 환수가 되었다. 6개월쯤 지난 시점에서 고객에게 전화가 왔다.

고 객 : 루다 씨, 그때 갑자기 회사를 그만두게 되면서 수입이 끊겨

서 보험료 납입을 못 했어요. 미안해요, 나 때문에 손해 본 거 많죠?

이루다 : 고객님, 저는 원래 없었던 수수료를 고객님 덕분에 받게 된 거고요, 수수료가 없었던 상태로 돌아간 거기 때문에 전 괜찮아요. 그런데 고객님이 보험료만 내시고 보험사만 좋은 일 시키신 거니까 그게 속상해서 그러죠~

고 객 : 루다 씨, 나 이제 보험 다시 가입해야 하니까 루다 씨가 보험 가입 좀 해 줘요. 보험 다시 가입하려고 몇 곳 상담을 받았는데 루다 씨만큼 상담 잘해 주는 사람도 없고, 루다 씨한테 미안하기도 해서 다시 연락했어요.

내가 만약,

"고객님, 그것 보세요. 제가 보험료를 줄이라고 말씀드렸잖아요 ~ 고객님 때문에 저 진짜 손해 많이 봤어요."라고 응대했다면 어땠을까?

투잡을 하던 고객이 직장을 잃은 것만도 속상했을 것이고, 또 미안한 마음 가득 담아 전화까지 주신 상황이다. 나 또한 수수료에 영향을 받아 속상했지만, 어차피 지난 일이고 고객이 다시 찾아 준 것만으로도 나는 정말 고마웠다. 그 이후로 C 고객으로부터 소개받은 고객들도 많았다. 당장의 이익, 당장의 속상함을 뒤로하고 고객의 입장에서 보험을 유지 못 해서 안타까워하는 나의 마음이 고객에게 전달된 것이다. 비대면으로 상품을 안내하고 있지만 진심은 통한다고 생각한다. 영업인이라면 누구에게나 위기는 올 수 있다. 누구에게나 오는 위기를 위기로 끝내는 것도, 위기를 기회로 탈바꿈하는 것도 내 선택이다. 고객과의 상담에서 고객이 만족할 만한 응대를 하고 있는지, 상품 경쟁력을 잘 파악하고 있는지, 고객에게 상품에 대한 설명이 부족해서 계약을 놓치고 있는 것은 아닌지 등을 점검해 봐야 한다.

대면 설계사분과 잠깐 대화를 나눌 기회가 있었다. 한 명의 고객과 보험을 체결하기 위해 고객이 기존에 가입해 놓은 보험 상품의 보장 분석을 통해 본인이 설계한 제안서를 제시한다고 한다. 적어도 3번의 만남을 통해 계약이 이루어지는데 3번 만에 계약이 됐다면 빠르게 진행된 케이스라고 한다. 한 명의 고객을 내 고객으로 만들기 위해 청약이 된다는 보장도 없는 상태로 타지역까지 가서 상담하는 경우도 비일비재하므로 영업이 아주 힘들다고 했다.

2019년 12월에 중국에서 코로나바이러스 감염증이 시작되고 2020년 1월에 우리나라에 첫 확진자가 나오면서 대면 설계사분들이 고객을 만나기가 어려워졌고 그로 인해 매출 부진으로 이어지고 있다. 이런 상황에서 비대면으로 영업할 방법을 모색하며 대면 영업에서 TM 영업으로 전향하기도 한다. 위기가 닥쳤을 때 모두 다

겪고 있는 '코로나'라는 환경적인 부분에 대해 원망하기보다는 그 환경에 덜 영향을 받는 조건으로 직업적인 환경을 바꿈으로써 위기를 기회로 바꾸려는 노력을 하는 것이다.

DB 탓을 하며 회사를 원망하고 있을 때 다른 한쪽에서는 블로그 마케팅을 통해 유입된 고객 정보를 활용해서 계약을 체결하거나 유튜브를 통해서 보험에 대한 정보를 알려주고 본인을 PR 함으로써 청약을 하기도 한다. 똑같은 환경이지만 관점을 바꿈으로써 위기를 기회로 바꿀 수 있다. SNS(페이스북, 인스타그램, 블로그 등) 마케팅 등을 통해 '나'를 홍보함으로써 나를 브랜딩화 하고 남들이 하지 않는 새로운 것을 시도할 때 보험 시장에서 살아남을 수 있는 것이다. 보험 TM은 DB를 회사에서 넉넉하게 준다. 보험 TM이라는 출발선은 동일하다. 하지만 누구나 성공의 결승선에 도착하지는 못한다. 보험 TM에서 성공하려면 성공하기로 결단하고, 배우고, 듣고, 쓰면 그만이다. 이게 전부다. 계속 그 자리에 머물 것인지, 정진할 것인지를 진지하게 고민할 때이다.

제 4 장

친근감 있는
스크립트 활용법

센스도 연습으로 길러진다

"마음에 넘쳐나는 것을 입이 말한다."

– 외국 속담 –

'작은 일도 무시하지 않고 최선을 다해야 한다. 작은 일에도 최선을 다하면 정성스럽게 된다. 정성스럽게 되면 겉에 배어 나오고, 겉에 배어 나오면 겉으로 드러나고, 겉으로 드러나면 이내 밝아지고, 밝아지면 남을 감동시키고, 남을 감동시키면 이내 변하게 되고, 변하면 생육된다. 그러니 오직 세상에서 지극히 정성을 다하는 사람만이 나와 세상을 변하게 할 수 있다.' 영화 역린에 나오는 중용 23장의 메시지가 나의 마음에 울림을 주었다.

이 장에서는 내가 어떻게 고객과 대화를 이어 나가는지를 최대한 담아 보려고 한다. 이 장을 읽고 텔레마케터 업무를 하는 데 많은 도움이 됐으면 한다. 나는 내가 판매하고자 하는 상품을 고객에게 판매하기 전에 그 상품을 어떻게 하면 잘 팔 수 있을지, 어떻게 하면 고객이 이 상품을 선택하게 할지를 집중하고 고민한다. 상품 공부를 할 때 내가 궁금해하는 것들이 고객이 질문하는 것들일 것이므로 고객과 통화 전 꼼꼼하게 예습을 해 놓는다. 고객과 상담을 하다 보면 미처 공부하지 못한 질문을 할 수 있다. 신뢰를 주는 상담사라면 그때도 목소리의 자신감을 유지하며 '확인 후 다시 연락드리겠다.'고 하고 고객에게 빠르게 피드백을 하고 몰랐던 부분은 복습을 통해 내 것으로 만들고 성장의 기회로 삼는 것이다.

대전에는 '*심당'이라는 유명한 빵집이 있다. 그 빵집에는 고객들이 줄을 서서 빵을 사 간다. 타지역 사람들도 대전을 방문하면 *심당을 들르는 것이 코스일 정도이다. 또 택배로 *심당의 빵을 구입하는 경우도 많다. 그렇다면 고객에게 빵을 판매하려면 어떻게 하면 될까? 고객은 어떤 조건이면 그 빵을 살까? 빵이 사고 싶을 만한 디자인, 고객의 관심을 끌 만한 맛과 향, 빵의 가격, 후기 등 고객의 기호에 맞을 때 그 빵은 선택되기도 하고 광고나 소문, 블로그, 유튜브 등을 통해 선택되는 경우도 있다. 그럼 보험을 어떻게 팔까? 고객은 보험을 어떨 때 가입할까? 보험에 니즈가 있을 때 보험을 가입하는 경우가 있을 것이다. 지인 중에 사고로 보험 혜택을 받은 경우가 있을 것이고, 자동차 보험처럼 의무 보험인 경우 등이 그것이다. 또 대중 매체의 광고나 설계사들의 설득에 의해 보험을 가입하는 경우도 있다. 전자의 경우는 고객의 니즈에 맞게 설계해서 판매하면 그만이다. 문제는 후자이다. 어떻게 하면 고객을 설득해서 보험을 판매할 수 있을까.

나는 초등학교 시절 육상 선수였다. 육상 선수들은 신발 밑창에 못처럼 뾰족한 스파이크가 달린 신발을 신는데 이는 순간의 힘으로 속력을 낼 때, 또 미끄러지지 않게 지탱해 주는 역할을 한다. 연습 기간에는 대회에 나가기 위해 기초 체력 훈련을 탄탄히 한다. 그리고 근력과 지구력도 좋아야 한다. 훈련하고 체력도 준비가 됐으면 '탕' 하는 소리와 함께 실제 대회처럼 경기에 임하기도 한다. 이때 너무 긴장하면 '탕'하고 시작을 알리기 전에 먼저 출발을 해서 실격을 당하는 경우도 있고, 아예 출발이 처음부터 늦어져 순위 밖으로 밀려나는 경우도 있다.

보험 영업이라는 것도 같다. 기초체력(상품에 대한 지식 및 스크립트 활용법 등)이 탄탄해야 하고 근력과 지구력도 중요하다. 현장에서 수십 통, 수백 통의 전화가 끊어지고 거절의 말만 들으면 맥이 빠진다. 그러나 내가 고객 입장이라면 어떨까? 요즘 나는 텔레비전보다 유튜브를 많이 시청한다. 유튜브를 시청하다 보면 중간중간 광고가 나오는데 광고를 끝까지 본 경우는 다섯 손가락으로 꼽을 정도다. 나에게 필요치 않은 광고라는 생각 때문에 광고가 나오면 5초를 기다린 뒤 바로 스킵(skip)을 누른다. 나도 이럴진대 고객은 하루에 광고/홍보 전화를 수시로 받는다. 지칠 대로 지친 고객이 내 전화를 또 받으니 고객은 인사만 해도 전화를 끊는 것이다. 나 또한 고객의 거절에 지치기는 마찬가지다. 그러나 이내 마음을 가다듬고 '한 통 더 돌려 보자. 내 전화를 기다리는 고객이 분명히 있어.'라는 마음가짐으로 지구력과 근력으로 영업을 해 나가는 것이다. 다음 통화에서는 내가 쌓아온 기초체력을 고객에게 나눌 수 있을 것이라는 기대감으로 정성을 다해 한 콜 한 콜 집중하는 것이다. 모든 설계사는 같은 출발선에 서 있지만 어떤 설계사는 먼저 가는 듯 보여도 어느 순간 퇴사를 해서 볼 수 없는 예도 있고, 어떤 설계사는 출발선에서 움직임이 늦다. 어떻게 하면 보험 텔레마케터로 순위 밖으로 밀려나지 않게 스파이크를 신고 영업하면서 롱런할 수 있을까.

L 설계사는 본인의 얘기를 할 때 말의 높낮이가 전혀 없이, 내용의 요약도 없이 장황하게 얘기를 한다. 억양이 없고 개미 기어가는 목소리를 듣고 있으면 대화가 시작된 지 몇 분 되지 않아 집중도가 현저히 낮아진다. 나와 또 다른 지인 B는 정신이 곧 안드로메다로 탈출하고 이를 눈치챈 L은 본인이 무슨 말을 했는지 들었냐며 내용 확인을 하는데, 집중 못 한 나와 B는 그 물음에 대답을 못 할 때가 종종 있었다. 그럴 때마다 L은 몹시 언짢아했다. L의 기분은 알겠지만 그 얘길 듣고 있는 우리도 참 힘들다. 대화할 때는 그 대화를 계

속 이어갔으면 좋겠다고 느끼게 할 말투와 억양 그리고 음색을 잘 갖춰야 함이 얼마나 중요한지를 기억해야 한다.

고객과 상담을 하고 계약으로 이어질 때는 1~2분으로 끝나는 것이 아니라 가입 녹취까지 짧으면 30분, 길면 한 시간 이상도 통화한다. 고객과의 상담 과정에서 무엇보다 중요한 것은 고객의 집중도가 흐트러지지 않도록 하는 것이 중요하다. 그러기 위해서는 말의 내용이나 논리성을 따지기보다는 고객이 듣기에 지루하지 않은 말투와 억양, 발음 그리고 고객의 입장을 이해하고 공감하는 것 등이 무엇보다 중요하다. 또한 고객이 알아듣지도 못하는 보험 전문 용어를 사용할 것이 아니라 고객을 신생아라 생각하고 고객의 입장에서 이해할 수 있는 말들로 쉽게 풀어서 사용해야 한다.

무미건조한 상담을 하거나 고객의 말을 무시하거나 비아냥거리는 말투를 사용한다면 그 통화는 곧 종료되고 만다. 내 지인 Y는 보험 전화가 오면 내 생각이 나서 가입 여부를 떠나 최대한 친절하게 전화를 받는다고 한다. 한번은 S 카드사에서 S 보험사의 상품을 안내하는 전화를 받았다고 한다. 그런데 그 상담원의 말투에 '이 상담원이 내 기를 누르려고 하는구나.'라는 생각이 들면서 굉장히 불쾌했다고 했다. 얼굴을 보지 않고 나누는 모르는 사람과의 대화는 더신중해야 한다. 친한 친구와 만나 얘기하듯 고객과의 통화는 편하게 그리고 고객을 존중하며 진행되어야 한다. 친구를 만나면 너무 반가워서 웃으면서 인사하고 자리를 잡고 앉아 그간 하지 못했던 이야기보따리를 푼다. 서로의 얘기에 맞장구치고 호응한지 얼마 되지 않은 것 같지만 만남의 시간이 즐거우니 시간 가는 줄 모르고, 시계를 보면 벌써 4~5시간은 훌쩍 지나있고 밖은 어둑어둑해지고 있다. 집으로 가야 할 시간. 4~5시간을 얘기하고도 못다 한 얘기는 통화로 하자며 헤어진다. 해도 해도 끝이 없는 친구와의 대화는 특별한 주제는 아니지만 계속 주거니 받거니 이야기꽃을 피우게 된다.

고객과의 통화도 똑같다. 설계사와 고객이라는 선을 긋고 통화를 하면 상담이 딱딱해질 수밖에 없다. 그런 상황을 굳이 연출할 필요는 없다. 오랜만에 만난 친구가 눈에 보이자 곧 내 얼굴엔 미소가 지어지고 큰소리로 이름을 부른다. 고객은 친구가 아니므로 인위적인 미소가 필요하다. 다이얼을 누르기 전에 부스 안에 있는 거울을 보며 입꼬리를 살짝 올려 미소 지어본다. 미소를 지을 때와 무표정일 때의 음색은 차이가 크다. 미소를 지을 때 밝은 음색과 밝은 에너지가 발산된다. 밝은 에너지가 고객의 귀에 닿을 때 고객은 마음을 연다. 물론 소속을 밝혔을 때 보험에 관심이 없다면 통화는 곧 종료가 된다. 하지만 보험에 니즈가 있는 고객이라면 많은 보험 가입 권유 전화를 받았을 텐데 그중에서도 밝은 에너지가 뿜어져 나오는 전화를 받고 싶은 것은 당연하다. 그 밝은 에너지를 발산하는 설계사는 내가 되어야 한다.

K 설계사가 저축 상품을 판매할 때 일이었다. 저축 상품에 대한 금리 등을 간단하게 설명했는데 그 후에는 목소리에 대한 칭찬을 고객이 한참 동안 하더란다. 상품 설명은 얼마 하지도 않았는데 목소리 칭찬만 한참 하다 서로 기분 좋게 청약까지 진행됐고, 며칠 뒤 상품 설명에 대해 추가적인 안내를 해야 하는 상황이 생겼다(청약 시 상품에 대해 오 안내가 되었거나 기타 등등의 이유로 보완을 해야 하는 경우가 종종 있다). K는 목감기가 심하게 와서 목소리가 제대로 나오지 않는 상황이었지만 무리해서 고객에게 전화를 걸었다. 고객은 계약 당시 상담원이 맞는지 몇 번이고 확인하고, 목소리 듣기 불편하니 다른 상담원이 전화를 줬으면 좋겠다고 했다는 것이다. 이렇듯 똑같은 상품을 두고 같은 고객에게 전화했지만 계약 전, 후의 고객의 다른 반응을 볼 수 있다. 텔레마케터의 목소리란 계약과도 큰 관련이 있음으로 고객이 듣기 편한 음색을 갖추는 노력을 해야 한다. 상품의 내용이나 논리보다 설계사의 음색, 어투, 억양, 호흡 등이 청약으로 이루어지는 데 중요한 요소임을 알 수 있다. 또한 고객과의 상담 도중 적절한 질문을 통해 고객 성향, 직업, 필요로 하는 상품, 건강 여부 등을 파악하는 것이 중요하다. 고객과 상담을 할 때는 맞장구치라고 했다고 고객의 말끝마다 "네~네~"만 하는 설계사도 있다. 맞장구를 치라는 것은 '내가 고객님 말에 집중하고 있어요~'라는 뜻이 내포된 말로 윤활유 역할을 해 줄 만한 말을 하라는 것이다.

"정말요?"

"맞아요. 고객님, 저도 그런 적 있어서 고객님 마음 다 이해돼요."

"아이고~ 고객님 치료받으시느라 너무 힘드셨겠어요~"

이런 말을 들은 고객은 알아서 뒷말을 이어간다. 적절한 타이밍에 적절한 질문을 하는 것도 중요하다. 대면 설계사는 여러 질문을 통해 판매하고자 하는 상품을 적절하게 판매 할 수 있다. 그러려면 열린 질문을 한다. 그러나 전화로 판매하는 상품은 정해진 상품을 판매하게 되므로 처음에는 단답형으로 질문한 후 필요에 따라 구체적인 답변을 들어야 할 때 개방형 질문으로 이어간다.

"고객님! 저희 치아 보험 들어보셔서 아시겠지만, 내용이 너무 좋다 보니까 무조건 다 가입이 되는 건 아니시고요, 어느 정도는 치아가 건강하셔야 하는데요~ 잇몸 치료나 임플란트, 틀니 하신 건 혹시 있으실까요?(질문)"

- 이때 듣고 싶은 답변은 고객이 지금껏 치료한 병력을 다 듣고 싶은 것이 아니라 임플란트나 틀니, 잇몸 치료가 있었는지가 듣고 싶기 때문에 정해진 물음에 답할 수 있도록 단답형 질문을 하는 것이다.

"고객님, 5년 이내에 입원하셨거나, 치료하신 거 따로 있으세요?"

- 5년 이상 된 것 말고, 5년 이내 병력만 확인하는 것이므로 예, 아니요로 답변을 들을 수 있도록 단답형 질문을 한다.

이렇게 질문을 통해 얻고자 하는 답을 얻었다면 그 대답에 대해 호응하고 다시 상품 설명을 이어나가면 된다. 그 후 중간중간 간접 클로징으로 고객이 어떤 마음으로 상담을 하고 있는지 고객의 의사를 확인할 필요가 있다.

"내용 들어보시니까 너무 괜찮으시죠?"
"여기까지는 어렵지 않게 이해가 되시죠?"

이런 간접 클로징을 상담 중간중간 활용하는 것이 좋고, 고객의 반응을 보면서 직접 클로징 멘트를 사용하여 계약으로 이어질 수 있도록 유도하면 된다.

"그래서 우리 고객님도 이 보장 그대로 챙겨 가실 수 있도록 진행해 드릴 건데요. 증권, 약관은 우편으로 받아 보시는 게 편하세요, 모바일로 받아 보시는 게 편하세요?"

"우리 고객님도 든든하게 보장받으실 수 있도록 심사 올려 드릴 건데요~"

"지금 말씀드린 내용으로 간단하게 녹취 통해서 진행 도와드릴 거고요, 우리 고객님은 간단하게 '네, 아니요'로 답변해 주시면 되세요."

"우리 고객님, 고지해 주신 내용으로 심사 올려드리면서 가입 진행해 드릴게요~"

직접 클로징 멘트를 사용했는데 고객의 반응이 어중간하다면 그 상품의 핵심 담보를 요약해서 설명해 준다.

"고객님 이거는 의심의 여지가 전혀 없으시거든요~ 딱 3가지만 기억하시면 되세요. 첫 번째는…."

"고객님, 이거는 정말 획기적이신 게 뭐냐면은~~ 예전에는 꼭 가입하고 1년, 2년이 지나야 암 진단금이 100% 지급됐잖아요, 고객님? 이 상품은 일반암에 대해서 90일 면책기간만 지나면 감액 없이 바로 100% 보장해 주겠다!라는 건데요…"

이렇게 상품의 핵심만 요약해서 설명한 후 다시 직접 클로징 멘트로 들어가는 것이다. 상담 도중 고객이 불쑥 본인이 가진 보험이 생각나서 기존에 가입한 상품에 대해서 문의하는 경우도 있다. 한 상담원이 운전자 보험을 상담하다 고객이 본인이 가진 암 보험이 궁금해서 운전자 보험 담당자에게 질문하는 상황이었다. 아웃바운드 상담원인 경우는 단일 상품을 판매하는 경우가 많고 보험 경력이 많지 않다면 판매하는 상품 외에는 상품에 대한 지식이 없는 설계사들도 많다. 그렇기 때문에 본인이 판매하고 있는 상품이 아니면 당황하기 마련이다. 이때 고객이 문의한 상품에 대해서 지식이 없다고 자신감 없는 목소리로 대충 얼버무리면 안 된다. 상담원은 자신감 넘치는 목소리를 항상 유지하는 것이 무엇보다 중요하다.

A 상담원 : 고객님~ 제가 운전자 보험 전문 담당자라서요, 운전자 보험에 대해서 말씀 주시면 상세하게 설명해 드릴 수 있는데요, 암 보험은 잘 모르겠습니다.

B 상담원 : 고객님~ 제가 다른 상품은 몰라요…

A와 B 상담원 중 누가 전문가처럼 보이는가? A 상담원과 B 상담원 모두 운전자 보험을 설명하는 과정에서 신뢰를 얻었으므로 고객은 본인이 가입한 상품에 대해 조언을 듣고 싶었던 것이다. 결론은 암 보험은 모른다는 똑같은 말을 하고 있지만, 우물쭈물 얼버무린 B 상담원과 자신을 운전자 보험 전문가라고 자신 있게 말한 A 상담원 중 고객이 누구에게 가입을 진행할지는 모두 느낌으로 알

수 있다. 솔직하고 당당하게 말하면 그만이다. 그럼 고객도 '운전자 보험 전문 담당자'라는 멘트에 운전자 보험에 관해서는 더 신뢰하고 계약을 진행할 확률이 높아지는 것이다.

물론 모든 상품을 다 알고 있으면 상담하기 가장 수월하다. 하지만 처음 시작하는 설계사들은 단시간에 모든 상품을 파악하기란 쉬운 일이 아니므로 솔직하고 당당하게 자신을 어필하면 되는 것이다. 고객의 긍정적인 반응으로 청약 녹취까지 마쳤다면 다지기 멘트를 꼭 활용해 보자.

"고객님! 긴 녹취가 다 끝났어요~ 고생 많으셨고요, 저 담당자 이루다예요~ 조금 뒤에 제 직통 번호 문자 넣어 드릴 거니까 꼭 저장해 놓으셨다가 궁금하신 점은 언제든지 연락해 주시면 되세요~ 든든한 보장으로 잘 가입됐고요. 증권, 약관 받으실 때쯤 다시 한 번 연락드려서 궁금하신 점 추가 상담 도와 드릴게요~^^ 고객님, 코로나예요~ 마스크 착용 잊지 마시고요, 코로나 주의하시면서 기분 좋은 오후 시간 보내세요, 고객님~"

"고객님~ 녹취하시느라 너무 고생 많으셨어요~ 감사하고요, 제가 상담 중간중간 제 이름 말씀드렸는데 기억하세요? 맞아요. 고객님^^ 기억해 주셔서 깜놀(젊은 층의 고객이라면 이런 줄임말을 하면서 웃어 보이는 것도 좋다) 했네요^^ 제 이름 이루다랑 제 직통 번호 문자 넣어드릴 거니까 꼭 저장해 놓으셨다가 궁금하신 점 있으시거나 다치시거나 아프시다! 그러시면은~ 무조건 전화하셔서 '이런 일 있었는데 보장되느냐' 이 한마디만 물어봐 주시면 제가 꼼꼼하게 상담해 드리고, 보장받을 수 있는 담보 있다! 그러면 제가 보상 청구까지 진행해 드릴 거예요, 이해되셨죠? ^^ 믿고 진행해 주셔서 감사드리고요, 앞으로 성심성의껏 관리 잘해 드릴게요, 오후 시간 마무리 잘하시고요, 또 연락드릴게요, 고객님~"

"아이고~ 고생 많으셨어요, 고객님^^ 말하는 것보다 듣는 게 에너지 소모가 더 큰 건데. 고생하셨고요, 어떤 담당자를 만나느냐에 따라서 가입해 드린 보장을 꼼꼼하게 챙겨드릴 수가 있어요~ 제가 보험 한지도 오래됐고 또 저 정말 꼼꼼하거든요~ 그래서 우리 고객님 담당자 정말 잘 만나셨고요^^ 통화 마치면 제 이름 이루다랑 제 직통 번호 문자 넣어드릴 거니까 꼭 저장해 놓으셨다가 궁금하신 점 있으시면 언제든 연락해주세요, 고객님~ 아셨죠? ^^ 영업용 차량 운전하셔서 운전 양이 많으신데 늘 벨트 착용 잊지 마시고요, 안전운전하세요~ 고객님^^"

'담당자 정말 잘 만나신 거다'라고 말할 때 그런 거 같다고 호응하시는 분이 있는가 하면 피식하고 웃으시는 분들도 있다. 그럴 때도 당황하지 말고 자연스럽게 대화를 이어 가면 된다.

"고객님~ 제가 제 입으로 제 자랑하긴 좀 그런데, 요즘은 자기 PR 시대잖아요, 제 자랑 좀 했어요^^"라고 하면 고객도 같이 웃고 기분 좋은 마무리가 된다. 이런 다지기 멘트는 철회율을 낮추는 강력한 멘트이다.

보험에 처음 입문한 신입이고, 꼼꼼하지도 않고, 덤벙대기까지 해서 실수를 많이 하는 성격이어도 상관없다. '나는 꼼꼼하고 신뢰를 주는 설계사다.'라고 생각하고 결심하는 순간부터 나는 그렇게 되는 것이기 때문이다. 결심하면 행동하게 되어있고 행동하기에 내 모습이 꼼꼼하고 신뢰가 가는 설계사의 모습으로 되는 것이다. 중요한 것은 행동이 먼저가 아니라 결심이 먼저라는 것이다.

계약은 고객과의 마침표를 찍는 것이 아니라 고객과의 새로운 시작이라는 것을 명심하고 꾸준한 관심을 두고 고객 관리를 하는 것도 잊지 말자.

고객의 속마음에 답이 있다

"NO를 거꾸로 쓰면 전진을 의미하는 ON이 된다.
모든 문제에는 반드시 문제를 푸는 열쇠가 있다.
끊임없이 생각하고 찾아내라."
– 노먼 빈센트 필 목사 –

'부의 추월차선'에 추마와 아주르의 피라미드 우화가 나온다. 위대한 이집트의 파라오는 젊은 조카 추마와 아주르를 불러 피라미드를 각자 하나씩 지어 바치라는 임무를 맡긴다. 피라미드를 완성하는 즉시 왕자의 지위를 주고 수많은 재물과 함께 은퇴할 수 있도록 해 주겠다는 약속을 했다. 단, 피라미드는 혼자서 건설해야 한다는 조건을 달았다. 아주르는 바로 피라미드를 짓기 시작했다. 아주르는 1년이 지나 고된 노동 끝에 완벽한 사각 대형을 거의 완성했지만 추마의 피라미드가 서야 할 자리는 계속 공터 그대로 남아있었고 날리는 먼지조차 없었다. 아주르는 추마를 찾아갔다.

"추마, 만들어야 할 피라미드는 안 만들고 도대체 뭘 하고 있는 거야? 이상한 기계만 만지작거리고"

"난 지금 피라미드를 만드는 중이야, 날 그냥 놔둬."

"1년 동안 돌 하나 쌓지 않은 주제에!"

"아주르 넌 부자가 되겠다는 욕심 때문에 눈이 멀어서 멀리 내다보지 못하고 있어, 너는 네 피라미드나 신경 써. 나는 내 피라미드에 신경 쓸 테니."

또다시 한 해가 지나고 피라미드의 기초를 완성한 아주르에게 위기가 찾아왔다. 두 번째 층까지 무거운 돌을 끌어올릴 수가 없었던 것이다. 그래서 아주르는 근육을 단련하는 데 시간을 보냈고 힘이 세진 아주르는 무거운 돌을 수월하게 옮길 수 있었다. 하지만 층이 높아질수록 근육 단련과 건강 보조식품과 체력단련에 필요한 자문료로 시간과 돈을 대부분 쓰고 있었고 지금의 건설 속도로 미루어 보면 피라미드가 다 지어지려면 30년은 걸리겠다고 예상했다.

그러던 어느 날 추마는 지지대, 바퀴, 지렛대, 밧줄 등이 복잡하게 얽힌 25비트(약 8미터)에 달하는 거대한 기계를 천천히 옮기고 있었다. 그리고는 몇 분 만에 추마는 기계로 무거운 돌을 번쩍 들어 피라미드의 기초를 쌓기 시작했다. 아주르의 피라미드는 기초를 쌓는 데 1년이 꼬박 걸렸는데, 추마의 파라미드는 일주일이 걸렸다. 또 두 번째 층 전체를 아주르보다 30배 빠른 속도로 쌓아 올렸으며 아주르가 2개월에 한 일을 추마의 기계는 이틀 만에 해냈다. 40일이 지나자 추마와 추마의 기계는 아주르가 3년간 해놓은 고된 작업을 고스란히 따라잡았다. 아주르는 무거운 돌을 옮기는 데 몇 년을 보냈지만 추마는 그 일을 대신해 줄 기계를 발명한 것이다. 추마는 8년 만에 피라미드를 완성했다. 시스템을 만드는 데 3년이 걸렸고, 시스템을 사용해 효과를 거두는 데 5년이 걸렸다. 아주르는 자기 방식에 문제가 있음을 받아들이지 못하고 돌을 옮기는 데 시간을 허비하고, 힘을 기르기 위해 돈 쓰기를 반복했다.

우리는 어떤 방식으로 업무를 하고 있는지 점검해 봐야 한다. 아주르처럼 나의 방식이 옳다고 생각하고 고집만 부리고 있는 건 아닌지, 추마처럼 빠르게 목적지에 도달할 수 있도록 시스템을 만드는 일에 시간을 투자하고 연구하고 노력해서 빠르게 성과를 내고 있는지를 말이다. 실적이 없다면 왜 실적이 없는지를 생각해 봐야 한다. 나의 영업 방식이 잘못 된 것인지, 반론 극복이 문제인지, 클로징 타이밍을 놓치고 있는 건 아닌지 등을 살펴봐야 한다.

모든 설계사는 많은 계약과 많은 급여를 원하지만 발전을 위해 행동하지 않고 말뿐이다. 이런 현실에 실적이 제자리걸음인 것은 놀라운 일도 아니다. 항상 그대로인 나를 원하는가, 실력이 향상된 나를 원하는가. 한 걸음 뒤로 물러서서 나의 상담 녹취 콜을 들어보는 것만으로도 큰 공부가 된다. 내 녹취 콜을 들어보면 '그때 놓쳤던 반론은 이렇게 극복을 해야 했는데…'라는 아쉬움도 많이 느낀다. 아쉬운 부분을 보완해서 다음 콜에 적용한다면 한 걸음씩 발전하는 자신을 발견할 수 있게 된다.

그동안 몰라서 적용하지 못했던 나의 일과를 검토해 보자. 남들과 똑같은 영업시간, 똑같은 기본 스크립트로 같은 멘트를 하고 있지는 않은지 생각해 봐야 한다. 회사에서 나눠 주는 기본 스크립트를 그냥 사용하기보다는 그 기본 스크립트를 뼈대라고 생각하고 살을 붙여야 한다. 고객들이 흔히 하는 반론들에 대해 응대할 수 있도록 회사에서 일괄적으로 반론 극복 스크립트를 배포한다. 상담원들은 일률적으로 고객의 반론을 스크립트에서 찾아 그대로 응대하는 경우가 다반사다. 고객은 같은 단어로 반론을 하지만 그 말의 의도를 파악하는 것이 중요하다. 상품은 마음에 드는데 다른 무엇인가 부족한 게 있어서 고객이 반론하는 것인지, 으레 그냥 한번 해 보는 말인지 말이다. 이때를 위해 다양한 반론을 준비해 두어야 한다. 예를 들어 비싸다고 한다면 정말 비싸서 비싸다고 하는 건지, 으레 비싸다고 한번 해 보는 건지, 거절의 의사로 비싸다고 하는 건지 등을 파악하는 것이다. 같은 말이지만 그 안에 다른 뜻을 내포하고 있다.

- 상품은 마음에 들지만 보험료가 비싸다고 하는 경우 -

고 객 : 비싸요.

이루다 : 고객님~ 제가 권해드린 상품은 맘에 드는데 보험료가 부담스럽다는 말씀이세요? 그럼 고객님~ 여기서 우리 고객님 연령대에 가장 많이 보장받는 담보가 상해 수술비랑 골절 진단비예요. 그런데 이 상해 수술비하고 골절 진단비만 뺀다고 하더라도 보험료가 반 이상은 확 줄어드는데요, 이걸 빼면 실제로 "보험은 가입했지만 보상받을 게 하나도 없네~"이런 말씀을 하시거든요~ 그래서 고객님 보험료가 부담스러우시다면 담보를 아예 삭제하기보다는 보장 금액을 반씩 줄이는 방법이 있으신데요, 지금 상해 수술비가 300만 원이니까 150만 원으로 금액을 낮추고, 골절 진단비가 50만 원이니까 25만 원으로 낮춰서 진행하시면 월 보험료가 OO 원으로 줄어드는데, 이 정도면 부담스럽지 않으시겠죠? ^^

- 으레 비싸다고 하는 경우 -

"네? 고객님? 저 지금 깜짝 놀랐어요. 이게 비싸다니요. 비싸다는 얘기 제가 처음 들어요~ 고객님! 이렇게 개수 제한, 소재 제한 없이, 감액도 없이 치료받으실 수 있는 치아 보험은 찾아보려고 애를 쓰셔도 찾기 어려우세요~ 이만한 보장을 이만한 보험료로 가입하실 수가 없으세요~"

"음~ 고객님~ 알아보시면 아시겠지만 이만한 보장받으시는 데 타

보험사는 저희보다 O천 원 더 비싸요. 한 달에 O천 원이 저렴하다가 중요한 게 아니라, 이걸 20년 동안 유지하실 거면 그 금액도 무시 못 할 금액이죠~"

고객은 '비싸다'라고 얘기를 했지만 어떤 뜻으로 비싸다고 했는지 센스 있고 빠르게 알아차려야 한다. 고객은 으레 비싸다고 얘기해 봤는데 보장을 내리면서 보험료를 낮춘다고 오케이를 하지는 않는다. 고객이 어떤 뜻으로 얘기를 하는 것인지 고객의 의중을 파악하는 것이 중요하다. 상담할 때 내 브랜드의 가치를 스스로 떨어트리고 내 품격을 스스로 깎아 먹는 일은 하지 말아야 한다. 당장의 실적에 눈이 멀어서, 수당이 아쉬워서 내 발목을 내가 잡는 경우를 주위에서 많이 볼 수 있다.

고 객 : 비싸요, 다른 상담원은 1회 보험료 내준다고 하는데, 여기는 그런 거 없나요?
상담원 : 고객님~ 걱정하지 마세요, 저는 2회 보험료 내드릴게요~ 저한테 하세요.

이렇게 응대하는 경우를 보기도 하고 듣기도 많이 들었다. 이렇게 한다면 당장 실적은 올릴 수 있다. 그러나 내 가치를 스스로 깎아 먹는 일이고 앞으로는 남고 뒤로는 밑지는 일이 발생하는 것이다.

그럼 어떻게 응대하는 것이 좋을까?

고 객: 비싸요, 다른 상담원은 1회 보험료 내준다고 하는데, 여기는 그런 거 없나요?

상담원: 아~ 그러셨어요, 고객님? 네. 고객님~ 아쉽게도 저희는 그런 게 없어요~ 그런데요, 고객님~ 보험료는 한 번 내드리는 거지만 보험은 평생 갖고 가는 거잖아요? 담당자를 잘 만나야 나중에 보상받으실 일 있을 때도 문의하실 거고, 중간중간 궁금하신 것도 문의하실 텐데 그때 담당자가 보험을 제대로 모르고 있으면 고객님 답답한 일이 많이 있으실 거세요~ 지급 여력 좋고 보장 좋은 저희 회사 믿고 진행하세요. 그럼 제가 잘 관리해 드릴게요~ 보험료 대납을 해드리면 제가 영업정지를 당해요~ 그래서 그건 어렵고요, 제가 성심성의껏 준비해서 선물도 챙겨 보내 드릴게요~ 이렇게 진행하는 건 괜찮으시죠?^^

이렇게 하면 대부분의 고객은 대납해 주지 않는다고 떠나지는 않았다. 몇 번에 걸쳐 상담이 이루어졌고 그 상담이 이루어지는 과정에서 나를 신뢰했기 때문에 최종적으로 계약을 하기 전 보험료를 내주는지 그냥 한번 물어보는 경우가 많다. '보험료를 대납해 주면 가입해야지.'라는 마음으로 물어보는 고객들은 극히 드물다. 최소 120회(10년납 상품)를 납입해야 하는 상품에 1회 보험료를 내준다고 고객의 생활에 큰 도움이 되는 것도 아니다. 대납은 나의 가치는 물론 영업에 대한 의욕도 떨어트린다. 고객의 말에 주관 없이 굽신굽신 끌려다니고 애걸복걸하지 마라. 뒷단에 피곤한 일이 벌어질 것이다. 또한 내가 활용하는 화법을 모든 상황에 그대로 적용하는 것이 아니라 고객과 나눈 대화를 토대로 고객의 성향, 뉘앙스 등을 주의 깊게 듣고 속뜻이 무엇인지 파악한 후 적절히 활용하길 바란다.

동기 중에 20대의 젊은 친구가 보험 영업을 해서 집 장만하는 게 꿈이라고 했다. 남녀노소 누구나 부동산에 투자해서 임대수익을 받는 꿈을 꾼다. 그 꿈을 이루기 위해서 보험 영업으로 돈을 많이 벌고 싶다고 했다. '잘되면 좋겠다.'라는 마음으로 응원해 주었다. 한날은 그 친구가 아쉬운 마음 가득 담아 고객과 상담한 내용을 얘기하는 것이다.

동 료 : 오늘 상담을 오래 했는데 고객이 2주 전에 다른 보험사에 치아 보험 가입했대요. 저희 상품 마음에 들어 하셔서 중복 보장받으라고 했더니 고객이 안 한대요. 실장님이 알려주신 반론 다 써서 공부했는데 안 되네요.

이루다 : 고객이 네 얘기를 끝까지 듣고 있었다는 건~ 2주 전에 치아 보험에 가입했기 때문에 돈이 없다는 얘기를 하는 것 같아~ 관심은 있는데 중복 보장받으라고 하면 치아 보험으로 보험료가 양쪽에서

출금되니 싫다고 하는 거거든~ 그러니까 그때는 우리 상품이랑 그분이 가입하신 상품을 간단하게 비교해 주는 거야~ 그리고 네가 비교해 봐서 알겠지만 우리 상품이 젊은 사람들한테는 유리한 부분이 많잖아? 그 장점을 어필해서 고객한테 둘 중에 유리한 쪽으로 선택해서서 유지하셔라~라고 얘기해 주면 더 좋을 것 같은데. 어차피 가입한지 2주 밖에 안됐기 때문에 기존에 가입한 상품을 철회해도 고객이 손해 보는 건 없잖아. 이왕 가입하는 거 고객도 더 유리한 상품으로 가입하면 좋은 거고~

동 료 : 아~ 그런 거구나~ 보험 있다는 사람한테는 무조건 중복으로 보장된다는 얘기만 하면 되는 줄 알았는데, 고마워요. 언니~

고객이 반론할 때는 '고객의 언어'를 해석할 수 있어야 한다. 고객의 언어를 제대로 해석할 때 상담이 수월해지고 의외로 계약으로 끌어낼 수 있는 기회가 되기도 한다.

흔한 반론 중에 "생각해 볼게요."도 많다. 이때도 바로 결정 못 하는 성향이 있고, 거절의 의사로 생각해 본다고 하는 부류로 나뉜다.

– 거절의 의사로 생각해 본다고 하는 경우 –

"네 고객님~ 생각해 보셔야죠~ 생각해 보시라고 제가 설명을 이렇게 열심히 드린 거고요^^ 사람 귀가 두 개라 한쪽으로 들으면 한쪽으로 흘러나가게 되어있어요~ 그래서 우리 고객님 눈으로도 한번 확인해 보시라고 서류 넣어드릴 거고요, 서류 보시면서 인터넷으로 타사 상품이랑 비교도 해보시면서 생각해 보시는 게 더 나으시잖아요?"

"고객님~ 생각해 보셔야죠~ 그런데 사실 전화 끊는 순간 생각해 보실 시간이 없으세요. 회사에서는 업무가 많으시고 집에 가면 아이들 돌보고 집안일 하시느라 보험은 생각조차 안 나시거든요~어떤 부분이 고민스러우신지 말씀 주시면 같이 고민해 드릴게요, 고객님~"

- 성향상 생각해 보겠다고 하는 경우 -

"네 고객님~ 제가 우리 고객님이랑 상담할 때도 느꼈지만 굉장히 꼼꼼하시고 차분하세요~^^ 저도 우리 고객님이랑 비슷한 성향이라서 잘 알아요. 상품이 엉망이면 생각해 보시라고 말씀 안 드리고 그냥 통화되셨을 때 하시라고 밀어붙일 텐데, 이 상품 정말 괜찮아서~ 우리 고객님 꼼꼼하게 살펴보시라고 내용 정리해서 보내드려 볼게요~ 메일보다 카톡으로 보내 드리는 게 보시기 편하시겠죠? ^^ 그럼 제가 10분 안에 정리해서 보내 드릴 테니까 검토해 보시고요, 통화는 내일 이 시간 때쯤 괜찮으시죠, 고객님?"

"고객님, 망설이시는 이유가 있으신 거세요? 이건 복잡하게 생각하실 것 없이 딱 3가지만 기억하시면 되시거든요~"

"고객님, 지금 이어폰으로 전화 받으시면서 바로 인터넷 검색해 보세요. 우리 고객님도 상품은 좋은데 제가 말씀드린 게 틀리면 어쩌나 걱정되시는 거잖아요? 지금 우리 고객님께 안내해 드리는 상품명이 ○○○인데요, 인터넷에 똑같이 검색해 보세요~ 제가 자신 있으니까 통화하면서 바로 검색해 보시라고 말씀드리는 거고요~ 지금 녹음이 다 되고 있다 보니까~ 오 안내, 과장 안내해 드릴 수가 없어요~ 이만한 보험료에 이만한 보장 찾기 어려우세요. 저희 회사 믿고, 저 믿고 진행하세요, 고객님~"

고객의 의중을 파악해서 적절하고 센스 있게 대처할 때 고객은 나를 믿고 계약을 하게 된다. 하지만 때때로 고객이 무엇을 말하려고 하는지 긴가민가할 때는 질문을 통해 확인하고 말의 맥락을 파악하면서 상담하는 것도 방법이다. 눈에 보이지는 않지만 가치 있는 상품을 판매하고 있다는 확신을 하는 것이 첫 번째이다. 스스로 판매하는 상품에 확신을 갖고 그 상품을 높이 평가한다면 고객에게 쩔쩔맬 필요도 없고 안달복달하지도 않는다. 고객이 생각해 보겠다고 하면 1~2일 충분히 시간적 여유를 두는 것도 방법이다. 충분히 시간을 두라고 했다고 열흘 뒤, 한 달 뒤 연락을 하면 상담 내용을 잊는 건 기본이고 내 존재를 기억한다면 할렐루야다. 다급해하지 않고 막무가내로 밀어붙이지 않을 때 오히려 고객은 '이거 괜찮은 상품인가? 상담원이 여유 있네.'라는 생각을 하게 된다. 내 상품에 확신이 있을 때 한 템포 쉬어갈 수 있는 여유를 갖게 될 것이다.

3 / 품격 있는 쎄일즈

"어제와 똑같이 살면서 다른 미래를 기대하는 것은
정신병 초기 증세이다."
– 아인슈타인 –

　돈이 행복을 주지 않는다고 하는데 사람들은 돈을 벌기 위해 일을 하고 시간을 투입한다. 돈이 행복을 주지 않는다고 하면서 보다 많은 돈을 벌고 싶어 한다. 돈은 우리 생활에서 떼려야 뗄 수 없고 우리 생활에 밀접한 영향을 준다. 영업하는 사람들도 같은 마음일 것이다. 영업으로 벌어들이는 수입이 일반 직장인들보다 많아서 여유 있고 편하게 살고 싶다는 희망을 품고 영업에 뛰어든다.

　우리는 보험을 판매한다. 고객과 대면하지 않으며 무형의 상품을 판매하는 일이 쉬울 리 없다. 유형의 상품은 제품을 보며 기능을 설명하면 되지만 우리는 보여 줄 제품이 없기 때문에 고객이 받을 혜택을 생생하게 상상할 수 있도록 이야기를 해야 한다. 상품을 판매할 때는 밑도 끝도 없이 '무조건 가입하셔야 한다.', '우리 상품이 무조건 제일 좋다.'라는 식의 막무가내 판매가 아닌 고객이 상품을 선택할 수 있도록 하는 것이 중요하다. 고객은 몇 차례 상담을 통해 가입 여부를 스스로 결정한다. 고객이 내가 판매하는 상품을 선택하게 하려면 내가 먼저 그 상품에 대한 확신이 있어야 한다. 상품에 확신이 있어야 자신감이 있고, 자신감 있는 어투는 고객에게 신뢰를 준다. 상품 설명을 장황하게 하거나 단어만 나열해서 설명하는 지루한 상담이 아닌 상품을 머릿속으로 그릴 수 있도록 생생한 스토리텔링을 활용하는 것이 중요하다. 그리고 고객에게 나를 인식시키는 좋은 방법으로는 칭찬을 하는 것도 좋다. 사소한 칭찬도 괜찮다.

"고객님 목소리가 이영애처럼 차분하고 좋으세요~"
"고객님 주소 보니까 송도에 사시네요~ 너무 부러워요~"
"고객님, 질문 정말 잘 주셨는데요~"
"고객님, 대학교에서 강의하시네요~ 공부 잘하셨나 봐요~^^"
"보험 용어가 전문 용어라 이해하기 어렵다는 분들 많으셨는데, 우리 고객님 이해를 정말 잘하시네요~"

칭찬의 대상은 고객임을 기억하자. 예를 들면 "고객님 주소 보니까 송도에 사시네요~ 너무 부러워요~"라고 할 때 내가 **타워 **니엘 살고 있다고 하더라도 그건 중요하지 않다. 칭찬의 대상은 고객이기 때문이다. 거짓말로 말을 꾸며내라는 것이 아니라 왜 좋은지 명분을 찾으면 있다. 그걸 전하는 것이다. 전화로 보험 상담을 하면서 칭찬을 받은 경우는 극히 드물 것이기 때문에 효과가 크다. 주의할 점은 영혼 없는 칭찬은 하지 말아야 한다. 칭찬은 고래도 춤추게 한다.

TM 영업을 하던 어느 날 회사에서 성공한 대면 설계사를 초빙해 그 성공 스토리를 들을 기회가 있었다. 연봉은 2억 정도 되고 몇 년을 밤낮없이 일해서 번 돈으로 지방의 작은 건물을 매입했고 그 건물을 배우자분께 선물했다고 했다. 그분은 어떻게 영업을 하고 있는지 나눠주셨다. 기계약자가 병원에 입원이라도 하면 병문안을 하러 가야 했고, 시시때때로 선물도 챙기며 고객 관리를 한다고 했다. 새벽에 출근해서 그날의 일정을 훑는 것으로 하루를 시작 하고, 영업을 하다 보면 집에 10시 이전에 들어간 적이 거의 없다고 했다. 일이 너무 많아 혼자서는 일 처리가 어려워 개인 비서까지 있었으니 업무량이 얼마나 방대한지 짐작하게 한다. 새벽에 출근해서 본인의 여유 시간도 없이 일에 매달리고 영업 관리비, 주유비, 품위 유지비 등의 비용을 빼면 연봉 2억이 결코 많은 돈은 아니라는 생각이 들었다.

TM 영업은 전화로 하는 업무이다 보니 가입 전 고객의 고지 내용에 따른 서류가 필요할 때도, 고객이 보험금 청구할 일이 있어 서류를 받아야 할 때도 팩스로 서류를 받는다. 그러나 대면 설계사분들은 가입 전, 가입 중에도 고객이 직접 병원에서 서류를 뗄 수 없는 상황이라면 병원에 직접 가서 서류를 떼 오기도 한다(대리인이 지참해야 하는 서류를 가져가기 위해 고객에게 방문 후 병원으로 가는 절차를 거치니 시간이 많이 소요되며 번거롭다). 전화로 영업하는 설계사는 고객이 입원하면 전화로 안부를 묻지만 대면 설계사분들은 병문안을 하러 간다. 대면 설계사분들은 주로 카페에서 고객을 만나기 때문에 영업 관리비가 필요하지만 우리는 전화 업무이기 때문에 따로 들어가는 비용이 극히 적다. 일부 지점의 대면 설계사분들은 DB를 비용을 지불하고 사는 경우도 있다. 그러나 TM은 보편적으로 인바운드는 적게는 5개~, 아웃바운드는 70개 이상~, POM은 50개 이상의 DB가 매일매일 공급이 되며 DB를 모두 소진한 후에는 실장에게 요청하면 추가 지급을 해 주기도 한다. 또한, 나만의 여유시간 확보가 용이 하다는 것이다. 요즘은 일찍 퇴근하는 TM 센터는 오후 2시, 4시 등 근무시간이 짧아져서 본인의 생활을 여유롭게 즐기면서 일할 수 있다는 장점이 있다. 이런 장점들 속에서 뭐니 뭐니 해도 머니(money)가 돼야 영업을 계속할 수 있을 것이기에 그에 따른 스킬이 중요하다. 특히 무형의 상품을 파는 것이므로 뛰어난 영업 스킬이 필요하지만 처음부터 잘하는 사람은 없다. 그것은 연습과 노력을 투입해서 얻은 결과물이라고 할 수 있다.

어느 대면 설계사분의 이야기다. 지인 영업을 1년 동안 하고 보니 더 계약할 곳이 없고, 사람을 만나는 일이다 보니 여유는 없지만 여유 있는 척을 해야 하는 것 자체가 힘들다고 했다. 한 달에 월급은 1백만 원조차 되지 않으니 생활비도 되지 않는 상황이었고 예전에 만들어 놓은 마이너스 통장에서 고객 관리비를 충당하고 있었던 것이다. 사람 만나는 것을 좋아해서 돈이 되지 않아도 계속 일을 하고 있지만 수입이 없으니 생활이 힘들고 계속 이 일을 해야 할지 고민이라는 것이다. 지인 영업을 다 하고 나니 계약을 할 곳이 없다는 말은 갈 곳이 없다는 말일 것이고, 월수입이 1백만 원도 안 된다는 것은 영업의 기본기가 없다는 말일 것이다. 참으로 안타까운 일이다.

TM 영업은 사람을 만나는 일이지만 영업 관리비가 크게 필요치 않다. 회사에서 지급되는 DB로 유선상으로 고객과 만나면 되고, 기본기만 잘 다져진다면 충분히 지금 월급의 몇 배는 받을 수 있을 것이다. 이런 이야기를 들으면 어떤 이유에서인지 저분을 뵙고 '보험 TM 전도사'가 되고 싶은 마음이 한가득이다. 가장 기본이 되는 한 가지를 풀어보자면 나만의 '무엇'이 필요하다는 것이다. 누구나 각자의 일에 최선을 다하고 있다고, 열심히 하고 있다고 할 것이다. 그 '열심히'라는 게 어떤 건지 물어보면 이구동성으로 근면하고 성실하다고 한다. 근면함과 성실함은 누구에게나 기본이 되는 소양이다. 이것은 특별할 것이 없다. 나만의 '무엇'이 있을 때 고객은 날 기억하게 될 것이고 그 '무엇'으로 인해 계약이 늘어날 수 있다는 것이다. 그 '무엇'은 각자에게서 찾아야 한다. 남들과 다른 꼼꼼함(고객의 출산일을 기억하고 배냇저고리를 보낸다거나), 예민함(분석하는 능력이 뛰어나고 날카로워서 상품 설계에 신중을 기한다거나), 친절함(말을 정겹게 하거나), 위트 등 그 '무엇' 말이다. 지금껏 생각해 보지 않았다면 반드시 하나씩은 있을 그 '무엇'을 먼저 찾아보자.

나 또한 후배 설계사들의 신입 교육 때 '선배와의 시간'에 초대 된 적이 있다. 신입이 모두 모여 있는 교육장에 상위권에 있는 선배 가 들어가 '어떤 스킬로 상담을 하고 어떤 영업 방식으로 일하니 지 금 수입이 얼마이다.' 정도의 스토리로 한 시간가량 연설한다. 나는 보험에 어떻게 입문을 하게 됐는지, 어떤 일을 하고 있는지, 지금의 연봉은 얼마인지에 대한 원고를 준비하면서 '내가 그동안 정말 열 심히 했구나, 잘했다.'라는 생각에 내심 뿌듯했다. 후배 설계사분들 은 선배와의 시간이 감동적이었다며 다시 강의해 달라고 요청했다. 내가 한 시간가량 풀어놓았던 이야기가 보험 영업에 대한 희망이 되었던 것 같다. 고객과의 통화에도 이렇게 상상할 수 있도록 이야 기를 풀어나가야 한다. 그림을 그리듯 생생한 스토리텔링을 구사하 려면 어떻게 해야 할까? 우선 본인이 사용하는 스크립트의 이해 정 도가 중요하다. 옆에서 상담원이 통화하는 걸 들어보면 나도 이해 가 되지 않을 정도로 띄어 말하기조차 안 되는 경우도 흔히 본다. 말 하고 있는 내가 알아들을 수 있어야 남도 알아들을 수 있다는 것을 꼭 기억하자.

– 운전자 보험에 대해서 설명 하는 경우 –

상담원 : 운전자 보험 안내해 드리려고 연락드렸어요.

고 객 : 자동차 보험 가입했어요~

상담원 : 자동차 보험 말고, 운전자 보험이요!

고 객 : 운전자 보험이 뭔데요?

상담원 : 자동차 보험이 있고요, 운전자 보험이라는 게 있는데 자동차 운전하시면 무조건 가입하셔야 해요.

이런 상담을 한다면 바로 통화는 종료될 것이다.

상담원 : 운전자 보험 안내해 드리려고 연락드렸어요.

고 객 : 자동차 보험 가입했어요~

상담원 : 네 고객님~ 자동차 보험은 자동차 운전하시는 분들이라면 의무가입이니까 당연히 가입하셨을 거고요^^ 저는 운전자 보험 안내해 드리려고 연락 드렸는데요~ 운전자 보험이라는 게 뭐냐면은 ~ 운전을 하시다가 혹시라도 사람을 다치게 하는 인사 사고가 나면 ~~ 일차적으로 자동차 보험에서 '대인'에서 처리를 하고요, 그 사고가 신호위반이나 속도위반 같은 10대 중과실 사고(12대 중과실 - 신호위반, 속도위반, 횡단보도사고, 중앙선 침범, 앞지르기 끼어들기, 인도침범, 승객 추락 방지 의무 위반, 어린이보호구역, 철길 건널목 통과방법 위반, 화물 고정조치위반, 음주사고, 무면허사고이

지만 무면허사고와 음주사고는 운전자 보험에서 보장이 안 되므로 10대 중 과실 사고라고 표현했다.)였고 피해자가 6주 이상 진단을 받았다면 개인 합의를 보셔야 하거든요~ 그런데 합의금은 자동차 보험에서는 보장이 안 되기 때문에 따로 운전자 보험에 가입하셔서 보장을 받는 거세요~ 그래서 자동차 보험에서 보장 안 되는 부분을 운전자 보험에서 보장받기 때문에 보통 자동차 보험이랑 운전자 보험을 짝꿍이라고 생각하고 같이 준비하시는 거세요. 다시 정리해 드리면 자동차 보험은 나 다치는 거, 상대방 다치는 거, 내 차 망가지는 거, 상대방 차 망가지는 거 보장받는 거고요, 운전자 보험은 신호위반이나 속도위반, 중앙선 침범 같은 10대 중과실일 때 상대방이 다쳤고, 6주 이상 진단받으면 개인 합의 보셔야 하는데 그때 합의금이 지급되는 거라고 보면 되는 거세요, 이해되시죠, 고객님? ^^

- 뇌혈관 질환 진단비에 대해서 설명 하는 경우 -

고 객 : 뇌출혈 진단비 있어요.

상담원 : 있으셔도 중복으로 보장되니까 하세요.

이런 설득력 없는 상담을 하는 상담원들이 아직도 너무 많다. 기존의 보장 내용과 어떻게 다른지를 고객이 이해하기 쉽고 간결하면서 머릿속에 생생한 그림을 그릴 수 있도록 하는 것이 중요하다.

고 객: 뇌출혈 진단비 있어요.

상담원: 그럼요 고객님~ 당연히 있으시죠, 없으실까 봐 연락드린 건 아니시고요, 예전에 우리 고객님 준비하신 보장은 뇌출혈 진단비로 준비를 해 두셨잖아요~

고 객: 맞아요, 뇌출혈 진단비를 1억 원이나 준비했어요.

상담원: 네, 준비 잘하셨어요, 고객님~^^ 아무래도 치료비가 많이 들어가는 질병이다 보니까 만약을 대비해서 준비해 두셨을 텐데요. 뇌출혈이라는 건 말 그대로 혈관이 터지는 거예요, 고객님~ 혈관이 터지기 전에 혈관이 막히잖아요? 혈관이 막히고 막히다 결국 혈관이 터지는 건데요, 이 뇌출혈로 진단받을 확률은 뇌 질환 중에 10%가 채 되지 않는다고 하더라고요. 그럼 중요한 게 뭐냐면은~~ 방금 말씀드린 혈관이 막히는 뇌경색까지 보장해 주는 뇌졸중 진단비가 필요하고요, 또 요즘에는 1~2년에 한 번 씩 건강 검진 받잖아요, 고객님~? 그래서 요즘은 조기에 질병들을 빠르게 발견하다 보니까 혈관이 살짝 부풀어 오르는 뇌동맥류 같은 경우도 진단 받는 경우가 많거든요. 그런데 거의 자각 증상이 없으니까 그냥 모르고 지나치는 경우도 흔한데요~~ 이렇게 살짝 부풀어 오르는 뇌동맥류, 혈관이 막히는 뇌경색, 혈관이 터지는 뇌출혈까지 보장이 되는 거고요, '뇌혈관 질환 진단비'는 뇌질환 중에 보장 범위를 가장 넓게 가

져갈 수 있다는 거세요~ 최근에 나온 담보이기 때문에 우리 고객님은 가입된 보장이 없거든요~ 여기까지는 어렵지 않으시죠, 고객님?^^

- 2대 진단 관혈 수술비, 비관혈 수술비 상담하는 경우 -

상담원 : 고객님 ~ 뇌혈관 진단받으시면 천만 원! 허혈성 심장 질환 진단받으셔도 천만 원을 일시금으로 보장해 드릴 거예요~ 이게 끝이 아니고요, 뇌 쪽하고 심장 쪽은 진단을 받게 되면 수술하실 확률이 높잖아요, 그래서 수술하실 때마다 수술비 드릴 건데요~ 칼 대는 관혈 수술하셨다! 그러면 수술비가 백만 원밖에 안 나왔어도 수술하실 때 마다 2천만 원씩 매번 매번 드릴 거고요, 칼 안 대고 간단하게 시술하시는 내시경이나 카테터술 있잖아요, 고객님? 이렇게 피부 절개 없이 시술하는 비관혈 수술하셨다! 그러시면 천만 원씩을 매번 매번 드릴 거예요. 너무 괜찮으시죠?, 고객님?

- 종신 보험과 정기 보험의 개념을 이해 못 하는 경우 -

상담원 : 고객님 종신은 말 그대로, 마칠 종(終), 몸 신(身)! 몸을 마친다… 그러니까 사망할 때 받는 걸 종신 보험이라고 해요~ 사람은 언젠가 한 번은 죽잖아요, 고객님? 언제가 됐든 사망하면 주겠다~~

라는 거기 때문에 보험사에서는 보험금을 반드시 지급해 줘야 하는 상품이다 보니까 보험료가 정기 보험에 비해 비싸요, 그래서 제가 우리 고객님께 권해드린다면~ 정기 보험으로 권해드리고 싶은데요~ 정기 보험은 뭐냐~ 정할 정(定), 기약할 기(期)! 정해진 기간이라는 뜻이거든요? 내가 몇 살 때까지 사망하면 사망자금을 받겠다고 미리 정하는 거예요. 예를 들면 자녀분이 독립하는 시점! 그러니까 자녀분이 20살 되는 시점까지, 아니면 자녀분이 결혼할 때까지, 요즘 결혼 시기가 많이 늦춰지긴 했지만 보통 자녀분이 서른 살 될 때까지로 사망자금을 설계 하겠다고 한다면 그 유족자금으로 결혼자금 마련도 되면서 자녀분이 혼자 살아가는 데 문제 되는 시기는 아니시잖아요? 그래서 보험료는 저렴하지만 자녀분의 독립 전에는 사망자금을 충분히 넣고 설계를 해도 보험료는 굉장히 저렴하게 진행 가능하시거든요~ 이런 식으로 사망자금을 받을 수 있는 기간을 정해서 가입하는 거라고 보시면 되세요~ 이해되시죠, 고객님?

- 치아 보험의 니즈가 없는 고객에게 설명하는 경우 -

상담원 : 고객님~ 우리 고객님 매일 음식 드시고 술, 담배 하시잖아요? 계속 입안에 뭔가가 들어가다 보니까 이런 것들이 충치를 발생시키는 요인들인 거거든요~ 우리 몸에서 유일하게 재생이 안 되

는 부분이 치아라고 해요~ 치아 쪽은 국민건강 보험에서 거의 혜택이 없잖아요, 고객님? 스케일링 같은 경우는 몇 년 전부터 의료보험 혜택이 있다 보니까 내 돈이 1만 원 정도밖에 들어가지 않지만 대부분의 다른 치료는 의료 보험 혜택이 되는 게 거의 없다 보니까 치과에서 한 번 치료하게 되면 치료비가 몇 십만 원에서 몇백만 원, 그 이상도 나오거든요~ 그래서 이런 부담 덜으시라고~ 우리 고객님 충치 치료 인레이로 한 개만 때우셔도 개 당 개 당 20만 원씩 드릴 거고요, 3개 치료하시면 60만 원, 4개 치료하시면 80만 원! 이런 식으로 개수 상관없이 보장받는 내용이다 보니까 고객님들 만족도가 굉장히 높으셨어요~ 제 고객님은 가입하시고 3달 만에 치과 가셔서 전반적인 검진 싹~다 받으시고 레진 치료하시고 인레이 치료하셔서 120만 원 청구하셨어요, 보험료로 내신 건 10만 원 정도 되시는데 120만 원을 보험금으로 받아 가시니까 고맙다고 연신 말씀하시더라고요.

- 치아 보험 20~30대 고객이 임플란트를 요청하는 경우 -

상담원 : 고객님 치아는요~ 처음에 충치를 때우는 것부터 시작하잖아요. 때우다가 때우다가 안 되면 씌우는 거고요, 씌우다 씌우다 안 되면 그다음에 임플란트 가는 거거든요? 그런데 고객님, 저희 엄마가 67세신데, 이번에 씌운 이가 잘 못 되어서 치과 가셨거든요. 임

플란트하면 어쩌나 걱정하면서 가셨는데 다시 씌워도 괜찮다고 하더라고요. 고객님이 원하시면 임플란트 넣어드릴 수 있어요. 그런데 무조건 보험료를 높이는 건 보험사만 좋은 일 시키시는 거지 결코 고객님한테 이득은 아니시라는 거세요. 고객님이 임플란트 넣어달라! 하시면 저는 좋죠~ 그런데 제가 고객님을 계속 관리해 드리는 담당자가 될 텐데, 저는 그렇게는 권해드리고 싶지는 않다는 거세요.

'나는 고객 편이다.'라는 인식을 심어주는 것이다. 이렇게 함으로써 고객도 '설계사가 양심적이네.'라는 생각을 하게 된다. 이때를 놓치지 말고 직, 간접 클로징으로 고객이 어떤 생각을 하고 있는지 관심도는 어떤지를 파악해 보는 것이다. 내 말만 하는 것이 아니라 고객과의 핑퐁을 잊어서는 안 된다.

- 화재 보험 상담하는 경우 -

상담원 : 고객님~ 우리 집에서 불이 나서 남의 집에 피해를 주면 그것까지 싹~ 다 배상을 해줘야 하는 것으로 법이 의무화가 됐어요. 우리 고객님 지금 아파트에 거주하고 있으신데~ 아파트는 여러 사람이 모여 살고 있잖아요, 고객님? 불이 나면 아파트 같은 경우는 이웃집이 역삼각으로 피해를 봐요. 우리 집 기준으로 불이 위로 번

지고요, 아래쪽은 소방차 와서 물대포 쏘면 또 침수 피해를 보잖아요? 그래서 남의 집에 피해줬을 때 10억 원까지 배상 가능한 담보를 넣어드렸고요. 그리고 불이 나면 누구의 잘못으로 불이 났는지 과실 여부를 따져서 나라에 벌금을 내야 하거든요? 그 벌금도 2천만 원까지 넣어드렸어요~ 우리 고객님 지금 아파트 거주하시는데 자가세요, 아니시면 저처럼 임차세요? (전세예요) 그럼 고객님, 부동산 계약서 보셔도 아시겠지만 고객님이 이사하실 때는 지금 사는 집을 원상복구 해야 하는 의무가 있어요. 여기가 내 집도 아닌데 만약에 살다가 불이 나면~ 내가 사는 집은 당연하고요. 남의 집에 피해 준 것도 우리 고객님이 다 보상해 주셔야 하기 때문에 금액이 어마어마하거든요. 화재 보험에서는 억대로 보장이 되는데도 불구하고 월 보험료가 딸랑 만원밖에 안 되기 때문에 부담 없이 내 집을 지킬 수 있어요~ 어렵지 않게 이해되시죠, 고객님?

간혹 거주하는 곳이 자가가 아니라는 것에 민감한 고객이 있다. 이럴 때는 고객에게 '저처럼 임차세요?'라고 말함으로써 고객은 '나도 임차인데 이 사람도 임차구나!'라고 생각하며 편하게 상담을 이어간다.

- 골절 진단비에 치아 파절까지 보장이 된다고 하는 경우 -

상담원 : 오~그래요, 고객님? OO 보험사에 골절 진단비에서 치아 파절까지 보장이 된다는 말씀이세요? 증권도 확인하신 거 맞으시죠?^^ 네~ 그럼 너무 좋은 거예요^^ 대부분 화재 보험사의 골절 진단비에는 치아 파절은 제외되거든요~ 그런데 우리 고객님이 가입하신 골절 진단비에 치아 파절까지 된다고 하시니까~ 그런 상품 찾기 굉장히 어렵거든요~ 우리 고객님은 잘 유지하셨다가 든든하게 보장받으시고요~

고객은 골절 진단비에 치아 파절까지 되는 것을 증권까지 확인했다고 하는데도 불구하고 그런 상품은 없다고 단정 지어 말하는 상담원들이 있다.

상담원 : 고객님, 제가 지금 보험 경력이 10년이 넘어요~ 그런 상품은 없어요~ 그럼 저한테 그 증권 사진 좀 찍어서 좀 보내주세요~

이런 상담은 고객과 소통이 될 수 없고 불통이 되는 원인이다. 내가 알고 있는 상품이 전부가 아니다. 보험 상품은 시시각각 바뀌고 또 내가 몸담은 회사가 아닌 타사의 상품까지 꿰뚫고 있을 수는 없다. 고객의 말을 수용하고 좋은 보장에 잘 가입한 것을 칭찬하고 타사의 좋은 보장을 인정하는 태도가 중요하다. 타사의 상품을 객

관적으로 인정하는 상담사를 고객은 더 신뢰한다. 내가 본 수많은 보험 중 하나의 상품으로 모든 위험으로부터 완벽하게 보장 가능한 상품은 없었다. 타사의 보장을 인정하고 당사의 상품이 으뜸인 이유에 대해서 설명하고 설득하면 되는 것이다.

위에서와같이 고객이 그림을 그릴 수 있도록 보장 내용에 대해 풀어서 설명하면 고객도 보험이 어렵지 않게 느껴지고, 보장 내용을 모두 풀어 설명한 것은 아니지만 핵심 보장을 알고 가입하는 것이므로 나를 믿고 신뢰한다. 반면 상담을 통해 고객의 보험 지식수준이 높다면 장황하게 설명하기보다는 간결하게 설명하여 상담이 지루하지 않도록 해야 한다. 모든 고객에게 똑같은 말을 하는 것이 아니라 고객의 보험 지식수준에 따라 달라져야 한다. 보험 지식이 전무한 고객에게는 샅샅이 낱낱이 보장을 풀어 주어도 재밌게 경청할 수 있지만 많은 보험 지식이 있는 고객에게 샅샅이 낱낱이 보장을 푼다면 고객은 '시간이 아깝다.', '다 아는 내용 들으려니 지루하네.' 등의 생각을 할 것이므로 핵심만 말하는 노하우를 익혀야 한다. 막무가내로 가입해 달라고 앵앵거리며 조르는 그런 설계사가 되지 말자. 한 번은 운 좋게 계약이 성사될 수 있지만 결코 나를 발전시키지는 못한다. 어떻게 설명해야 고객이 이해하기 쉬울지, 고객의 눈높이를 어떻게 맞춰 상담을 풀어나갈지를 계속 고민하고 연구하다 보면 어느 순간 나도 상위자가 되어 있다.

4 강압적인 판매는 고객을 떠나게 한다

"목표는 충분히 높아서 그것이 나를 설레게 하기도 하고,
동시에 두렵게 하기도 해야 한다."

– 밥 프록터 –

21살 때 중저가 스포츠 브랜드 매장에서 판매 아르바이트를 한 적이 있다. 어느 날 매장에서 입고된 제품을 정리하고 있는데 매장 안으로 남녀 커플이 들어오고 있었다. 커플 중 남자분이 환하게 웃으셔서 '나를 아는 사람인가.' 하고 보니 고등학교 때 도넛 판매 아르바이트했을 당시 나를 채용하셨던 사장님이셨다. 우연히 길을 지나다가 내가 매장에서 일하는 걸 보시고 배우자분이랑 신발 한 켤레씩 구매하시려고 들어 오셨다고 했다. 2~3년의 세월이 흐른 후에도 나를 알아보시고 신발까지 구매하러 들어오신 것이다. 정말 감사했다. 그리고 나는 사장님 한 분만 알고 있었지만 사장님으로 인해 배우자분에게도 신발을 판매할 수 있었다. 한 사람의 고객 뒤에

또 다른 고객이 숨어있는 것이다. 나와 인연을 맺은 고객을 어떻게 해야 내 단골로 만들 수 있을지, 충성 고객으로 만들 수 있을지에 대해 많이 고민하고 연구해야 한다. 커피 전문점이 즐비한 거리에 고객들을 내 가게로 유인하려면 어떻게 해야 할까? 다른 매장과 별반 차이 없는 가격과 맛, 뛸 것 없는 평범한 인테리어는 관심을 끌기에 역부족이다. 타 매장에서는 음료 주문 후 받는 쿠폰에 도장 10개를 찍었을 때 무료 음료 1잔을 제공한다면 우리 매장은 도장 9개를 찍었을 때 1잔을 무료로 제공하거나, 커피에 대한 지식이 깊고 넓어 고객이 커피 역사에 대해 물어오면 막힘없이 재미있게 이야기를 풀어간다거나, 쿠폰에 주문자 이름을 쓸 수 있도록 해서 고객의 이름과 얼굴을 매치해서 외우고 다음 방문에는 고객의 이름을 부른다거나, 작은 머랭 쿠키 한 알이라도 서비스로 제공하는 등 타 매장과는 다른 재미가 있어야 내 고객으로, 단골로 만들 수 있을 것이다.

영업직에 종사하다 보면 모두 신규 고객 발굴을 열심히 한다. 한 명의 고객을 계약하기 위해 온갖 노력을 기울이고 정성을 쏟는다. 그러나 계속된 신규 고객 창출에만 열을 올리니 실적은 그 자리에 머물기 일쑤고 영업이 되지 않는 달은 그대로 꼬꾸라지게 된다. 그러기에 고객 관리가 중요하고 그 고객의 가족은 물론 지인까지도 내 고객으로 만들 수 있어야 한다. 저마다 고객 관리하는 방법, 추가 판매하는 방법이 다양하다. 나에게 상품을 가입했다는 것은 고객이 나에게 신뢰를 갖고 무엇인가 매력을 느꼈기 때문일 것이다. 그것은 꼼꼼하고 상세한 상품 설명, 전문성, 밝은 음색, 귀에 거슬리지 않는 편안한 억양 등일 것이다. 그 무엇이 됐건 고객을 내 편으로 만든 것이다. 십여 년 전 나는 컴퓨터를 능수능란하게 다루지 못했기에 탁상달력을 주로 이용해서 고객 관리를 한 적도 있다. 탁상 달력에 증권, 약권 등의 서류를 받을 예상 날짜(계약 후 10일 전, 후), 고객의 배서 요청 건(벌금 등 타사 기가입자로 만기 도래 시 당사에 추가해야 하는 건 등은 전산에도 예약 날짜를 잡아 놓았지만 추가로 탁상 달력에 메모 후 관리), 생일 등을 기록해 놓았다. 메모한 날에는 고객에게 전화나 문자로 소통했고 나를 믿고 가입했기 때문에 계약 후 한 달 이내에는 고객에게 추가 세일즈를 시도한다. 가입 녹취 말미에 다른 상품을 추가 세일즈하는 예도 있고, 가족분의 상품도 함께 준비하길 권하기도 한다. 이 기간은 고객이 나를 믿고 진행한 지 얼마 지나지 않은 따끈따끈(?)한 기간이므로 추가 세일즈에도 고객은 큰 거부감 없이 내 얘기를 듣는다.

첫 번째 방법으로 가입 녹취 말미에 추가 세일즈를 하는 방법이 있다.

"고객님 운전자 보험 든든한 내용으로 녹취가 다 되셨고요, 긴 녹취 하시느라 많이 힘드셨죠~ 고생하셨고요^^ 고객님 한 가지만 말씀드리고 통화 종료해 드릴게요~ 요즘은 컴퓨터 전산이 너무 잘

돼 있잖아요~ 그래서 마우스로 클릭 한 번만 딱 하면 우리 고객님이 어느 보험사에 어떤 보장 내용이 얼마나 가입되어 있는지 싹~ 다 보이거든요~ 우리 고객님께서 조금 전 녹취할 때 제가 전산으로 우리 고객님께서 기존에 어떤 상품에 가입되어있는지 확인해 봐도 된다고 동의해 주셔서 제가 확인해 봤거든요~ 확인해 보니까 우리 고객님 전반적인 보험은 잘 가입돼 있으신데 뇌 쪽하고 심장 쪽 있잖아요, 고객님! 그쪽이 보장이 많이 약하시더라고요, 급성 심근경색이라고 들어 보셨죠? 말 그대로 급성!! 갑자기 오는 거거든요~ 드라마 보면 갑자기 심장 부여잡고 쓰러지는 컷 있잖아요? 그렇게 갑자기 심장을 부여잡고 쓰러지는 게 급성 심근경색인 거고요! 우리 고객님~ 협심증 들어 보셨죠? 협심증은 보통 약만 처방받아 드시면서 일상생활 할 수 있으신 경우가 허다한데 급성 심근경색 진단비로 가입돼 있으면 협심증은 보장이 전혀 안 되거든요~ 그런 협심증까지도 보장받으시려면 어떻게 해야 하냐~~ 허혈성 심장 질환 진단비로 가입하셔야 협심증도 보장받으시고 급성 심근경색도 보장받을 수 있다!라는 거고요. 또 한 가지는 뭐냐면은~~ 뇌 쪽이세요~ 우리 고객님은 뇌출혈로 1억이 가입돼 있으시더라고요. 아쉬운 건~ 뇌출혈로 진단받을 확률이 10% 미만이라고 보시면 되는데~ 그럼 어떻게 하면 되냐~~ 혈관이 막히는 거를 뇌경색! 이라고 하는데 뇌 질환 중에서 뇌경색 진단을 제일 많이 받으시고요, 혈관이 막히다~ 막히다~ 터지는 거 있잖아요, 고객님? 그걸 뇌출혈이라고 하는데~

보통 응급실에 실려 갈 정도 되는 거세요. 그런데 요즘은 건강에 대한 의식이 높아져서 건강검진도 1~2년에 한 번씩 받다 보니까 혈관이 살짝 부푸는 정도 있잖아요? 그걸 뇌동맥류라고 하거든요?~ 그래서 뇌동맥류, 뇌경색, 뇌출혈을 보장해 주는 담보가 '뇌혈관 진단비'예요~ 보장 범위가 가장 넓은 게 뇌혈관 질환 진단비인데 우리 고객님은 이 부분에 구멍이 뚫려 있다고 보시면 되세요, 그래서 이 부분을 메꾸셔야 지금 시기에 가장 많이 진단받으시는 뇌 쪽하고 심장 쪽 질환에 대해서 든든하게 보장 가능하세요~"라고 말하며 2대 진단비를 추가 세일즈한다. 나에게 마음이 열린 상태이므로 또다른 상품을 안내한다고 하더라도 10명 중 7~8명은 거부감이 크게 없다. 고객에게 추가 가입을 권하기 부담스러울 수 있다. 고객에게 경제적인 부담을 주는 건 아닌지, 가입한 계약마저 안 하겠다고 하는 건 아닐지 겁이 나기도 할 것이다. 나의 경우는 추가 판매 시도를 했다고 가입한 상품을 진행하지 않겠다고 한 적은 한 번도 없었다. 추가 안내한 상품은 가입하지 않고 가입 녹취한 상품만 진행하겠다고 하면 바로 포기하지 말고 간단하게 지금 추가로 가입하셔야 하는 이유를 한 번 더 짚는다.

"고객님, 저는 우리 고객님께서 하시든 안 하시든 상관없지만 사실 이제 제가 담당자인데 이런 안내도 안 해줬냐고 혹시나 원망하실까 봐 말씀드렸던 거세요~^^ 그리고 고객님~ 건강 관리하신다고 매일 운동하시고 건강 보조식품 드시고, 좋은 음식 챙겨 드시는 분들도 예외는 아니시더라고요, 그래서 우리 고객님도 지금 제일 발병률이 높은 시기다 보니까 부족한 부분을 메꾸실 수 있도록 말씀드렸던 건데요, 혹시 내용은 괜찮은데 보험료가 부담스러우신 거세요? 만약에 그러신 거면 보장을 반으로 줄이고 보험료 낮추는 방법도 있는데요~"

이렇게 말하며 한 번 더 설득한다.

"고객님~ 오늘도 이렇게 긴 녹취 하시느라 너무 힘드셨을 텐데 다음에 다시 녹취하시면 또 이렇게 긴 녹취를 다시 하셔야 하거든요 ~ 그런데 오늘은 똑같은 내용은 빼고 상이한 내용만 읽어드리면 5분 만에 끝나기 때문에 힘들지 않게 가입해 드릴 수가 있어서, 우리 고객님께 꼭 필요한 보장이기도 하고 짧게 녹취하고 마무리해 드릴 수 있어서 말씀드린 거세요."

가입 녹취스크립트가 워낙 길다 보니 말하는 설계사도 지치고 듣고 있는 고객도 지친다. 추가 안내한 상품이 맘에 드는데 으레 생각해 보겠다고 했던 고객들은 짧게 5분 만에 끝난다는 말에 추가 가입을 바로 선택하시는 분들도 꽤 많다. 이렇게 안내를 했는데도 기존 상품만 진행하겠다고 하면 무리해서 가입을 유도하지는 않는다. 결과적으로는 가입하지 않는다는 것은 같지만 고객이 보장 내용을 알고 가입 안 하는 것과 내용조차 몰라서 가입을 못 하는 것은 하늘과 땅 차이다. 시간이 흐른 뒤 내가 안내한 보장 내용을 홈쇼핑이나 다른 설계사에게 듣고 필요성을 느끼는 때가 올 수 있다. 신계약 진행 후 고객 관리만 잘하고 있었다면 다른 루트를 통해 상품을 안내받은 고객은 그 안내받은 상품 문의를 나에게 할 확률이 높다. 또한 보장 내용을 모르는 상태로 가입을 안 하고 사고가 난 후 보험금이 지급되는 보장이 없다면 담당 설계사의 책임도 있다고 생각한다. 가입할 때는 관리를 잘해 드리겠다고 말하며 가입을 유도하면서 가입 후에는 아무런 정보 안내가 없다면 그것은 관리에 소홀 한 것이고, 추가 계약은 꿈도 못 꿀 일이다. 나는 안내를 할 뿐 선택은 전적으로 고객의 몫이다.

추가 판매하는 두 번째 방법은 신상품이 나왔을 때 그 상품이 필요한 고객만 선별해서 컨택하는 방법이다. 2009년 2월 교통사고처리특례법 제4조 제1항에 대한 위헌 판결이 남에 따라 자동차 종합보험 및 기존 운전자 보험에 가입한 경우에도 '중상해' 사고 시 형사처벌의 대상이 되었다. 따라서 기존에 가입한 운전자 보험의 고객들도 중상해 교통사고에 대한 대비가 필요한 경우였다. 2009년 10월 '중상해 교통사고 처리지원금' 담보가 신설되었다. 즉 중상해란 일반 교통사고로 형법 258조 제1항 또는 제2항의 중상해를 입혀

검찰에 의해 공소제기되거나 자동차손해배상보장법 시행령 제3조에서 정한 상해급수 1급, 2급 또는 3급에 해당하는 부상을 입힌 경우 1사고 당 피해자가 실제로 지급한 형사합의금을 중상해 교통사고 처리지원금으로 피보험자에게 지급해야 한다는 약관이 신설된 것이다. 10대 중과실(음주, 무면허는 보상에서 제외)로 인한 교통사고 시 형사 건으로 진행되면 운전자 보험에서 보장이 가능했지만 법이 개정된 것이기 때문에 빠르게 바뀐 내용에 대해서 기계약자분들께 안내해야 하는 문제였다. 나는 운전자 보험에 가입한 나의 기계약자 모두에게 전화를 걸어 변경된 법에 대해 샅샅이, 낱낱이 안내했다.

"고객님, 잘 지내시죠? 운전자 보험 진행해 드린 담당자 이루다예요~ 오랜만에 연락 드렸어요^^ 고객님~ 어제 뉴스 보셨어요? 뉴스 보시고 연락하신 분들이 계셨는데 연락 안 주신 분들은 아직 뉴스 접하지 못하신 것 같아서 한 분 한 분 제가 연락드리고 있어요 ~ 이번에 나라에서 법이 바뀐 부분이 있어서 그 내용 안내해 드리고 있는데요~ 일전에 진행해 드린 운전자 보험 있으시잖아요, 고객님? 기존에 진행하신 운전자 보험은요~ 우리 고객님께서 운전하시다가 중앙선 침범하시거나 신호 위반하시거나 이런 10대 중과실로 인해서 형사 합의 건으로 진행됐을 때 상대방이 6주 이상 진단 나왔다! 그러면~ 가입하신 운전자 보험에서 보장받는 내용으로 진행된 거 기억하시죠? 그런데 이번에 법이 바뀐 게~ 이제는 고객님이 운전하실 때 10대 중과실 사고가 아니어도, 고객님 과실이 없어도 상대방이 중상해를 입으면 무조건 개인 합의를 봐야 한다고 법이 바뀌었어요~ 그래서 얼마 전에 어떤 일이 있었느냐면요, 저희 회사에 자동차 보험 가입하신 트럭 운전자분이 계셨는데요, 트럭 몰고 밤에 후진하다가 할머니가 계신 걸 못 보시고 할머니를 치셨거든요~ 그러면서 할머니 다리 위로 바퀴가 올라가면서 할머니가 다리를 심하게 다치셨는데 결국 다리가 절단되는 사고가 난 거예요! 예전에는 이런 경우에 자동차 보험에서 '대인'이라는 담보에서 보장이 됐었는데 이제는 자동차 보험은 당연하고 추가로 개인적으로 합의를 봐야 한다~~라고 법이 바뀐 거예요~ 여기까지는 어렵지 않게 이해되시죠, 고객님? ^^ 그래서 우리 고객님께서 지금 안내받으신 '중상해'까지 보장을 받으시려면 '중상해 교통사고 처리지원금'이란 보장을 추가로 넣으시면 보장이 가능하신데요, 나라에서 법이 바뀐 거니까 당연히 추가로 보장을 넣으셔야 하는데요, 고객님?"

기존 계약에서는 구멍 뚫린 부분이 있다는 안내를 받은 대부분의 고객은 운전자 보험을 추가로 가입했다. 그달에 나는 가장 많은 운전자 보험을 판매했고 지점장님이 따로 불러 어떻게 이렇게 많이 판매했냐고 노하우를 묻기도 하셨다. 간단하다. 처음 나를 믿고 가입한 고객에게 성심성의껏 관리해 드리겠다고 약속을 했기 때문에 그 약속을 이행했던 것뿐이다. 첫 계약을 진행했을 때부터 꾸준한 관리가 된 상태이므로 고객들은 거부감이 없었고 나를 믿고 추가 가입을 진행한 것이다. 법이 바뀌는 경우는 회사에서 나서서 광고하지 않아도, 내가 안내하지 않아도 사회적 이슈로 고객들이 이미 인지하고 있는 내용이므로 기계약자에게 추가 안내 함으로써 실적을 올릴 기회가 저절로 굴러들어 온 것이다. 고객 관리를 안 하는 설계사는 언젠가, 어떤 상품으로, 추가 계약을 진행할지 모를 가망 고객을 스스로 놓치는 셈인 것이다. 평소 고객 관리에 소홀한 설계 사들은 이런 큰 이슈에도 고객 관리가 안 돼 있으니 기계약자에게 전화하는 자체를 부담스러워하고, 결국 안내조차 못 하는 설계사들을 꽤 많이 봤다. 안타까운 일이다. 꾸준한 관리를 받은 나의 고객은 혹여라도 다른 설계사로부터 추가적인 상품 안내를 받았다 해도 안내받은 상품의 필요성을 느낄 때는 나에게 가입하고자 전화를 하는 경우도 빈번하다.

고 객 : 루다씨, 지금 다른 보험회사에서 전화 왔는데~ 운전자 보험에서 바뀐 게 있다고 하면서 얘기하던데 그게 뭐예요? 필요한 거면 루다씨한테 가입해야지~

이루다 : 그렇지 않아도 지금 한 분 한 분 전화하고 있었는데 먼저 전화 주셨네요~^^ 감사해요, 고객님^^ 그게 뭐냐면은~~~

평소 고객 관리를 해 온 설계사는 자연스럽고 편안한 화법으로 세일즈가 가능하다. 첫 계약을 하기 위해 얼마나 많은 예약을 잡고 얼마나 많은 컨택을 했었는지 생각해 봐야 한다. 고객에게 잊히지 않는 담당자가 되려면 고객에게 늘 관심을 기울이고 꾸준한 고객 관리는 필수다. 첫 계약을 하고 열흘 안에 증권, 약관 등의 서류를 잘 받았는지 확인 전화를 한다. 이것이 고객 관리의 시작이다.

"고객님, 일주일 전에 OOO 보험 가입 진행해 드린 이루다예요~ 증권, 약관 서류 잘 받아 보셨나~ 하고 연락드렸는데 잠깐 통화 괜찮으시죠, 고객님? ^^ 고객님, 서류는 잘 도착했죠? 어떻게 좀 살펴보셨어요?(아니요) ^^ 고객님 바쁘셔도 우리 고객님이 보장받으시는 거니까 꼭 한번 살펴보시고요, 보시면 제가 말씀드렸던 내용 그대로이실 텐데요. 간단하게 요약해 드리면 딱 두 가지죠~ 첫 번째는 개수, 소재 제한 없이 보장받는다는 거고요, 두 번째는 가입하신 O월 O일부터 시작돼서 90일 이후에, 그러니까 91일째부터는 감액 없이 약관에 정해진 금액 그대로, 가입 금액 100%를 보장받는다!!라는 게 포인트고요^^ 치아 깨지거나 금가는 상해 있잖아요, 고객님~ 상해는 가입하신 O월 O일부터 바로 보장되는 거예요^^ 고객님께서 서류 검토해 보시고 궁금하신 점 있으시면 언제든지 연락해 주시면 되시고요, 저도 또 연락드릴게요, 고객님^^"

자연스럽게 증권, 약관 서류를 매개로 자연스럽게 고객 관리를 시작하는 것이다. 그리고 남들이 보내는 신상품 안내 문자와 같은 식상한 문자는 되도록 보내지 말고 다른 설계사들의 관심이 뜸한 어느 날 문득 고객이 생각나서 보내는 안부 문자, 관심이 뜸한 절기에 보내는 문자, 이벤트 문자 등을 활용하면 내 문자에 고객들도 '관리받고 있구나.', '나를 기억하고 있구나.'라고 느낀다. 고객을 단골, 충성 고객으로 만들려면 타 설계사들과 다른 차별화된 문자나 이벤트 등을 활용한다. 고객 관리라는 것은 한두 번 전화하고 끝나는 것이 아니라 지속적인 관리가 중요하다. 보험이라는 것이 혹시 모를 사고에 대비해서 가입하는 상품이므로 고객이 가입할 상품을 고객의 현 상황에 맞게 설계 및 상담 할 수 있도록 전문성을 갖출 때 신뢰도가 높아지며 추가 계약, 소개 건이 창출된다. 또 신상품 출시된 경우는 뉴스레터를 이용하거나 문자 등을 활용한다. 처음 보험을 시작했을 때는 탁상 달력을 활용해서 고객 관리를 했는데 지금은 간편하게 핸드폰 고객 관리 앱을 사용하면 된다. 보험을 처음 시작한 십여 년 전에는 가입 고객에게 서류 작업(증권, 약관, 상품 설명서, 청약서(고객 보관용) 등을 파일로 정리하는 작업을 하며 목욕 용품(샴푸와 바스 세트)이나 책에 감사의 마음을 전하는 메모와 함께 포장한 후 택배 발송을 했었다. 지금은 모바일로 선물을 보낼 수 있기 때문에 간단한 검색으로 감사의 뜻을 표할 수 있다. 영업하는 우리에게는 참으로 고마운 환경이 된 것 같다.

　　고객과 길게 상담할수록 '나만의 가망 고객'으로 예약을 잡고 통화 시도를 한다. 그런데 첫 통화 이후로 통화가 안 되는 경우도 있다. 보통 이럴 때 조바심이 나서 예약한 시간부터 5분 간격으로 전화를 하는 상담원도 있다. 5분마다 전화를 한다면 어떤 느낌이 드는가? '나 말고 통화할 고객이 없는 한가한 설계사인가 보다.', '배려할 줄 모르네. 이렇게 통화가 안 되면 사정이 있나 보다라고 하고 내일 전화를 주든가 해야지. 참 생각 없는 설계사네.'라며 안 좋은 이미지를 갖게 되는 것이다. 연애할 때도 밀고 당기는 기술이 필요하듯 영업도 똑같다. 고객이 한 번 튕기면 나도 한 번 튕기는 것이다. '이 좋은 상품에 가입하지 않으면 고객이 손해지, 내가 손해인가'라는 마음으로 텀을 주는 것이다. 그리고 임의로 다음 예약을 잡는다. 오전에 예약된 고객이 부재라면 오후에 재시도해 보고, 오후에도 통화가 안 됐다면 하루건너 다시 시도해 보는 것이다. 가입할 의사는 있는데 통화할 사정이 여의치 않아 연결이 안 된 것일 수 있으니 조급해하지 말자. 스토커처럼 하루에 열 번, 스무 번 전화하지 말자. 조바심을 내서는 안 된다. 고객이 나를 편하게 느낄 수 있도록 고객을 내버려 두는 여유도 있어야 한다. 첫 콜에 무조건 가입을 성사시켜야 한다는 강박에 무리한 클로징을 함으로써 고객도 설계사도 부담을 느낄 때가 있다. 그런 강박에서 벗어날 때 대화가 부드럽고 자연스러워진다. 나의 상담에 신뢰를 느껴 가입하려고 했던 사람도 강압적인 태도로 돌변한다면 고객은 저 멀리 도망가게 되어있다.

첫 발, 두 발, 세 발, 백 발, 만 발

"당신이 다른 비즈니스맨과는 차별화된 어떤 것을 상징하고 있는가를
고객에게 인식시켜라."
– 하워드 슐츠(스타벅스 회장)–

'괜스레 힘든 날 턱없이 전화해 말없이 울어도 오래 들어주던 너. 늘 곁에 있으니 모르고 지냈어. 고맙고 미안한 마음들… 시간은 흐르고 모든 게 변해도 그대로 있어 준 친구여…너와 마주 앉아서 두 손을 맞잡으면 두려운 세상도 내 발아래 있잖니… 눈빛만 보아도 널 알아 어느 곳에 있어도 다른 삶을 살아도 언제나 나에게 위로가 돼준 너… 늘 푸른 나무처럼 항상 변하지 않을 널 얻은 이 세상 그걸로 충분해 내 삶이 하나이듯 친구도 하나야…' 안재욱의 친구 가사다. 중학교 때부터 지금까지 20년 이상을 함께 서로에게 일어나는 시시콜콜한 얘기를 함께 나누는 친구가 있다. Y는 대학을 졸업하고 H 호텔 사무직에 10여 년 동안 근무하다가 결혼 후 육아에 전

념하느라 사회와 단절됐었다. Y는 육아로 인한 경력 단절을 깨고 최근 L 전자 정수기 점검 및 렌털 매니저로 입사했다. 유치원에 다니는 어린 아들을 키우다 보니 시간을 자유롭게 활용할 수 있는 업무를 선택한 것이다. 입사하고 한 달이 조금 지났을 때쯤 Y와의 통화 내용이다.

친 구 : 싫으면 싫다고 말해도 괜찮아.

이루다 : 어? 무슨 말이야?

친 구 : 지금 기획으로 8백 대 한정, 공기청정기 나왔거든~ 이거 할래?

이루다 : 몇 평짜리인데?

친 구 : 18평.

이루다 : 우리 집 평수랑 안 맞잖아?

친 구 : 우리 집이 32평이잖아? 그런데 이거 쓰는데 괜찮아.

이루다 : … 필터 교체는 어떻게 하는 거야?

친 구 : 나는 3개월마다 하는데 내 친구는 6개월마다 하는데 괜찮다고 하더라고.

이루다 : 한 달에 얼마야?

친 구 : 한 달에 3만 원 조금 안 돼.

이루다 : 제휴 할인은?

친 구 : 어, 모르겠는데. 잠깐만 한번 알아볼게~

집에 공기청정기가 있었지만, 때마침 하나 더 사려고 했던 참이었고 또 친구가 권하니 실적에 보탬을 주고 싶기도 했다. 그런데 이 대화를 보면 영업사원이 누구인지 헷갈릴 수도 있을 것 같다. 지인 영업을 할 때도 프로다운 영업을 해야 한다. "싫으면 싫다고 해도 괜찮아."라고 해서 무슨 말인지 한참을 생각했다. 말을 들어보니 생애 처음으로 해 본 상품 판매이고, 첫 스타트로 친구에게 영업하니 어색하고 부끄러웠던 것이다. 절대 그러지 않아도 된다. 상품을 말하고 있는 지인에게 필요한 상품일 수도 있고 때마침 그 상품을 검색하고 있을 수도 있다. 판매하고자 하는 상품을 정확하게 어필하는 프로다움이 있어야 한다. 그러기 위해서는 상품의 특징, 필터 교체 주기, 타사 상품과의 비교를 통한 장점 및 단점, 제휴 카드 할인 등에 대해서 상세하게 설명할 수 있어야 한다.

친 구 : 이번에 우리 회사에 공기청정기 기획으로 8백 대 한정, 특가로 나온 게 있어, 혹시 필요하면 너 먼저 챙겨 주려고 전화했지~ 너희 딸 아토피도 조금 있어서 걱정 많이 했잖아~

이루다 : 오~! 고마워. 역시 친구가 좋네^^ 우리 집 평수에 맞는 거야? 특가면 얼마야?

친 구 : 응, 한 달에 OO 원인데 너 OO 카드 있어? 그 카드 있으면 제휴 할인해서 한 달에 OO 원으로 가능한데, 선택할 수 있는 거는~ 3개월마다 필터 교체하면 OO 원, 6개월마다 필터 교체하면 OO 원

으로 가능해. 보통 6개월까지도 필터는 사용할 수 있어서 6개월마다 교체하는 고객들이 훨씬 많아~

더 프로답지 않은가? 나는 제휴 할인 카드가 없었고 마침 근무하는 센터 1층에 W 은행이 있어서 다음 날 할인을 받기 위해 제휴 카드를 만들기로 했다. 출근길에 W 은행으로 갔다. 은행원에게 제휴 카드 발급 문의를 했더니 창구에서 발급이 안 되는 카드이고 제휴 카드 고객센터(W 카드 고객센터에서는 발급 불가)나 앱을 통해 발급할 수 있다고 했다. 허탕을 친 것이다. 제휴 카드 고객센터 전화번호를 메모하고 은행에서 나왔다. 처음 영업하는 친구에게 어떤 방법으로 영업해야 하는지 알려 주고 싶었다. 나야 근무지 1층에 W 은행이 있어 크게 불편함은 없었지만 제휴 카드를 만들고자 먼 길을 갔던 고객이라면 말이 달라진다. 영업은 개시됐고 Y에게 도움이 됐으면 하는 마음으로 조언했다. 평소에도 Y는 나를 많이 신뢰하는 친구였기에 내 조언에 정말 고마워했다.

"Y야~ 제휴 카드 발급은 W 은행으로 가도 만들 수가 없고 W 카드 콜센터로 전화를 해도 발급이 안 되더라고~ 제휴 카드 콜센터가 따로 있는데 연락처가 (****-****)니까 고객님들 은행 갔다가 허탕 치는 일 없도록 안내 잘해드리고, 카드 받으면 L 전자 고객센터로 전화해서 카드 등록까지 마무리해야 할인받을 수 있어~ 참고해~^^"

고객이 상품을 받은 후 사후 처리를 어떻게 하는지도 알려 주었다. 주문한 상품이 배송지에 언제 도착하는지 실시간으로 확인하고 (물론 고객에게 따로 문자 발송이 되기도 한다.) 상품 배송 전날 고객에게 문자 한 통 넣는 것이다. '고객님, 만족으로 보답 드리는 L 전자 Y 매니저입니다. 기다리시는 OO 상품 내일 받아 보실 겁니다. ^^ 내일부터 우리 고객님과 가족분들 모두 깨끗한 공기, 맛있는 물 드실 생각하니 제가 다 기분이 좋습니다. ^^ 다시 찾아뵙겠습니다.'라고 짧게 문자를 보내고 상품 배송이 완료되면 고객에게 전화하는 것이다. 배송 완료 문자를 받은 당일에 전화하는 것도 괜찮고 사용 1주일 정도 후 전화해도 괜찮다. 제품 사용 후기에 대해서 여쭙고 간단한 사용 방법 등에 관한 확인 정도로 진행하면 될 것 같다고 얘기해 주었다.

Y는 얼마 뒤 이런 얘기를 했다.

친구 : 내가 하는 일이 너무 하찮은 것 같아. 남의 집에 가서 필터 교체하고… 자존감이 떨어져~

이루다 : 치과 의사 선생님들은 입 청소하는 거 아니니?

그리고 Y에게 얘기해 주었다.

"Y야~ 무엇보다 네가 하는 일이 가치 있다고 생각하고, 네가 지금 고객에게 도움을 주는 일을 하고 있다는 마인드 세팅이 가장 중요해. 그래야 고객의 집에 방문할 때도 당당하고 활기차게 네 일을 할 수 있는 거야. 너는 지금 고객들의 건강을 책임지는 중요한 일을 하는 사람이잖아~"

정말 그렇다. 정수기의 필터를 사용하는 것은 물에 포함된 불순물을 걸러주기 위함이고, 공기 청정기 또한 자연 환경적인(미세먼지가 폐에 영향을 주는 형태 등)문제를 가져오기 때문에 이제는 각 가정마다 필수 아이템이 되었다. 이렇게 건강을 관리하는 중요한 업무를 하고 있는 것이다. 무슨 일이든 내가 하는 일이 가치 없다고, 하찮다고 정의 내리는 순간 희망이 없다. 나의 직업에 대한, 일에 대한 가치를 어떻게 정의하느냐에 따라서 나의 태도가 달라진다. 정주영 회장은 이런 말을 남겼다.

"무슨 일이든 할 수 있다고 생각하는 사람이 해내는 법이다. 의심하면 의심하는 만큼밖에는 못 하고, 할 수 없다고 생각하면 할 수 없다."
"된다고 해도 될까 말까 할 일을 안 된다고 하면 무조건 안 되는 거지!"
"시련이란 뛰어넘으라고 있는 것이지 걸려 엎어지라고 있는 것이 아니다."

나의 일에 대한 정의를 바로 정립하는 것부터 시작해 보자.

2000년대 초반 출간된 〈어머니 저는 해냈어요〉 저자 김규환 명장은 세계 최초로 '정밀가공을 위한 온도치수 보정표'를 만든 인물이다. 이는 초정밀 가공 분야의 핵심 기술이자 각종 금속의 온도에 따른 미세한 변화를 계량화한 함수표이며 정밀가공 분야의 한 획을 그을만한 엄청난 일을 일군 것이다. 초등학교를 중퇴한 그가 16세 때 신문에 '대우 가족을 찾습니다.'라는 기능공 모집 광고를 보고 지원했으나 기능공이 아닌 사환으로 입사하게 된다. 오전 8시까지 출근하면 됐지만, 그는 매일 아침 5시에 출근해서 마당을 쓸었다고 한다.

　　사장 : 왜 이렇게 일찍 출근해서 마당을 쓰는가?
　　명장 : 7시까지 마당을 쓸어야 출근하는 사람들 기분이 좋지 않겠어요?

　　사장은 다음 날 바로 김규환 명장을 사환에서 기능 사원 보조공으로 발령을 냈다고 한다. 그 후로도 2년 동안 김규환 명장은 새벽 5시에 출근했다. 그리고 새벽마다 기계 청소를 했다고 한다. 사장이 다시 물었다.

　　사장 : 왜 새벽마다 기계를 돌리는가?
　　명장 : 6시부터 2시간 동안 기계를 돌리면 워밍업이 되니까 8시부터 제품이 바로 나오지만, 8시부터 기계를 돌리면 10시는 돼야 제

품이 나오지 않습니까.

사장 : 훌륭하구먼.

그리고 바로 기능 사원 보조공에서 기능공으로 발령이 났다고
한다. 기술이 없는 상태로 기능공으로 발령 난 상황이었고 기능사
자격증 시험을 9번이나 실패하고서야 합격했다고 한다. 9전 10기
의 근성. 16세에 사환으로 입사해서 명장이 되기까지 25년이란 시
간이 걸렸다고 한다. 그는 말한다. 준비하는 자는 반드시 기회가 온
다고. 준비하는 사람만이 이기는 사람이라고 말이다.

어떤 일이든 첫발을 내딛기가 어렵지 두 발, 세 발을 떼고 나면
그 다음부터는 수월하다. 물이 가득 채워진 컵에 한 방울의 물만 떨
어트려도 물은 컵 밖으로 흐르게 되어있다. 우리도 무슨 일을 할 때
그 일에 대한 지식과 경험으로 나를 가득 채워야 한다. 그러면 흘러
넘치게 되어있다. 그러기 위해서는 포기하지 않고 끝까지 물고 늘
어지는 악바리 정신이 필요하다. 남들에게 인정받으려고 하는 것이
아니라 나에게 인정받는 것이 진정한 성공이다.

내가 하는 일에 자부심을 느끼고, 남들과 다른 영업 전략을 세우
고 나아가자. 첫발이 두 발, 세 발이 되고 백 발, 만 발이 되는 그날까
지. 성공은 어느새 내 것이 되어 있을 것이다. '나는 이 회사에서 뼈

를 묻을 거야.'라고 생각하지 말자. 평생직장은 없다. 최고가 되면 움직이는 것이다. 더 높은 곳을 향해!

제 5장

IMPOSSIBLE?
I'M POSSIBLE!

1 열정의 온도가 소득을 결정한다

"돈은 좇을수록 손에 쥐기 힘들어진다."
– 마이크 테이텀 –

연봉이 오르고 보험을 공부할수록 그리고 나를 믿고 가입하는 고객이 보상을 받고 고마워하는 횟수가 늘어날수록 '보험 설계사', 'RC(Risk consultant)'라는 타이틀이 너무 좋았다. 보장성 보험은 경제적으로 여유 있는 고객이라면 크게 관심이 없다. 이때 "고객님, 경제적으로 여유도 있으시고, 그 위치에 있으신데 큰 보험 하나 가입해 주세요."라고 할 것이 아니라 고객의 상황을 파악하고 손주분들을 위한 비과세 저축 상품 정도로 추천을 한다(상속을 위한 상속세 재원으로 활용하기 위한 종신 보험을 추천하는 것도 괜찮다). 경제적으로 여유 있는 고객들은 큰 보험 하나 가입하라고 권하는 설계사들은 많이 만나지만 진정으로 고객 입장에서 유리한 비과세 저축이나 상속세 재원으로 설계하고 상담하는 설계사를 많이 만나 보지 못했으므로 이런 상담을 굉장히 신선하게 느낀다. 그리고 그들로부터 같은 위치에 있는 고객들의 소개 건이 많이 발생한다.

한 가정의 큰 이벤트(대학 입학을 앞둔 자녀, 결혼을 앞둔 자녀, 퇴직을 앞둔 경우 등)를 앞둔 고객이라면 무리하게 보험료를 설계하면 안 된다. 고객의 상황을 고려하지 않고 고객을 돈으로 보고 당장의 수수료에 목말라 보장이란 보장은 다 넣고 고액의 보험료로 계약을 하면 몇 달 유지를 할 수 있을지 모르나 결국 보험료가 부담스러워 장기적으로 유지 못 하고 해지하는 고객들이 비일비재하다. 보험을 장기간 유지하고 보장받는 고객만이 나의 충성 고객이 되고 나를 전적으로 믿는 충성 고객이 돼야 추가 상품 판매 시에도 거부감 없이 진행된다. 고객의 현 상황에 맞는 설계를 하는 것이 포인트다. 직장생활 하는 가장이라면 유고 시에 가족들의 안정적인 생활을 위해 연봉의 3배 정도의 사망자금을 준비할 수 있도록 설계를 하고(보험료를 부담스러워하는 고객이라면 정기 보험으로 권한다), 가족력이 있어 암 진단비를 높게 가입하길 원하지만 보험료 납입을 부담스러워하는 고객이라면 납입 기간을 최대한 길게 설계하거나 상황에 따라 갱신형으로 추천하기도 한다. 많은 설계사가 고객이 월급 받는 직장인이라면 월수입의 7~10% 정도 수준에서 보험 가입을 권하는 편이다. 그렇지만 경제 활동을 하는 모든 사람의 상황이 똑같지 않기 때문에 천편일률적으로 7~10%의 보험료 지출이 적당하다고 말하기에는 무리가 있다.

50대 초반, 홀로 외동딸을 키우시는 가장 분과 상담한 사례다.

고 객 : 둘째가 고3인데 내가 이제 50대 초반이고 내가 아프면 애들한테 짐이 되니 보험을 좀 가입하려고요. 보험은 하나도 없고, 월수입은 250만 원 정도 되는데 어떻게 보험에 가입하면 되나요? 가족력이 있어서 암 보험이랑 종신 보험도 하나 가입하려고요.

이루다 : 네 고객님~ 무슨 말씀인지 잘 알겠고요.^^ 그러시면 월 보험료를 어느 정도 지출하실 계획이신 거세요?

고 객 : 60만 원이요~

이루다 : 아~ 60만 원이요? 그러시면 따님 이 고3인데 학원은 안 다니나 봐요?

고 객 : 아니에요, 학원비도 50만 원씩 나가요.

이루다 : 고객님~ 그러면 학원비랑 보험료만 해도 110만 원인데, 보험료로 지출되는 비용을 너무 많이 계획하신 것 같으세요~ 이렇게 한꺼번에 많은 보험료를 지출하시게 되면 보험 유지가 어려우시기 때문에 정말 필요하신 보험을 먼저 준비하시고요, 그리고 여유 자금이 생기시면 조금씩 보장을 늘려 가시는 게 좋으세요. 그래서 우리 고객님은 의료 실비 보험이랑 운전자 보험, 암 보험 이렇게 준비하시고요, 종신보험 대신 정기 보험으로 준비하시는 게 현재 상황에서는 좋으실 것 같으세요~(의료 실비 보험 : 2만 원대, 운전자 보

험 : 2만 원대, 암 보험 : 8만 원대, 종신 보험 대신 정기 보험은 다이 렉트 상품으로 권해드렸다.)

고 객 : 내가 상황 얘기를 똑같이 하고 지금 세 번째 문의하는 건데, 다른 상담원들은 60만 원을 넘겨서 설계서를 보낸 상담원도 있는 데 이렇게 내 상황에 맞게 상담해 주니까 믿을 만하네요. 설계사님 께 꼭 가입할 테니까 설계서 메일로 좀 보내 주시고 내일 이 시간에 다시 좀 전화 주세요~

그리고 다음 날 약속하신 대로 내게 보험에 가입하셨고 인터넷 활용이 미숙해서 다이렉트 정기 보험 상품 가입이 어렵다고 하셨 다. 나는 고객의 신분증(고객 정보는 철저하게 관리해야 하므로 계약이 마무 리되면 반드시 고객 정보를 삭제해야 한다.)을 모바일로 전송받아 다이렉 트 정기 상품을 인터넷을 통해 직접 가입해 드렸다. 다이렉트로 보 험에 가입할 때는 본인 인증 절차가 있어서 고객이 인증 번호를 받 으면 나에게 알려 주어야 한다. 고객이 인터넷과 핸드폰에 익숙하 지 않으셔서 여러 차례 인증 문자를 보내고서야 인증번호를 받을 수 있었다. 그렇게 다이렉트 정기보험까지 가입해 드렸고 고객은 좋은 설계사님 만나서 기분이 좋고 귀찮았을 텐데 상냥하게 상담해 줘서 고맙다고 하셨다. 정기 보험은 나에게 가입한 것이 아니기 때 문에 나에게 지급되는 수수료는 1원 한 장 없다. 하지만 이런 과정 을 거치고 나면 나의 충성 고객이 되어있다.

한번은 VOC(Voice Of Customer)가 접수된 적이 있다. 출근했는데 센터장님이 "루다야, VOC 접수됐다."라고 하셨는데 내용은 오전 미팅 시간에 말씀하시겠다고 하셨다. 보통 VOC라고 하면 고객 불만 사항이 접수되는 경우가 많다. 불만을 가질 고객이 전혀 감이 잡히지 않았다. 그 상태로 미팅이 시작되었고 센터장님이 나의 VOC 사례를 공유해 주셨다.

처음에 여성분을 운전자 보험에 가입해 드렸고, 그 다음에 여성분의 소개로 남자친구분을 운전자 보험에 가입해 드렸는데 그 남성분이 VOC를 올리신 거였다. 남자친구분이 운전자 보험에 가입할 당시 자동차 보험 만기일을 확인해 보니 곧 자동차 보험 만기가 도래하는 날이었다. 그래서 고객이 묻지 않았지만, 운전자 보험 계약 마무리 단계에서 자연스럽게 자동차 보험 견적을 가볍게 말씀드리고 메일로 제안서를 넣었다. 그 후 자동차 보험 제안서를 확인 하시고 2차 통화에서 자동차 보험도 계약하셨다. 자동차 보험 재가입을 생각하고 있는 와중에 설계사가 먼저 자동차 보험까지 상담해 주고 메일로 제안서까지 넣는 시스템이 감동적이었고 처음부터 끝까지 너무 친절했다는 내용이었다. VOC에 칭찬 글이 올라왔다는 것을 말하려는 것이 아니다. 중요한 것은 칭찬 글이 아니라 업무적인 부분을 얘기하려고 하는 것이다. 고객이 물어올 때까지 자동차 보험 만기를 확인했음에도 불구하고 일언반구 없는 설계사도 있을 것이고, 운전자 보험 하나 가입했으니 됐다는 생각으로 일을 하는 설계사들도 있을 것이다. 어떤 마음으로 상담을 하는지 고객은 마음으로 느낀다. 고객과의 감정 교류가 중요하다. 자동차 보험의 만기가 도래하면 고객은 직접 여러 곳의 보험사에 전화를 걸어 견적서를 받아 봐야 하는 번거로움이 있을 것이고(자동차 비교사이트에서 한 번에 견적을 받기도 한다.) 혹시라도 교통사고가 발생 했을 때 자동차 보험과 운전자 보험의 보상 청구를 한 회사에 한다면 보상 청구도, 보험금 지급도 훨씬 편하고 빠르게 처리가 가능하다. 보험 상담을 할 때는 '내가 고객이라면?'으로 시작해서 상담하고 설계하면 그것이 곧 계약으로 연결되는 경우가 많다. 대면 설계사분들은 궁금해한다.

"고객과 만나지도 않고 어떻게 전화 통화로만 보험을 팔아요?"

열 살 많은 사촌 언니가 사촌 형부를 처음 만난 건 기독교인들이 모이는 인터넷 카페라고 했다. 만나기까지 6개월 정도 시간이 걸렸는데 만나기 전 인터넷 채팅과 전화 통화로만 서로를 알아 갔다고 한다. 만났을 때 그동안 생각했던 것과 크게 다르지 않다고 했다. 채팅과 통화, 서로 주고받은 대화로 가치관 등을 파악했던 것이고, 만난 지 몇 개월 되지 않아 결혼까지 하게 됐다.

우리가 하는 일도 똑같다. 대면하지 않지만 고객이 원하는 내용을 잘 파악하고 원하는 설계를 제시하고 상담할 때 마음이 통하는 것이다. 그 신뢰를 바탕으로 계약이 성사되는 것이다. TM 업무를 하면 좋은 것들이 있다. 내 부스가 내 사업장인 것이다. 내가 사장이 되는 것이고 내 사업장을 내가 키워 가는 것이다. 사장인 나는 내 사업장(부스)에서 고객 유치 영업을 하는데도 임대료를 지불하지 않는다. 내가 발로 뛰지 않아도 고객을 내 영업장으로 보내준다(DB 유입). 아무리 일찍 출근해서 전기 스위치를 올리고 온종일 일을 한다고 해도 전기료를 내란 말도 없고 하루에 한 번씩 청소까지 해 준다. 더우면 에어컨 아래서 추우면 따뜻한 난방이 되는 환경에서 회사의 무한한 지원을 받으며 일할 수 있다.

같이 근무했던, 꽃처럼 예쁜 동료는 꼭 하루에 한 송이의 꽃을 사 와 본인의 책상 위 화병에 꽂았다. 그분은 꽃을 보면 기분이 좋아서 매일 아침 꽃을 사 온다고 했다. 이렇게 내 사업장을 나만의 취향대로 꾸미는 것이다. 그리고 나는 오로지 내 사업장에 들른 고객에게 어떻게 물건을 팔지, 어떻게 내 단골로 만들지, 다른 손님을 어떻게 데리고 오게 할지만 생각하면 된다. 그저 회사에서 제공하는 DB로 고객의 상황을 파악한 후 고객에게 적합한 상품을 권하고 정성껏 상담하며 계약을 체결하면 되는 것이다. 내 사업장이기 때문에 주의를 기울여야 할 것들도 있다. 고객 정보는 꼼꼼하게 관리해야 한다. 특히 고객의 성명, 주민등록번호, 주소, 고객의 병력 등이 적혀있는 종이는 파쇄해야 하고, 재상담이 필요하다면 반드시 고객의 정보가 적힌 종이는 서랍에 넣고 시건장치를 해 두어야 한다.

우리는 고객과 대면하지는 않지만 고객이 내 앞에 있다는 마음으로, 고객이 매장으로 걸어 들어왔다는 느낌으로 깔끔하고 정돈된 모습으로 나를 가꿔야 한다. 간혹 전화 업무라고 동네 마트 가는 차림으로 머리도 부스스하게 질끈 묶고 출근하는 설계사도 있고 술을 거하게 한 다음 날은 세수도 못 하고 출근했다며 자랑스럽게(?) 말하는 설계사들도 있다. 간혹 영업 TM을 왜 하냐고 물으면 일반 직장인보다 편해서라고 말하는 사람들이 있다. 편해서 영업을 한다? 콜센터는 몸을 쓰는 일은 아니지만 감정을 쓰는 일이다. 의미 있고 가치 있는 감정 노동을 하는 일이다. 전화상으로 사람을 만나는 일이다 보니 스트레스가 없다고 할 수는 없을 것이다. 그러나 비중으로 따져보자면 그 스트레스보다 의미 있는 것들, 나에게 주어지는 보상이 뒤따르기 때문에 장기 근속하는 설계사들이 많은 것이다. 무엇보다 체력 비축을 위한 시간 안배와 스트레스를 극복할 수 있는 해소법, 그리고 감정 근육을 탄탄히 할 수 있도록 스스로 단련해야 한다. 단지 편해서 콜센터에서 일한다는 준비되지 않은 마음가짐으로는 고객을 내 편으로 만들 수 없고, 내 편이 안 되니 계약을 할 수도 없다. 계약을 못 하니 돈이 따라 올 리 만무하다. 또한 이런 자세는 같이 근무하는 동료들의 격을 떨어뜨리며 고객에 대한 예의도 아니라고 생각한다. 비록 고객과 대면하지 않지만 나의 복장과 헤어, 메이크업이 깔끔하게 차려져 있어야 한다. 나는 프로이고, 전문가이므로 자신을 돌봐야 한다. 그리고 어느 정도의 긴장감은 업무 능률을 높인다. '친절하고 상냥하고 버티기만 하면 고객이 날 알아봐 주겠지.'라는 안일한 생각으로 아무런 준비 없이 말 그대로 버티는 사람들이 많다. 준비되지 않고 버티기만 하는 이런 설계사를 알아봐 줄 고객은 결코 없다.

나는 한 칸의 내 부스가 내 사업장이라 생각하고 일해 왔다. 회사에서 정해 놓은 출근 시간 말고, 내 사업장의 오픈 시간을 내가 정해서 고객을 맞이할 준비를 미리 하고, 매출을 올리려면 어떻게 해야 할지, 고객 관리는 어떻게 해야 할지, 막힘없는 상담을 하려면 어떻게 해야 할지, 신상품이 출시되면 어떤 포인트로 판매해야 할지, 기존 상품과 어떤 부분이 다른지 파악하고 한 상품의 설계를 다른 형태로 설계하기를 반복하다 보니 입사한 지 2년 차 만에 나의 연봉은 1억 원 가량의 수준이었다.

그리고 이때쯤 관리자 제안도 받았다. '보험'의 '보' 자도 모르고 시작한 생 초자 보험 설계사가 오로지 본인의 열정만으로 짧은 시간에 빠르게 성장했다. 모두 다 이런 결과를 만들 수 있다. 오로지 열정만으로.

2 / 누가 뭐래도 keep going

"성공의 커다란 비결은 결코 지치지 않는 인간으로
인생을 살아나가는 것이다."
– 알버트 슈바이처 –

고등학교 1학년 때 급훈을 아직도 기억한다. '예의 바르고, 정직하며, 늘 겸손하자.'

왼쪽 맨 앞줄에 앉은 친구부터 일어나 '예의 바르고, 정직하며, 늘 겸손하자.'를 선창하면 앉아 있는 급우들이 후창하는 방식인데, 조회 시간에 한 번, 종례 시간에 한 번, 하루에 두 번을 일 년 동안 반복했으니 잊는다는 게 더 신기하다. 담임 선생님도 우리들이 살아가면서 예의와 정직, 겸손을 마음에 새기고 그렇게 살라고 아침, 저녁으로 반복하게 하셨을 것이다. 역시 반복의 힘은 강력하다. 20년이 훌쩍 지난 세월 동안 기억을 하고 있으니 말이다.

‘연봉 1억 찍자.’라는 마음으로 영업 TM으로 이직했지만 처음에는 단지 ‘적어도 250만 원은 벌자.’였다. 20대 후반의 젊은 나이였지만 면접 보기 전 면접 진행자가 250만 원은 벌 수 있다고 했으니까 ‘아무런 액션을 취하지 않아도 250만 원은 받겠지.’라는 어리석은 생각은 하지 않았다. 성과를 내기 위해서는 실력을 향상해야한다는 기본 중의 기본은 알고 있었다. 그래서 입사 첫 달부터 상품 공부와 스크립트 정비를 게을리하지 않았다. 첫 달 마감 후 내 통장에 들어온 월급은 170만 원 정도였고, 3차 월 때 ‘적어도 250만 원은 벌자.’고 했던 목표에 도달했다. 목표를 달성하니 기분이 좋았고 더 열심히 하고 싶은 욕구가 솟구쳤다. 그때 선배 언니가 나를 위한다는 어투로 한마디 한다.

“루다야, 너 왜 이렇게 늦게 들어왔어. 언니가 보니까 너 정말 잘하는데 보험 시장 끝났어. 돈 벌 사람들은 다 돈 벌고 나갔어.”

본인들은 그 끝난 시장에서 일하고 돈을 벌고 있으면서 뭐가 두렵고 무서운 건지 신입사원들이 들어오면 보험 시장에 대해 부정적인 말들을 쏟아낸다. 참 안타까운 일이다. 나는 아랑곳하지 않고 다음 목표를 향해 묵묵히 걸어갔다. 성과는 점점 좋아졌다. 내가 입사한 콜센터에서는 상위자들만 모아 놓고 회의를 했다. 저 회의실 안에서는 무슨 말이 오가는지 너무 궁금했고, 나도 꼭 상위에 랭크돼서 회의에 참석하고 싶었다. 250만 원의 관문을 통과는 했지만 걸음마를 뗀 수준이었으므로 한 번에 상위권으로 점핑한다는 건 무리였다. 그래서 다음 목표는 '월급 5백만 원'이었다. 그리고 월급 5백만 원 받는 날 나에게 예쁜 선물을 해 주고 싶었다. 나는 메모지에 목표를 적어 계약 노트 안쪽에 붙여 놓고 수시로 보며 반드시 해내리라는 각오로 목표를 하루에도 몇 번씩 되뇌었다.

1. 매일 감사한 일 찾기.
2. 불평불만 갖지 않기.
3. 월급 5백만 원 달성.

6차 월에 내 월급은 450만 원 정도였다. 너무 기뻤고, 센터장님도 실장님도 동기 언니도 나만큼 기뻐해 주셨다. 이제 곧 5백만 원이 내 통장에 들어올 것 같았다. 그때부터 나는 행복한 고민을 했다. '통장에 5백만 원 찍히는 날, 나에게 무슨 선물을 할까.' 생각만 해도 기분이 좋았다. 그리고 메모지에 추가로 하나 더 적었다.

'월급 5백만 원 받는 날은 루이까** 토트백 사는 날! 다음 달은 루이까** 토트백 사는 달!'

좀 더 속도를 내서 걸어보고 싶었다. 50만 원만 더, 50만 원만 더. 목표를 달성하기 위해 선배의 콜을 들어 보고 상담 내용이 이해되지 않으면 메모한 뒤 음료수 한 병을 사 들고 그 선배에게 찾아갔다. 본인 콜을 남들이 듣는다는 것을 알면 참 부담스럽고 부끄럽기도 하다. 그렇기 때문에 궁금한 부분이 있을 때는 정중한 태도로 조언을 구했고, 짧은 시간이라도 도움을 준 것에, 상담 스킬을 나눠 준 것에 고마워하며 음료수 한 병을 꼭 드렸다. 보험에 처음 입문하고 '교통상해사망'과 '대중교통상해사망'의 범위도 몰라 헤맬 때 동기 언니는 늘 퇴근 후 나에게 전화를 했다.

"루다야, 오늘은 뭐 어려운 거 없었어?"

나는 고객과 상담하면서 느꼈던 것들, 설계하면서 궁금했던 것들을 낱낱이 물어봤다. 매일 30분 이상 통화를 하며 조곤조곤 설명해 주었다. 이 어려운 보험 시장에 조금 더 빠르게 적응할 수 있었던 건 동기 언니의 도움이 한몫했다.

중국의 알리바바 마윈 회장은 가난한 사람들의 공통점이 있다고 말하고 있다. 가난한 사람들은 희망이 없는 친구들에게 의견 듣는 것을 좋아하고, 전통적인 비즈니스라고 하면 어렵다고 하고, 새로운 비즈니스 모델이라고 하면 다단계라고 하고, 상점을 같이 운영하자고 하면 자유가 없다고 하고, 새로운 사업을 시작하자고 하면 전문가가 없다고 한다고. 자유를 주면 함정이라 얘기하고, 작은 비즈니스라 얘기하면 돈을 별로 못 번다고 얘기하고, 큰 비즈니스라고 얘기하면 돈이 없다고 하고, 새로운 것을 시도하자면 경험이 없다고 한다면서 세상에서 가장 같이 일하기 힘든 사람들은 가난한 사람들이라고 말하고 있다. 마윈 회장의 말에 동감한다.

어디에나 부정적으로 사고하는 사람들이 있다. 첫 직장을 콜 영업으로 시작하는 경우는 거의 없다. 각자의 전공 분야에서 일하다 여러 가지 이유로 찾게 되는 곳이 콜센터인 경우가 대부분이다. 특히 영업 조직이 그렇다. 여러 부류의 사람이 모이는 곳이기에 나 스스로 중심을 바로잡는 것이 무엇보다 중요하다. 그리고 긍정적인 사람을 옆에 두는 것은 최고의 선물이다. 영업이라는 특성상 말도 많이 하고 듣기도 많이 해야 하므로 에너지 소모가 상당하다. 그런데 부정적인 사람이 옆에 있다면 일에 집중도가 떨어지는 것은 물론이고 내 에너지를 갉아먹기 때문에 철저하게 차단해야 한다. 늘 어려워하는 부분을 긁어 주던 동기 언니와 상품 공부를 반복한 결과, 입문 9차 월에 수수료가 630만 원이 넘었다. 유후~ 내가 해냈다. 목표를 이뤘으니 나에게 줄 선물을 고르기 위해 백화점으로 갔다. 그리고 나에게 그동안 수고 많았고, 대견하다고 칭찬해 주며 루이까** 토트백을 선물로 주었다. 그리고 앞으로 더 나아가자고 나를 격려해 주었다. 체력이 좋아졌으니 슬슬 달려볼까.

이제 나의 목표는 상위자들만 모아 놓고 진행하는 회의에 참석하는 것이다. 이제 목표는 상위권 진입이다. 그때 결심한 것이 1일 1콜 듣고 그대로 따라 쓰기였다. 그전까지는 요약해서 단어 위주로 정리(단어만 써 놓으니 실전에서 활용하기가 어려웠다.)하기였다면 이제는 토씨 하나 틀리지 않고 똑같이 쓰기로 했다. 하루에 한 콜 듣고 쓰기는 시간이 꽤 오래 걸렸다. 1일 1콜을 위해 출근 시간을 6시 30분으로 정했고 바로 실행에 옮겼다. 9시가 출근 시간이라면 8시 30분부터는 직원들이 한 명씩 출근하고 몇 명만 모여도 소음 때문에 콜이 들리지도 않고 집중할 수도 없다. 더는 이어폰을 귀에 꽂고 있는 것이 의미가 없다. 따라서 아침에 콜을 들으려면 내 경험상 출근 시간보다 2시간 30분은 먼저 출근해야 2시간은 콜을 듣고 30분은 업무 준비를 하며 하루의 스케줄을 세우는 시간을 가질 수 있었다.

1일 1콜을 위해 집에서 6시에는 문을 열고 나와야 했다. 새벽공기가 참 시원했다. 그 이른 시간에 전철을 탔는데 이동하는 사람들이 많았다. 작업복을 입으신 분들도 있었고 학생들도 눈에 띄었다. 그 이른 시간에 전철을 타니 뭔가 열심히 하는 듯한 기분이었고 목표가 곧 이루어질 것만 같았다. 센터에 도착해서 불을 켰다. 자리에 앉아 꼭 회의에 참석하겠다고 다짐하고 컴퓨터를 켰다. 이제 나에게 맞는 콜을 찾기 위해 무작위로 콜을 듣기 시작했다. '1등을 하는 사람의 콜이 무조건 좋다.' 이런 건 없다. 나의 이상과 성향에 맞는 콜을 찾는 것이 중요하다. 나는 내 수당에 중점을 두기보다 고객의 현재 형편과 상황에 맞는 보험 설계를 하고 싶었다. 그렇게 한 콜 한 콜 듣는데 내 성향에 맞는 콜을 찾았다. 억양이나 음색은 나와 전혀 달랐지만 상관없었다. 나는 상담 스킬만 그대로 카피하면 되는 것이다. 열 명의 고객과 통화를 하면 한 분 한 분의 현재 상황이나 형편이 다르기 때문에 상담 내용도 설계 내용도 달라야 하는데 똑같은 말만 감정 없이 앵무새처럼 조잘거리는 상담원들이 있다. 나는 그런 무미건조하고 의미 없는 상담은 하고 싶지 않았다. 또 그렇게 상담을 하면 일이 재미가 없다. 내 성향에 맞는 콜을 찾은 그 날부터 그 선배는 나의 롤 모델이 되었고 먼저 앞서간 선배가 있다는 것 자체가 감사했다.

나는 바로 콜을 들으며 토씨 하나 틀리지 않게 워드로 타이핑을 했다. 그 콜은 고객과 감정 교류를 하며 고객과 마주 앉아 얘기하듯 조곤조곤 차분하고 상세하게 상담하는 콜이었다. 콜을 다 듣고 스크립트를 완성하고 보니 목표에 도달하기까지 그리 오래 걸릴 것 같지 않았다. 그리고 중간중간 다른 동료들의 콜을 들어 보면 상담내용이 전반적으로 귀에 꽂히는 게 없이 그냥 흘러가는 내용이었다. 귀에 꽂히는 것도 없는데 고객은 어떻게 계약을 한 것일까? 스토리텔링이 됐든, 보험료가 됐든, 보험사(나)의 브랜드 네임이 됐든, 고객에게 꽂히는 한 가지만 있으면 계약이 성사된다. 주로 나의 롤 모델인 선배의 콜을 들었지만 가끔 다른 상담원의 콜을 들을 때는 내가 미처 알지 못한 내용이나 활용하기에 좋은 스토리텔링은 내 것으로 만들어 활용하기도 했다. 콜을 듣다 주옥같은 멘트를 듣게 되면 보물을 찾은 듯 너무 기뻤다. 매일 콜을 듣고 작성된 스크립트가 늘어날수록 상담 스킬도 좋아지고 체결률은 자연히 높아졌다. 매일 콜을 듣는다는 게 말처럼 쉽지는 않다. 콜 듣기가 힘들 때는 며칠 쉬어가길 권하고 싶다. 다이어트할 때도 먹으면 안 된다는 강박에 우울증이 오고 폭식이 와서 요요현상이 일어나는 것처럼 매일 콜 듣는 것이 힘들어 지칠 때는 잠시 쉬어 가야 한다. 노력보다 결과물이 없는 것 같고, 늦는 것 같아도 반복하다 보면 능숙해지고 전문가가 되는 것이다. 내 성향에 맞는 롤 모델을 찾았다면 꾸준히 6개월만 집중적으로 콜을 듣고 그대로 따라 써 보면 실력이 금방 올라갈 것이다. 6개월만 몰입하면 이런 고객의 유형일 때는 어떻게 응대를 해야 한다는 나만의 '고객 응대 설명서'가 정리가 될 것이다. 그러면 어떤 유형의 고객 전화를 받아도 자연스럽게 응대할 수 있는 실력이 쌓이고 그때는 콜 듣는 것을 잠시 쉬면서 고객 관리는 어떻게 하는지, 문자는 어떻게 활용하는지 등의 스킬을 쌓으면 된다. '나도 전문가가 되겠다, 높은 연봉을 받겠다.' 결심하고 선택했다면 배우자에게 6개월만 업무에 집중할 수 있도록 협조를 구하고 싱글 맘, 싱글 대디라면 가정으로 방문 가능한 돌봄 선생님께 부탁하거나 그것도 여의치 않다면 콜을 녹음해서 아이들이 모두 잠자는 시간에 집중해서 콜을 듣는 방법도 있을 것이다. 싱글이라면 누구의 도움도 동의도 필요 없이 스스로 결정하고 실행하면 된다. 오늘이 내가 목표를 세운 곳을 향해 걸어가는 가장 젊은 날이다. 훗날을 위해 좌우로 흔들리지 말고, 포기하지 말고, 올곧게 목표를 향해 무조건 킵고잉(keep going) 하자.

콜 터치 수도, 콜 타임도 평균 이상인데 체결률이 저조하다면 밑빠진 독에 물 붓고 있는 건 아닌지 점검해 봐야 한다. 회사에서 일괄적으로 나눠주는 스크립트만 감정 없이 앵무새처럼 읽고만 있는 건 아닌지, 억양이나 음색이 고객이 듣기에 불편한 건 아닌지, 상품 인지가 미숙한 건 아닌지 등 구멍 뚫린 부분을 찾아 구멍을 메꿔야 한다. 전래동화 '콩쥐팥쥐'를 잘 알고 있을 것이다. 어느 날 마을에 잔치가 열렸는데 새어머니는 콩쥐에게 물독에 물을 가득 채우고 잔치에 오라고 한다. 콩쥐는 물독에 열심히 물을 부어 보지만 물독에는 물이 채워지지 않는다. 이때 두꺼비가 나타나 깨진 물독을 막아 주면서 물독에 물을 가득 채울 수 있었다. 얼마 전 센터 내에서 대화도 몇 번 하지 않았던 선배 언니가 나에게 와서 물어본다.

"루다야, 어떻게 하면 계약을 너처럼 잘할 수 있는 거니?"

후배나 동기 같은 경우에는 허심탄회하게 말해 주는 편이지만 보험 경력도 많고 나이도 7살이나 많은 언니였기 때문에 쉽게 말하기가 어려웠다. 나는 독자 여러분께 그 팁을 드리려고 한다. 어떻게 하면 콜을 잘할 수 있는지, 어떻게 하면 계약을 많이 할 수 있는지 말이다.

뚫린 구멍을 메꿔야 한다. 뚫린 구멍을 메꿀 수 있는 가장 간단한 방법은 바로 콜 듣고 따라 쓰기다. 콜을 들음으로써 상품 공부도 되고, 어떤 상황일 때 어떻게 설계를 했는지 힌트를 얻을 수 있으며 상담 스킬을 쌓아갈 수 있다. 콜 듣고 따라 쓸 때 몇몇 단어만 적는 것은 내 경험으로 비추어 볼 때 아무런 도움이 되지 않는다. 콜을 듣는다는 것은 각양각색의 고객 응대법에 대한 콜의 흐름을 익혀가는 과정이다. 토씨 하나 틀리지 않고 똑같이 쓰는 것이 포인트다. 콜 하나 듣고 스크립트 하나 완성했다고 만족할 것이 아니라 여러 번 반복해서 콜을 듣고 내 입에 맞게 스크립트를 정비하는 작업이 반복될수록 진정 내 것으로 흡수된다. 청약된 콜만 듣는 것보다 청약이 되지 않은 콜도 들어보고 왜 청약이 되지 않은 것인지 나라면 어떤 반론으로 계약을 유도했을지를 생각해 보고, 또 계약이 성사되기까지 여러 콜이 진행된 건이라면 계약 콜만 듣는 것이 아니라 첫 콜부터 마지막 계약 콜까지 모두 다 들어보는 것이 좋다. 이렇게 꾸준히 콜을 듣고 상담 스킬을 몸에 익히는 작업을 반복한 결과 입사 1년 차 만에 직전 회사 연봉의 2배 이상을 받으면서 상위권에 진입하게 되었다. 이제 나도 회의에 참석 할 수 있게 되었다.

목표를 이루기 위해 한 것은 명확한 목표를 메모지에 적는 일이었다. 목표를 세우고 메모를 한다는 것은 굉장히 중요하다. 목표를 적고, 보는 과정이 반복되면서 잠재의식에 내가 생각하는 목표가 심어지는 것이다. 콩 심은 데 콩 나고 팥 심은 데 팥 난다고 하지 않는가. 땅에 씨를 뿌리면 그에 합당한 결과물을 수확할 수 있다. 그것이 자연의 법칙이고 순리이다. 잠재의식이 '땅'이라면 내 생각, 내 의식이 '씨'인 것이다. 바라는 것에 집중하고 목표가 달성될 것을 믿고 실행하면 된다. 실행하라고 하면 무엇을 어떻게 실행하라는 것인지 막연하다. 그럼 실행을 어떻게 해야 하는지 그것까지 아낌없이 퍼 주겠다. 먼저 콜을 듣고 스크립트 정비를 하고, DB 관리를 섬세하게 한다. DB 터치를 성별과 연령, 직군 등에 따라 상담 시간대를 언제로 진행할 때 효율이 높은지 분석해 본다. 고객과 여러 차례 상담 후 고객이 가입을 안 하겠다는 의사를 밝히면 그동안 공들인 것이 한 번에 무너져 내린다. 이때 전화를 끊고 DB 결괏값을 '거절'로 처리하면 안 된다.

"고객님, 보장 내용이 너무 좋아서 진행 안 하시면 손해세요~ 제가 며칠 뒤 다시 연락드릴 테니까 다시 한번 생각해 보세요~"
"고객님~ 이거 안 하시기엔 너무 아까운 보장이세요~ 제가 캠페인 종료 전에 다시 한번 전화 드려 볼게요~"

다시 전화한다는 메시지를 전달한 후 통화를 종료하고 DB 결괏값을 '예약'으로 잡은 뒤 꼭 다시 전화한다. '또 거절할 것 같아.'라고

지레짐작하지 말자. 고객이 마음이 바뀌어 계약하려고 전화를 기다리고 있을지도 모른다.

"고객님~ 얼마 전에 연락드렸던 OOO 보험 이루다예요~ 잘 지내셨죠? ^^ 고객님, 제가 아무리 생각해 봐도 이거 놓치시는 건 너무 아까우세요! 그래서 마지막으로 다시 연락 드렸어요~"

고객도 나의 정성에 감동해서 계약으로 진행되는 예도 있다. 여러 차례 상담이 진행된 경우에 이런 방법을 활용하는 것이지 거절한 고객을 무작위로 재터치 하다가는 시간과 에너지만 소모되는 일이 될 수 있으니 DB 관리를 섬세하게 하자. 또 성별이나 직군 등에 따라 어떤 스토리텔링으로 진행할지 등 고객과 통화 전 미리 생각해 보는 것이다. 이렇게 업무 시작 전 하루의 계획을 세우고 DB를 훑어보는 것만으로도 체계적으로 일을 할 수 있다.

3 / IMPOSSIBLE? I'M POSSIBLE!

"회사 안에서 너 자신을 뛰어넘는 사람을 발견했다면,
인재가 될 수 있는 방법을 발견한 것이다"
– 마윈 –

우리는 어려서부터 부모님께, 선생님께, 친구에게 칭찬과 인정을 갈구하며 살아왔다. 그것이 성인이 된 지금 가정에서는 배우자에게 직장에서는 상사에게 인정과 칭찬을 갈구한다. 우리는 성인이다. 나의 행동에 내가 책임을 지면 그만이다. 남에게 칭찬을 받기 위해 하는 행동들은 크게 의미가 없다. 상담 센터에서는 기본적으로 콜 타임과 실적을 중요시한다. 콜 타임을 맞추라고 하면 눈치 보며 가짜 콜을 만들어 낸다. 실적을 맞추라고 하니까 본인 계약, 지인 계약을 밀어 넣기 바쁘다. 이런 잘못된 습관은 내 커리어에 좋은 영향을 미치지 못하며 악순환의 연속이다. 나 스스로 내 일에 대한 자부심을 느끼고 전문성을 갖고 업무에 임한다면 절대 가짜 콜을 만들어 내거나 본인 계약, 지인 계약을 밀어 넣는 일이 없을 것이다. 내 브랜드의 가치는 내가 만드는 것이다.

유튜브에서 어떤 설계사의 인터뷰를 보고 깜짝 놀랐다. 보험 영업한 지 4년이 됐지만 아직도 담보의 보장 내용을 잊어버려서 고객이 보장 내용을 물어보면 바로 답변해 주기가 어렵다는 것이다. 보험 영업 4년 차에 이런 말을 한다는 것만 봐도 이분의 실적을 유추해 볼 수 있다(실제로 월급이 2백만 원 언저리라고 했다). 이분은 지금껏 보험 영업을 하면서 벌어들인 것보다 대출이 훨씬 많다고 했다. 우리의 생활을 돌이켜 보면 숨 쉴 때마다 지출되는 생활비, 식비, 교통비, 아파트 대출비, 자동차 대출비, 여가비 등등 많기도 많다. 이 많은 비용을 충당하려면 지출 비용보다 수입이 많아야 플러스 인생이 되는데 영업이 잘 안 되니 영끌(영혼까지 끌어모아)해서 빚을 지게 되는 것이다. 영업인이라면 이런 어둠의 굴레에서 벗어나야 한다. 영업인이라면 대기업 과장 연봉 이상은 충분히 받을 수 있다. 그것은 나의 노력 여하에 따라 쉽게 도달할 수 있는 성과이다.(수수료 체계가 잘 잡혀 있고, 탄탄한 회사를 찾는 것도 중요하다.)

고객의 위험을 대비해 상품을 설계한 설계사가 보장 내용도 모르면서 설계를 한다는 것, 보장 내용을 알았지만 어떻게 보장되는지를 잊어버린다는 이런 어이없는 말을 고객들이 들으면 설계사들 모두 주먹구구식으로 영업한다고 생각할까 봐 속상한 마음이 한가득이었다. 보장 내용도 모르면서 고객에게 보험을 판매하는 행위

자체가 나를 믿고 가입한 고객에 대한 기만이라고 생각한다. 나는 내 고객에게 저런 무책임한 설계사는 되지 말아야겠다는 다짐을 하게 됐다. 이런 설계사라면 기본급을 받는 것도 부끄러워해야 한다고 생각한다. 기본급을 받는 것도 아는 지식에 비해, 고객을 대하는 정성에 비해 많다고 생각한다.

예전에 보험을 한다고 하면 설계사에 대한 인식이 좋지 않았다. 지인 계약이나 밀어 넣고 기존 계약을 해지시키고 새로운 보험에 재가입시키는 설계사들이 많았기 때문이다. 그런데 이제 주먹구구식으로 영업하는 시대는 끝났다. 준비되지 않은 상태로 영업을 하면 오래 못 한다. 영업으로 돈 벌기도 힘들다. 유유상종, 끼리끼리 모인다는 말들을 한다. 내가 영업을 하다 보니 상위 그룹에 있는 사람들은 상위 그룹에 있는 사람들끼리 모이고, 하위 그룹에 있는 사람들은 하위 그룹에 있는 사람들끼리 모인다. 그렇기 때문에 하위 그룹에 있는 사람들은 나와 다른 상위 그룹에 있는 사람들이 못마땅하다. 그들이 어떤 영업 방식을 취하고 있는지 배우려 하지도, 알고 싶어 하지도 않는다. 본인과 다른 그들의 뒷말을 하느라 시간 가는 줄 모르고 시기, 질투의 감정으로 에너지가 이미 바닥이다. 상위자들은 모두 사기꾼이라는 인식도 있다(내가 봐온 상위자들은 대부분 정직하고 상품 지식이 풍부했다). 좋은 기운을 내는 좋은 에너지를 자기 계발에 집중하고 쏟아부어야 한다.

처음에 입사할 때는 모두의 목표가 월 천만 원, 연봉 일억이다.

그런데 그 목표를 이루기 위해서 무엇을 하고 있는지 뒤돌아봐야 한다. 공부 자체를 즐기면 성적이 오르는 건 당연하다. 월 천만 원, 연봉 일억이 희망 사항이라면 그에 맞는 과정이 있어야 한다. 과정이 없으면 결과도 없다. 상위권자들을 부러워만 하지 말고 뭔가를 계속 시도하고 나만의 방식을 찾아가는 과정이 필요하다. 내가 좋아하는 말, '애씀'. 애를 쓰다 보면 무엇이든 결과가 있다. 아무것도 하지 않으면 아무런 변화가 없다. 언제나 어디에서나 비교 대상은 남이 아닌 나 자신이다. 나의 경쟁 상대는 어제의 나이다. 남과 비교하는 습관 때문에 좌절하고 시기, 질투로 에너지를 소비하게 된다. 긍정 에너지를 발산해야 긍정에너지가 내 안에 흡수되는 간단하고도 간단한 이 원리를 사람들은 알지 못하는 듯하다.

월 천만 원, 연봉 일억이 목표였으나 막상 일해보니 월 2백만 원만 받아도 감사하다고 말하는 동료를 본 적도 있다. 영업해 보니 생각과 다르게 어렵고 월 천만 원을 번다는 건 '난 사람'만 된다고 생각을 굳혀버리는 것이다. 그러면서 목표는 점점 낮아진다. 월 오백만 원, 월 삼백만 원, 월 이백만 원…. 누구나 할 수 있는 목표는 목표가 아니다. 포털 사이트에 '목표'를 검색해 봤다. 사전적 의미는 '도달해야 할 곳을 목적으로 삼음, 행동을 취하여 이루려는 최후의 대상.'이라고 쓰여 있다. 누구나 할 수 있는 낮은 목표는 목표가 아니다. 내가 할 수 있는 기량을 최대한 끌어올려야 한다. 그리고 부족한 부분은 롤 모델을 그대로 보고 따라 하며 내 것으로 만드는 작업이 동반될 때 내가 원하는 그 자리에 서 있을 것이다. 동네 가까운 산 정상에 올랐다고 대서특필하지는 않는다. 산악인 엄홍길 대장은 2007년 히말라야 8000m급 16좌 완등에 성공했다. 이는 세계 최초로 기록한 업적이며 이 기록을 세웠을 때 신문사마다 대서특필했다. 이 업적을 이루기까지의 과정을 감히 몇 글자로 형용할 수 있을까 싶다.

누구나 하는 그 성실함보다 더 나아가야 한다. 누구나 맞추는 콜 타임에서 조금 더 나아가야 한다. 누구나 하는 멘트에서 조금 더 나아가야 한다. 조금만 남들과 차별을 두는 것이다. 영업을 잘하면 '쟤 사기 치는 거 아니야?', '쟤 과장하는 거 아니야?', '쟤 상품도 모르면서 막 파는 거 아니야?' 등의 시샘하는 소리가 나오기 시작한다. 그들은 영업으로 성과를 내지 못했기 때문에 정직하고, 보험 지식도 폭넓으며 고객과 소통하며 월 천만 원을 받을 수 있다는 것을 모른다. 그러면서 '나는 정직하게 보험을 파니까 수입이 적은 건 당연해.'라며 자기 합리화에 만족하며 보험 영업 5~6년 차에도 1~2백만 원대 월급에 만족해한다. 그리고 상위자들을 시샘하기까지 한다. '목소리가 너무 커서 방해가 된다.', '네가 계약 녹취를 너무 많이 읽어서 기 빨려서 계약을 못 하겠다.', 비아냥거리는 말투로 '일에 욕심이 엄청 많네.' 등의 이야기를 들으며 감정을 흔든다. 그들이 원하는 것이 그것이다. 멘탈이 흔들려서 일을 못하게 되는 것. 본인의 기준에 맞춰 하향 평준화시키려는 것이다. 나를 흔들려고 하는 주변 환경을 철저하게 차단하는 연습을 해야 한다. 나를 시기, 질투하는 사람이 있다는 것은 내가 발전하고 있다는 것이고 잘하고 있다는 것이다. 그들을 가엽게 여기고 축복해 주어야 한다. 한계선을 넘은 시기, 질투의 감정을 내비칠 때는 버럭 화가 나기도 하지만 다시 평정심을 찾고 그들을 측은하게 여겨야 한다. 사랑과 인정을 받지 못하고 성장한 사람들의 특징이다. 영업은 서로 경쟁을 해서 이기는 게임이 아니라 각자의 사업이므로 각자의 부스 안에서 내 실적을 계속 갱신해 가면 되는 것이다. 시기와 질투 대신 상위권자들을 연구해 보는 편이 나를 위해서도 낫다. 내가 할 일에 집중하다 보면 기회는 오게 마련이다. 공부하고 노력하고 실행하는 사람은 기회가 왔을 때 기회인 줄 알고 그 기회를 놓치지 않지만, 아무런 준비가 되어있지 않은 사람은 기회인 것조차 모르고 흘려보낸다. 지치지 않고 꾸준히 할 수 있도록 체력과 시간 안배를 하는 것, 긍정 에너지를 발산하고 흡수하는 것, 멘탈이 붕괴했을 때 힐링하는 것 등이 나를 곧 상위자로 올려놓을 밑거름이다.

동기 중에 보험을 처음 시작하는 신입이 입사했다. 동기이기도 하고 열심히 콜하지만, 계약이 없어 안타까운 마음이 있었다. 나는 퇴근길 항상 L과 함께 이야기를 나누며 오늘은 어려운 게 없었는지 물어봤다. 입사하고 한 달 영업을 했는데 계약이 하나밖에 없었고 열심히는 한다고 했지만 늘 도입에서 전화가 끊어지니 일할 맛이 안 난다고 했다. L은 말을 잘하는 편이었고 보험 설계사인 친구의 권유로 보험 일을 시작하게 됐다고 했다. 고객에게 전화하면 그냥 가입할 줄 알았는데 생각이랑 다르게 본인 말을 안 들어 준다는 것이다. 한 달 내내 계약 한 건이 전부니 지칠 대로 지친 것이었다. 그리고는 스스로 "나는 안 되나 봐."라며 한계선을 긋고 있었다. 한계선을 긋는 순간 안 되는 것이다. 본인 스스로 안 된다고 했는데 될 턱이 없다. 옆에서 듣고 있으면 차분하게 콜 진행을 잘하지만 귀에 꽂히는 게 없이 말이 그냥 흘러갔다. 뭐가 문제인가 얘기를 해 보니 도입에서 발음이 잘 안 된다는 것이다. "안녕하세요, OOO 고객님, 반갑습니다."라고 인사할 때 "반갑습니다." 발음이 잘 안 된다는 것이다. 발음이 꼬이니 그다음 말도 부자연스러워지고 말이 빨라진다는 것이다. 내가 부자연스럽게 느껴지면 상대방도 금방 눈치를 챈다. 부자연스러운 내용을 듣고 있는 것이 더 부자연스럽지 않나. 당연히 전화는 끊어지게 돼 있다. 그래서 나는 발음이 안 되는 '반갑습니다.'를 빼라고 조언했다.

이루다 : '반갑습니다.' 발음이 안 되면 빼세요~

동 료 : 빼면 어떻게 얘기를 해?

이루다 : 안녕하세요, OOO 고객님 되시죠? 연락드린 곳은~ 하면서 자연스럽게 스크립트를 진행하면 되죠~

동 료 : 그러면 되겠다. 난 사람들이 다 '반갑습니다.'라고 하길래 꼭

해야 하는 줄 알았어.

이루다 : 그리고 말을 끌지 말고 끊을 부분은 딱딱 끊으면서 고객 귀에 꽂히게 말하는 게 중요해요.

동 료 : 내 목소리 톤이 너무 낮나?

이루다 : 언니 목소리 굉장히 편해요~ 예전처럼 '솔' 음으로 말할 필요는 없어요. 이제 '솔'음으로 전화하면 단박에 보험, 광고 이런 전화인 거 눈치채잖아요~ 언니 목소리가 굉장히 편하게 들리니까 지금 목소리대로 지금 톤을 유지하면서 귀에 꽂히게 얘기하면 돼요, 딱딱 끊어서요.

동 료 : 연습해 봐야겠다, 고마워.

이렇게 대화를 나눈 후 내가 알려준 대로 본인이 말하기 편하고 자연스럽게 스크립트를 정비했고, 스크립트 정비만으로 말에 힘이 실렸다. 첫 달에는 한 건의 계약으로 마감을 했지만 2차 월에는 5건으로 마감했다. 1차 월보다 5배나 실적이 오른 것이다. 3차 월에는 11건, 4차 월에는 센터에서 4등까지 치고 올라갔다. 그야말로 상승곡선을 탔다. 보험 일을 처음 하면 무조건 하라는 대로만 해야 할 것 같고 알려주는 내용을 그대로 받아들인다. '반갑습니다.' 한 마디를 빼는 것조차 고민이 되는 시기이다. 나는 이런 고민을 해결해 주고 싶다. 똑같은 스크립트를 사용하지만 어떤 억양과 어투를 사용하느냐, 어느 시점에 끊어 읽느냐 등에 따라 계약이 나오기도 하고 안 나오기도 한다. 물론 고객의 성향 차이도 있겠지만 무작위로 뿌려지는 DB에 한 상담원에게만 같은 성향의 고객이 유입되지는 않는다. 스크립트는 글씨만 알면 누구나 읽을 수 있다. 우리는 누구나 할 수 있는 일을 하는 사람들이 아니다. 스크립트를 읽을 때는 글씨를 읽는 것이 아니라 감정을 넣어서 대화하듯이 읽어야 한다. 다양한 성향의 고객과 통화가 진행되므로 어떤 반론이 나와도 응대할 수 있도록 다양한 반론을 생각해 보고 정리해 보는 것도 많은 도움이 된다. 고객이 소속을 듣고 전화를 끊으려고 할 때 "잠깐만요, 고객님" 한다고 수화기를 잠깐만 들고 있는 고객은 없다. "잠깐만요, 고객님"이라고 할 그 시간에 판매하고자 하는 상품의 핵심 키워드를, 고객에게 이득이 되는 단어를 한마디 던지는 것이다.

"고객님! 입원 일당을 7만 원씩 드려요."
"고객님! 충치 치료하시면 한 개에 20만 원씩 드려요."
"고객님! 갑상선암 진단비를 3천만 원 드려요."

내가 던진 한마디에 관심을 보이는 고객이라면,

"그게 뭔데요?"
"입원 일당을 7만 원이나 줘요? 그런 게 있어요?"
"갑상선암 진단비를 3천만 원이나 주는 곳이 있어요?"

이런 긍정적인 반응을 보인다면 그때는 더욱 정확하고 상세하게 상품 설명을 하면 되는 것이다.

가족이든 지인이든 고객을 한 명 만들어 아침, 저녁으로 RP 연습을 반복적으로 하면 도움이 많이 된다. 고객 역할을 해 주는 사람은 '네~네~고객'이 되어 기본 스크립트 연습도 해보고, '까칠한 고객'이 되어 다양한 반론을 하고 극복하는 훈련의 과정을 반복해 보는 것이다. 다양한 반론을 극복하다 보면 고객과의 대화에서 할 말이 많아지고 고객을 설득할 힘도 키울 수 있는 것이다. 며칠 전에는 분명히 떠듬떠듬 녹취 스크립트를 읽었던 신입이 몇 번의 계약으로 아주 빠르고 또렷한 발음으로 녹취 스크립트를 읽어 내려가는 걸 보고 주변에서 "오~ 빨라졌어, 빨라졌어~"라며 기운찬 응원을 보냈다. 처음부터 잘하는 사람은 없다. 하다 보면 점점 괜찮아지고, 하다 보면 익숙해지고, 하다 보면 잘하게 되는 것이다.

인디언 기우제는 성공확률이 백 퍼센트라고 한다. 인디언들은 가뭄 때 비가 내리기를 바라며 기우제를 지내는데 비가 내리지 않으면 더 정성을 쏟아부어 기우제를 지낸다고 한다. 언제 비가 내릴지는 아무도 모르지만 비가 올 때까지 기우제를 지내기 때문에 기우제는 백 퍼센트 성공할 수밖에 없는 것이다. 이런 인디언들의 기우제 문화에서 목표를 향한 집념이 얼마나 중요한지를 생각해 봐야 한다.

일을 처음 시작하는데 어려운 건 당연하다. 그러나 그 어려움은 내가 어떤 계획을 세우고 실천하느냐에 따라서 오래 지속할 수도 있고 단시간에 베테랑 상담원으로 전환 될 수도 있는 것이다. 콜센터는 근무 기간이 얼마나 되고 보험 경력이 얼마나 됐느냐는 중요치 않다. 내가 얼마나 많은 정성을 들여 상담하고 알고 있는 지식을 잘 전달하는 스킬을 갖췄느냐가 관건이다. 될 때까지 해 보는 거다. 여기서 될 때까지는 세월아~ 네월아~ 시간을 허비하며 보내는 시간을 말하는 것이 아니다. 기간을 정해서 그 기간 안에 온 열정을 쏟아부어보자. 지금 한 가정을 책임져야 하는 입장이라고, 이게 마지막이라고, 더 갈 곳이 없다고, 절박하다고, 간절하다고 말하는 사람은 수도 없이 많이 봤다. 유행가 가사처럼 노래 부르듯 연거푸 얘기를 쏟아내지만 정작 액션이 없다.

최저시급 8,590원, 하루 8시간씩 주 5일 근무하면 예상 월급이 1,795,310원이다. 우리는 보험을 파는 영업직이다. 아웃바운드와 POM에서는 월 납입 보험료 3만 원의 상품을 판매하면 단순 계산으로 수수료가 많은 곳은 30만 원, 적은 곳은 18만 원 정도 수준이다(1,000%~600% 정도로 수수료 책정). 인바운드에서는 9만 원~12만 원 선으로 보면 될 것이다(300%~400% 정도로 수수료 책정). 한 달 평일 기준으로 20일을 영업하고 1일 1건 계약을 한다면 360만 원~600만 원 정도의 급여를 받을 수 있다(60만 원(20일×3만 원)×1,000%, 60만 원× 600%). 이렇게 말하면 "영업 어렵잖아."라고 한다. 어려우니까 배우고 연습하자는 거다. 그리고 계절 관계없이 성수기, 비수기도 크게 관계없이 내가 목표로 하는 급여를 받을 수 있는 구조로 되어있다.

동 료 : 루다야, 나는 월급 2백만 원만 받으면 보험 일 계속할 거다.

이루다 : 2백만 원이요?

동 료 : 내 나이 오십이 넘었는데 어디서 2백만 원을 벌겠니. 식당에서 설거지해도 2백만 원 벌기 힘들어. 이만한 직업이 어디 있니?

여기까지 풀어 놓은 내 영업전략 대로만 하면 최저 시급(하루 9시간, 한 달(20일) 근무, 최저 시급(8,590원) 기준, 단순 계산으로 월급이 1,546,200원이다. 나와 함께 공부했던 분들은 모두 최저 시급의 2.5배~3배 이상은 수령했고, 수령 중이다.) 이상(3백만 원~4백만 원)은 충분히 벌 수 있습니다.'라고 자신 있게 얘기할 수 있다(센터가 탄탄하고 DB도 중요). 의심하지 말고 그냥 시작하면 된다. 나는 이적의 '말하는 대로'의 가사를 참 좋아한다. 가사 말을 잠깐 옮기자면 '말하는 대로~ 말하는 대로 될 수 있단 걸 눈으로 본 순간 믿어보기로 했지, 마음먹은 대로 생각한 대로 할 수 있단 걸 알게 된 순간 고갤 끄덕였지.' 스스로 된다고 말하고 믿으면 되는 것이다. 내가 그렇게 하기로 하고 선택했기 때문이다. 이제 스스로 목표를 정하고 할 수 있다고 말하고, 원하는 월급을, 연봉을 받겠다고 결심하라. 이론과 더불어 나의 브랜드를 최상으로 올릴 방법들을 풀어 놓은 것이니 꼭 활용해서 모두 목표하는 것들을 다 이루었으면 좋겠다.

IMPOSSIBLE로 읽을 것인지, I'M POSSIBLE로 읽을 것인지는 각자의 선택이다.

생각의 전환이 필요한 때

"졌을 때 당신은 패배한 것이 아니다.
당신이 스스로 그만둘 때 당신은 패배한 것이다."
– 파울로 코엘료 –

우리는 살아가면서 수없이 많은 판단과 결정을 하게 된다. 고압선 철탑 밑 땅은 대부분 매입할 생각 자체를 하지 않는다. 고압선이 흐르는 곳에 살면 암 유발도 쉽게 되기 때문에 꺼리는 땅 중의 하나이다. 그러나 생각의 전환이 중요하다. 고압선이 필요한 업종이나 고압선이 있어도 전혀 상관없는 직종이면 문제 될 것이 없다. 오히려 거들떠보지 않는 땅이기 때문에 투자 수익도 노려볼 만하다. 물류센터의 경우는 물건을 쌓아 놓는 곳이므로 고압선 철탑 밑에 위치한다고 해도 크게 문제 될 것이 없다. 같은 상황, 같은 공간을 생각의 전환으로 유용한 공간으로 활용할 수 있게 된 것이다. 그 상황을 어떻게 보느냐에 따라서 결과는 달라진다. 더 좋은 결과를 가져

올 수도 있다. 생각을 바꿔 틈새를 바라볼 줄 알아야 한다.

'내가 하는 방식이 맞아. 그런데 결과는 없어.'라고 한다면 과감하게 그 방식을 버리고 기존의 틀을 깨고 다른 영업 방식을 분석해서 내 것으로 받아들일 결심과 용기가 필요하다.

딸아이가 초등학교에 입학하고 학교에서 씨앗이 든 봉투와 작은 화분을 하나 가져와 "엄마 이거 화분에 심고 싹이 돋으면 그림 그려 오는 게 숙제야."라고 한다. 나는 딸아이와 씨앗을 꺼내 화분에 잘 심었다. 햇볕도 쬐주고, 물도 주고, 이름까지 지어주는 등 정성을 들였지만 싹이 트지 않아 뭐가 잘못된 걸까 싶었다. 이때 내가 다른 행동을 취하지 않고 '내년엔 싹을 틔우겠지.'라고 하며 계속 물을 주고 정성을 들인다고 해서 싹을 틔우지는 않는다. 내가 하는 영업 방식에 결과가 없다면 그건 분명 과정에 문제가 있다는 뜻이다. 다른 액션을 취해야 한다. 그래야 열매가 영글고 과실을 얻을 수 있게 되는 것이다.

20대 때 한참 '싸이월드'가 유행이었다. 지금의 '카카오 스토리' 정도라고 생각하면 될 것 같다. 싸이월드 홈페이지에 도토리를 구매해서 배경음악을 설치하면 그것으로 좋았고, 사진을 찍어 홈페이지에 올려 나의 일상을 공유하는 것도 참 재밌었다. 내 사진 아래 친구들이 댓글을 달면 다시 그 친구 이름을 클릭해서 친구의 홈페이지로 이동하고 친구의 일상을 보다 보면 그 친구들과의 일상을 비교하게 된다.

한번은 초등학교 때 삼총사였던 친구가 일촌 신청을 했다. 친구의 일상을 보니 아빠가 산 경비행기를 타고 여행하는 사진, 강남에 새마을 식당을 오픈한 사진들을 보니 상대적인 박탈감마저 들었다. 그런데 그때 그 싸이월드가 뭐라고 싸이월드를 끊지를 못했다. 과감하게 싸이월드를 내려놓고 내 계발에 힘썼어야 했다. 이제 나는 나의 에너지를 낭비하지 않으려고 노력한다. 부정적인 생각이 나를 지배할 때도 물론 있다. 그러나 금세 부정적인 감정들을 알아차리고 부정적인 에너지를 밀어낸다. 그리고 다시 긍정적인 에너지만으로 나를 채우려고 했고 이런 습관들이 영업할 때도 많은 도움이 됐다. 또 육아서를 시작으로 책을 많이 읽기 시작했고 영업 관련 책들도 여러 권 읽으며 나의 영업을 한 단계 업그레이드했다. 내가 책을 보고 지식으로 아는 것과 실전에 적용하는 것은 큰 차이가 있다. 실전에 적용했을 때 나와 맞지 않는다면 과감하게 버리고 다른 것들을 계속 적용해 보며 나에게 맞는 영업 방식을 찾아 그대로 해 보는 것이 중요하다.

초등학교에 입학하고 학교생활을 재미있게 잘하는 큰 딸아이가 하루는 시무룩한 표정으로 나에게 말을 한다.

"엄마, 나는 수학을 못하는 것 같아."
"왜?"

"학교에서 수학 시험을 봤거든. 18문제였는데 나는 9개밖에 못 맞췄어."

"괜찮아, 엄마는 수학 문제를 5개 맞은 적도 있어. 9개면 잘한 거지~"

"몇 살 때?"

"9살 때니까 우리 딸보다 한 살 더 많을 때네. 그러니까 우리 딸은 잘하는 거야."

우쭐해 하는 딸의 모습이 마냥 귀여웠다. 그런데 딸아이가 이렇게 말하는 것이다.

"엄마, 그래도 내가 수학이 좀 부족한 거 같으니까 문제집 한 권만 사다 줘."

8살밖에 안 된 아이지만 수학에 부족함을 느끼고, 그 부족함을 개선해 보려고 시도하는 딸아이의 모습이 대견스러웠다.

후배 설계사가 한 달 동안 계약이 한 건밖에 나오지 않았다. 후배 설계사에게 3개월은 기본급 받을 생각으로 '연습한다.' 생각하고 계속 수정, 보완, 실행을 반복해 보라고 조언했고 틈틈이 스크립트 정비와 읽는 방법을 알려 주었다. 스크립트에 띄어 읽기와 강조할 부분을 체크해서 연습하면 호흡 조절이 되기 때문에 말하는 게 편할 거라고 얘기해 주었다. 말하는 사람이 편해야 듣는 사람도 편하다고. 그리고 스크립트를 읽을 때는 영혼 없는 말은 하지 말라고도 당부했다.

보험의 '보' 자도 모르고 TM에 'T' 자도 모르고 입사한 후배 설계사의 막막한 마음이, 내가 처음 보험에 입사했을 때의 마음 같아 그냥 다 도와주고 싶었다. 내 옆자리에 앉은 후배 설계사는 하루하루 열심히는 하고 있었지만 상담 내용이 귀에 꽂히지 않았다. 그런데 입사한 지 한 달쯤 지난 시점에 지쳐 있는 후배 설계사의 모습이 보였다.

"언니, 저 그만둬야 하나 봐요~ 처음에는 고객한테 전화해서 상담해 주면 내 얘기를 듣고 계약할 줄 알았는데 얘기를 듣는 사람은 없고, 거절만 하니까 힘들어요~"라는 것이다.

우리가 태어나서 예방접종을 그리 많이 하는지는 아이들이 태어나고 처음 알았다. 영유아기 때는 면역력이 약해 크고 작은 질병에 걸릴 확률이 높기 때문이다. 영업에서 거절은 내가 단단해지기 위해 하는 예방접종이라고 보면 된다. 거절을 당하지 않고 계약만 할 수는 없다. 예방접종 주사를 맞았다고 '주사 맞았으니 괜찮겠지~'라며 가만히 있는 사람은 없을 것이다. 규칙적인 생활을 하고 몸에 좋은 음식, 운동 등을 병행하며 면역력을 높여 가듯 고객에게 거절당하고 가만히 있다면 더 이상의 발전은 없다. 스크립트 정비도 하고 콜도 듣고 반복적인 공부를 통해 면역력을 높여야 한다.

그 후배 설계사는 내가 쓰고 있는 스크립트로 상담해 보고 싶다고 스크립트를 줄 수 있는지 양해를 구했고 스크립트를 사진까지 찍어갔다(요즘은 보안 때문에 프린트가 안 되는 보험사들이 많다). 집에서 타이핑하고 프린트까지 해 오겠다는 후배 설계사는 일주일이 지났는데도 스크립트를 가져오지 않았다. 실망스러웠다. 계약이 없다고 속상해하면서 최선을 다하지 않는 것 같아 아쉬움이 컸다. 처음 시작하는 일이 힘든 건 당연하다. 그 일에서 결과를 얻으려면 그 일이 익숙해지도록 노력해야 한다. 그리고 노력하는 과정이 쉽지는 않다. 특히 영업이라는 것은 내가 가지고 있는 상품을 파는 것이다. 보험은 눈에 보이지 않는 무형의 상품을 판매하는 것이다. 쉬울 리 없다. 쉽지 않은 일이기에 일반 직장인보다 급여가 많다. '보험 판매는 어렵다.', '고객은 거절한다.'부터 시작해서 어떻게 쉽게 판매할 수 있을지를 공부하고 연구하는 것, 그 과정에서 방법을 찾아냈다면 실전에 적용해 보는 것이다. 많은 사람이 어떤 공부를 하고, 어떤 스킬을 익히며, 어떻게 실전에 적용해 봐야 하는지는 잘 알려주지 않는다. 나는 이 책을 통해 공부하는 방법, 영업에 필요한 스킬, 실전에 적용하는 방법 등을 자세히 풀어놓았으니 영업을 하면서 지속해서

이 책을 펼쳐 보며 몸에 배도록 실전에 적용해 보고 내 것으로 만들어 보자.

등산할 때 정상으로 가는 길이 너무 힘들어 하산하는 사람에게 묻는다.

"얼마나 더 가면 돼요?"
"조금만 더 가면 돼요."

오르고 오르는데도 정상이 안 보인다. 다시 또 하산하는 사람에게 묻는다.

"얼마나 더 가면 돼요?"
"조금만 더 가면 돼요, 화이팅입니다."

이렇게 반복하면서 우리는 정상까지 오른다. 그때 우리는 "야~~호~~"를 외친다. 영업도 똑같다. 하다 보면 나의 노하우가 생기고 나만의 영업 노하우를 나눌 수 있을 때가 온다. 힘들어도 포기하지 않고 내 길을 묵묵히 가다 보면 내가 목표로 하는 급여를 받으며 "야~~ 호"를 외치게 될 것이다.

파울로 코엘료는 말했다. 졌을 때 패배한 것이 아니라 스스로 그 만둘 때 패배한 것이라고 말이다. 콜센터가 마지막이라고 더 갈 곳이 없다고, 절박하다고, 간절하다고 말하는 모든 분들이 이 책을 읽고 작은 희망을 품고 그 희망으로 날갯짓을 하며 큰 꿈을 이루었으면 한다.

오늘도 나는 미래의 내 삶을 상상하며 하루하루를 충실히 살아간다

"제품의 스펙, 기술에 대해 이러쿵저러쿵 길게 떠들어봤자
고객은 관심이 없다. 청중들 마음속에 가장 결정적인 질문은
'내가 왜 그걸 신경 써야 하지?'인 것이다.
그래서 물건을 잘 팔려면 고객의 삶과 제품 사이에
연결고리를 만들어 줘야 한다. 스티브 잡스처럼 말이다."
− 컨설턴트 카마인 갤로 −

옥동자는 좋아하는 막대 아이스크림 중 하나다. 맛있는 옥동자 아이스크림만큼이나 정종철의 삶에 대한 열정적인 이야기를 참 좋아한다. 성대모사뿐 아니라 비트박스 또한 수준급인 개그맨 정종철. 지금 수준에 이르기까지 정종철은 어떤 노력을 해 왔을까. 개그맨이 되기 위해 그는 중학생 때 녹음기를 샀다고 한다. 코미디 프로를 보며 코미디언들의 대사, 개인기, 발성 등을 카피하려고 녹음하고 듣고 연습하기를 반복했다고 한다. 또한, 주변의 소리를 녹음하기 시작했는데 우리가 잘 아는 보글보글, 테트리스 게임 소리, 바람 소

리, 물 흐르는 소리와 같은 자연의 소리 등 온갖 소리를 모두 녹음했다고 한다. 그렇게 녹음한 공테이프가 라면박스로 2박스를 가득 채웠다고 하니 입이 떡 벌어진다. 녹음된 소리를 입으로 내 보는 연습을 반복하고 주변 사람의 반응을 살피고, 더 적극적으로 노력해서 많은 개인기를 소유한 개그맨이 된 것이다. 정종철은 말한다. 우리는 누구나 똑같은 입과 똑같은 혀를 갖고 있어서 모두 다 그와 같이 성대모사를 할 수 있다고. 누구나 할 수 있지만, 누구나 할 수 없는 것은 어떻게 하면 소리를 낼 수 있는지 노하우를 모르기 때문이라고 말한다. 단지 그 소리를 어떻게 내야 하는지 소리의 특징이나 방법을 모르는 것뿐이라고. 계속 듣고 따라 하고 연습을 반복하면 누구나 그와 같은 노하우를 터득할 수 있게 된다고 말한다. 내가 이 책에서 전달하고자 했던 내용을 요약하자면 정종철이 말한 이 한 문장으로 정리할 수 있겠다.

재능을 찾는 것도 용기다. 텔레마케터의 노하우에 관한 책을 써서 사람들한테 도움을 주고 싶다고 생각했을 때 두려움도 있었다. 필자는 어려서부터 글짓기 대회에 나가 본 적도 없고 초등학생 때 독후감 쓰기 대회에서 상을 받은 것이 전부인 내가 과연 원고를 집필할 수 있을까 의구심이 들었다. 그러나 나의 영업 노하우를 필요한 사람에게 나눠주자. 그렇게 '책을 써 보자.' 결심하고 실행하는 순간 글이 써지기 시작했다. 두려움을 이겨낸 용기로 결과를 만들어 낸 것이다. 누구에게나 하나님은 재능을 주셨다. "나는 너에게 특별하고 뛰어난 재능을 주었는데 너는 왜 그것을 사용하지 않는 거니?"라고 묻는다면 뭐라고 대답할 것인가? "제게요? 몰랐는데요?"라고 말하면 하나님은 목덜미 잡고 쓰러지실지도 모른다. 계속된 도전과 시도만이 하나님이 주신 특별하고 뛰어난 나의 재능을 찾을 수 있는 길이다. 시련이 오면 '성장하는 중'이라고 되뇌고 툴툴 털어 버리고 일어서자. 그리고 목표를 향해 다시 정진하자. 내가 가는 모든 길의 이름은 '성장'임을 꼭 기억하자.

부록

무엇이든 물어보세요

TM, TMR, 인바운드, 아웃바운드, POM에 대해서 자세히 설명 부탁드려요.

☞ TM(telemarketing) : 제품 판매, 홍보 등을 전화를 이용해서 처리하는 업무를 말해요.

☞ TMR(telemarketer) : 제품 판매, 안내 및 홍보 등 전화로 마케팅을 하는 사람을 말해요.

☞ 인바운드(inbound) : 고객으로부터 걸려 온 전화를 받아 고객의 문의 사항에 답변하고 상담하는 업무에요. 따라서 상품에 대한 폭넓은 지식이 필요해요. 보험의 경우 인바운드는 개개인에게 맞는 설계가 진행되고 상품에 니즈가 있는 고객이 전화하는 경우가 대부분이므로 계약

체결률이 높지만 수수료는 적은 편이에요.

☞ 아웃바운드(outbound) : 상담원이 고객에게 전화를 거는 업무에요. 보험의 경우 단일 상품을 판매하는 경우가 대부분이에요. 다양한 고객에게 전화하지만 단일 상품에, 세팅된 상품을 판매하기 때문에 똑같은 말을 하루에도 수십 번, 수백 번 하기도 해요. 반면 인바운드에 비해 수수료가 높은 편이에요.

☞ pom(policy owner marketing) : 증권을 소유하고 있는 고객에게 전화를 걸어 추가 세일즈하는 업무에요. 인바운드와 마찬가지로 상품에 대한 폭넓은 지식이 필요하며 아웃바운드 성향도 가미되어 있어요. 수수료 또한 높은 편이에요.

TM 업무는 얼마나 하신 거예요?

☞ CS는 4년, TM 영업은 7년 정도 했으니까, 11년 정도 됐네요~

TM 영업도 대면 영업처럼 지인 리스트를 작성하나요?

☞ 아니요, 지인 리스트는 작성하지 않습니다. 센터에서 지급되는 DB로 계약을 체결하면 돼요.

어느 정도 공부를 하면 되나요?

☞ 자판기에 동전을 넣고 버튼을 누르면 음료수가 바로 또르르 하고 나오는 것처럼요. 즉각적인 반응이 나올 정도로 공부해야 해요. 고객이 어떤 질문을 하건 그 질문의 의미를 이해하는 능력도 중요해요. '대충 이 정도면 되겠지.'라는 안일한 생각으로 대강대강 공부해서는 안 된다는 거예요.

책에 콜 듣기를 강조하셨는데 얼마나 콜을 들으셨어요?

☞ 신입일 때는 매일 2시간 이상씩 콜을 들었어요. 콜을 듣는 것은 어떤 유형의 고객을 만나든 흐름을 잃지 않게 해 주는 강력한 무기라고 생각해요, 콜의 흐름을 유지하기 위해서, 나태해지지 않으려고 늘 듣는 거예요~ 좋은 멘트를 찾고 싶다면, 상위권으로 진입하고 싶다면 오늘부터라도 콜을 듣고 그대로 써 보세요. 강추입니다. ^^

한 달 근무해 봤는데 제 적성이 아닌 것 같아요.

☞ 이 부분은 참 조심스러워요. 적성이 맞는다고 해도 계속하다 보면 업무가 식상해져서 일이 재미없어지기도 하잖아요. 그러면 결국 퇴사하는 경우도 비일비재하죠~ 또 살다 보면 적성에 맞는 일만 할 수

는 없는 것 같아요. 그래서 제가 드리고 싶은 말씀은요, 적어도 3~6개월은 적응기를 갖고 공부와 스킬을 쌓기 위해 힘써 보시라는 거예요. 공부할 분량도 많고요. 콜도 많이 들어보고, 따라 써보기(스크립트 작성)도 해야 하는데 이게 여간 힘든 일이 아니거든요~ 그런데요, 희망적인 건요. 그 투자 시간이 지나면 이제 계약이 팡팡 터질 거예요~^^

어떤 마음으로 설계를 하세요?

☞ 설계는 정답이 없어요. 건축가가 집을 지을 때 의뢰인과 소통을 통해 결과물을 내놓는 것처럼요, 저도 고객과의 소통의 과정을 통해 고객의 현 상황(고객의 연령, 직군, 경제적 상황, 결혼 여부, 가족력, 가정에서의 위치 등)에 맞는 가장 합리적이고 적절한 보장(담보)을 넣어 설계하고, 보험료를 산출하는 것이지요. 그리고 어떻게 하면 그 보험료 안에서 더 큰 혜택을 받을 수 있도록 설계할 것인지 생각해 봐요~ '내가 고객이라면 나 같은 설계사를 만나고 싶다.'라는 마음으로 설계를 해요~^^

책을 출간하며 아쉬운 부분도 있으실까요?

☞ 제가 현업에서 활용하실 수 있는 스크립트를 중간중간 넣어봤는데요. 음성지원이 안 된다는 게 참 아쉽더라고요^^

☞ 코로나 팬데믹 이후 대면 영업에서 TM 영업으로 전향하려는 마음은 있지만 방법을 몰라 막막하신 분들께, 경력단절 여성, 취업 준비생, 그리고 아이들을 혼자 키우며 시간적인 여유가 없어 아이를 돌볼 시간도, 일할 시간도 부족해서 경제적인 어려움을 겪고 있는 싱글맘, 싱글대디에게 TMR이라는 직업을 전하고 싶어서 글을 쓰게 됐어요~ TM 업무는 나이가 많든 적든, 학위가 있든 없든, 예쁘든 그렇지 않든 외적인 것을 보지 않잖아요~ 다만 고객에게 어떤 상품을 판매하려는지 전달력만 있으면 되지요~ 그런데 전달력 또한 훈련을 통해 누구나 갖출 수 있는 소양이라고 생각해요^^ 제 뜻이 잘 전달되길 희망해 봅니다^^

아이가 어려서 저만의 시간을 갖기가 어려워요. 한글이라도 알면 혼자서 책 보고 놀 텐데 책을 계속 가지고 와서 읽어 달라고 해요. 한글을 어떻게 28개월에 뗄 수 있었는지 저도 좀 알려 주세요.

☞ 많이 힘드시죠? 저도 그때 저만의 시간을 갖는 게 가장 큰 소원이었어요~ 잠 좀 자고 싶었거든요. 그런데 벌써 시간이 흘러 그 어렸던 아이가 초등학교에 입학했어요. 조금만 더 힘내시고요~ 질문에 답변 드릴게요.

한글 떼기 방법은요.

1. '책을 볼 수 있는 환경을 만들자.'입니다. 바닥에 책을 깔아 놓기도 하고요, 집게 옷걸이에 책을 걸어 제목을 볼 수 있도록 걸어 놓았어요. 아이가 책 제목을 물어볼 때마다 글씨를 손가락으로 한 글자씩 짚어가며 알려주었지요~

2. '책을 많이 읽어 주자.'입니다. 어느 날은 몇 권이나 읽자고 하는지 세어 봤어요~ 그런데 80권까지 세다가 포기했어요. 80권 이후로도 한참을 읽었어요~ 보통 새벽 3~4시에 잤고 그때까지 계속 책을 읽어 줬어요. 한 권으로 반복도 여러 번 했으니까 꾀 많겠네요.

3. '육아를 공유할 수 있는 사이트에 가입하자.'입니다. 도움을 받았던 사이트 알려드릴게요. 혹시 '푸름이닷컴(https://www.purmi.com/)'이라고 들어보셨어요? 이곳에서 저는 위로를 정말 많이 받았어요. 푸름이 교육법이 '배려 깊게 아이를 사랑하고 자연에서 아이를 뛰어놀게 하자.'라는 건데요. 꼭 한번 들어가 보시길 추천해 드려요^^ 많은 도움 받으실 수 있으실 거세요~ 파이팅입니다. 힘내세요!^^ 어릴 때 푸름이 교육법으로 아이를 키우고 초등학생이 된 지금은 손이 갈게 없이 혼자서 척척 잘한답니다^^ 이 책을 통해 푸름이 아버님과 어머님께 감사의 마음을 전합니다. 감사합니다. 푸름이 아버님, 어머님~^^

어서 와, 보험 TM은 처음이지?

초판인쇄	2021년 2월 5일
초판발행	2021년 2월 10일
지은이	김미진
발행인	조현수
펴낸곳	도서출판 더로드
기획	조용재
마케팅	최관호 백소영
편집	권 표
디자인	호기심고양이
주소	경기도 고양시 일산동구 백석2동 1301-2 넥스빌오피스텔 704호
전화	031-925-5366~7
팩스	031-925-5368
이메일	provence70@naver.com
등록번호	제2015-000135호
등록	2015년 06월 18일

정가 15,000원
ISBN 979-11-6338-129-7 03810

파본은 구입처나 본사에서 교환해드립니다.